COLLECTION FOLIO

Norman Mailer

Le Combat du siècle

Traduit de l'américain par Bernard Cohen

Denoël

Titre original :

THE FIGHT

Né en 1923 dans une famille d'émigrés juifs, Norman Mailer commence à écrire à l'âge de dix-huit ans. Il s'inspire de son expérience dans le Pacifique pendant la Seconde Guerre mondiale pour son premier roman *Les Nus et les Morts* en 1948. Il aborde tous les aspects de la vie américaine et soumet les sujets les plus divers à une exploration formelle de l'écriture. Son imagination luxuriante et son talent lui valent une rapide reconnaissance et tous ses livres sont des best-sellers : *Un rêve américain, Morceaux de bravoure, Rivage de barbarie, Le Chant du bourreau, L'Évangile selon le fils.*

LES MORTS MEURENT DE SOIF

1

Aboulie charnelle

C'est toujours un choc de le revoir. Non pas « live », comme à la télévision, mais bien vivant en face de vous, au mieux de sa forme. À cet instant, le Plus Grand Athlète du Monde court le danger d'être aussi le plus beau mâle que nous ayons et le vocabulaire de l'afféterie se profile à l'horizon, inévitable : la respiration des femmes « s'accélère », les hommes « baissent les yeux » devant ce nouveau rappel de leur petitesse. Même s'il n'ouvrait jamais la bouche pour troubler les strates gélatineuses de l'opinion publique, Ali inspirerait cependant l'amour et la haine, car il est le prince du Ciel, ainsi que le proclame le silence qui s'établit autour de son corps quand il irradie.

Lorsqu'il est déprimé, en revanche, sa peau claire prend une couleur café non pas crème mais coupé d'eau laiteuse. Dans les remous boueux de la chair, un mauvais matin a insinué sa verdâtre morosité. Il n'a pas l'air bien, pas bien du tout. Ce serait une description assez juste de son apparence un après-midi de septembre à sa base d'entraînement du lac des Chevreuils, en Pennsylvanie, sept semaines avant sa rencontre avec George Foreman à Kinshasa.

Ce jour-là, à l'entraînement, il semblait ailleurs. Pire encore. Il n'arrêtait pas d'encaisser des coups idiots, des crochets qu'il aurait esquivés facilement, en temps normal, et... ce n'était plus Ali ! Le regarder s'entraîner, c'était un art en soi, qui se forgeait au fil des années. En général, les autres champions choisissent d'abord un sparring-partner capable d'imiter le style de leur prochain adversaire puis, quand ils en ont les moyens, ils invitent sur le ring un boxeur complaisant, quelqu'un sur qui ils peuvent taper à loisir, un opposant facile. Ali suivait ce système, lui aussi, mais dans la logique inverse. En prévision de son deuxième combat contre Sonny Liston, son adversaire préféré à l'entraînement avait été Jimmy Ellis, un artiste à la technique complexe qui n'avait rien à voir avec Sonny. En tant que boxeurs, Ellis et Liston avaient des réactions si différentes qu'ils n'auraient pu se passer un bol de soupe sans le renverser. Ali avait eu d'autres sparring-partners à cette occasion, évidemment. Ainsi de « Shotgun » Sheldon, avec lequel il avait l'habitude de se laisser aller dans les cordes pendant que Sheldon lui décochait une centaine de coups à la ceinture, une façon pour Ali de préparer son estomac et ses côtes au matraquage de Liston. Cela, c'était son devoir, mais son plaisir était de s'entraîner avec Ellis, comme s'il n'avait aucun besoin d'étudier le style de son futur opposant puisqu'il était en mesure d'élaborer les finesses et les flamboiements de ses propres enchaînements.

La plupart des boxeurs se servent de la période d'entraînement pour prendre confiance dans leurs réflexes, tout comme un skieur moyen, après avoir travaillé son parallélisme pendant une semaine, commence à croire qu'il pourra passer pour un expert. En mûrissant, Ali en était venu au contraire à se préoccuper moins de sa vitesse de réaction que de l'art et de la manière d'encaisser les coups. Désormais, une partie importante de sa technique consistait à minimiser l'impact des frappes qu'il recevait à la tête, puis à l'empêcher de se répercuter d'un seul tenant dans le reste du corps. N'importe quel boxeur en fait autant, certes : un débutant n'ira pas loin si son cou ne pivote pas avec assez de souplesse quand il est atteint au crâne. Mais on avait l'impression qu'Ali éduquait son système nerveux à transmettre les chocs plus rapidement que le reste des hommes n'en étaient capables.

À la racine de toute maladie, il y a peut-être une rupture de communication entre l'esprit et le corps. Dans le cas de cette affection foudroyante qu'est un knock-out, c'est certain : soudain, le cerveau ne peut plus adresser un seul message aux membres. L'aboutissement extrême de cette théorie, formulé par Cus D'Amato au temps où il entraînait Floyd Patterson et José Torres, veut qu'un pugiliste animé d'une authentique volonté de vaincre ne puisse tout simplement pas être mis K.-O. s'il a vu venir le coup, car il est alors à l'abri d'une défaillance communicationnelle majeure. Il pourra avoir mal, d'accord, mais il ne perdra pas conscience. En revanche, une succession de cinq frappes qui font toutes mouche est assurée d'envoyer au tapis n'importe quel combattant. Peu importe leur violence, c'est une combinaison gagnante à tous les coups : la brusque saturation du centre de communication de la victime provoque forcément cet afflux de désordre qu'on appelle le coma.

Et maintenant c'était comme si Ali élevait l'idée jusqu'à une hauteur où il était en mesure d'assimiler les coups plus vite que les autres boxeurs, où il pouvait littéralement « diffuser » le choc à travers la majeure partie de son corps par les canaux les plus propices, comme s'il progressait avec aisance vers le but suprême, la capacité à encaisser la fatidique série des cinq frappes — ou six, ou sept ! — en restant capable de transmettre les vibrations de l'impact à chacun de ses bras, chacun de ses organes, chacune de ses jambes, à digérer la douleur tandis que son esprit demeurait alerte. Ali occupé à encaisser, c'était tout un spectacle, tout un enseignement. Le dos dans les cordes, il envoyait des coups de patte à son sparring-partner telle une maman chatte harcelant son petit jusqu'à le faire déguerpir. À un moment, il levait son gant en l'air et laissait le punch de son adversaire ricocher dessus jusqu'à atteindre sa tête, en répétant l'opération à des angles différents comme si une bonne moitié de l'art d'encaisser consistait à étudier les trajectoires qu'un coup détourné par le gant peut prendre pour vous atteindre tout de même. Sans répit, il apprenait à atténuer ce genre de frappes ou à concentrer l'impact sur son poing levé, il cherchait à parfaire sa compréhension intime des moyens de piéger, d'étouffer, de détourner, de biaiser, de contourner, d'esquiver, de voiler, de distordre, de dévier, de filtrer et de désamorcer les bombes qui tombaient sur lui, et tout cela avec la plus grande économie de mouvement, dos dans les cordes, avant-bras languidement dressés devant lui... Il s'entraînait selon un scénario immuable dans lequel il jouait le rôle du pugiliste à bout de forces, trop épuisé pour se défendre dans le douzième round d'un combat qui en comptait quinze. Cette technique, qui lui aurait peut-être évité d'être mis K.-O. par Frazier lors de leur première rencontre, il la reprenait et l'approfondissait à chacun de ses combats, désormais. « Arrête ça ! » se mettait alors à glapir son coach, et les juges lui retiraient des points pour rester dans les cordes, et les chroniqueurs sportifs écriraient ensuite qu'il ne ressemblait plus au Muhammad Ali du bon vieux temps, mais dans l'intervalle il travaillait sa méthode, il la remettait sans cesse sur l'ouvrage.

Cet après-midi-là, pourtant, au lac des Chevreuils, il paraissait n'avoir guère appris de toute son expérience, se laissant atteindre par les coups les plus stupides, qui semblaient le surprendre à chaque fois. Non pas languide mais apathique, il avait l'air absent, manifestait au travail l'empressement laborieux d'un mari s'obligeant à remplir ses devoirs conjugaux dans les affres de l'aboulie charnelle.

Le premier de ses sparrings, Larry Holmes, un jeune Noir à la peau claire dont le palmarès de professionnel comptait neuf victoires et aucune défaite, avait pratiqué une boxe agressive pendant trois rounds, distribuant plus de coups qu'il n'en recevait. En soi, ce déséquilibre n'était pas forcément inhabituel puisque Ali pouvait passer un round entier sans servir un seul punch, mais ce jour-là il donnait clairement l'impression de ne pas savoir que faire de Holmes. Ses traits étaient figés dans la même expression dégoûtée que Sugar Ray Robinson avait à la fin de sa carrière lorsqu'il était frappé au nez, une grimace de dédain envers un métier où vous risquiez de vous faire abîmer le portrait à cause d'une seule seconde d'inattention. Il faisait chaud dehors, encore plus dans le gymnase bondé de touristes, une centaine au moins, qui avaient payé un dollar le droit d'assister à l'entraînement. Une mollesse de fin d'été baignait la séance. De temps à autre, Ali cherchait à châtier Holmes pour son impudence mais l'autre n'était pas disposé à se laisser gourmander, il répliquait avec toute l'ardeur d'un jeune pro qui voit un avenir plus que prometteur devant lui. Ali aurait très bien pu le moucher, certes, s'il n'avait pas été immergé dans sa déprime. Un de ses atouts sur le ring, c'était de toujours rester fidèle à son humeur. Alors que dans les interviews sa voix pouvait soudain prendre une tonalité coupante et hystérique avec la même facilité qu'on allume une cigarette, il ne perdait jamais son sang-froid au combat, du moins jusqu'au match contre Liston à Miami dans lequel il avait décroché le titre de champion poids lourds en 1964. Ali pratiquait la boxe exactement comme Marlon Brando, avec le plus grand naturel, savait charger de son humeur du moment chaque rôle qu'il incarnait. Et quand il était mal luné, il s'enfermait dans sa léthargie, le moindre de ses mouvements exprimait une profonde aversion envers une occupation aussi galvaudée. Il lui arrivait souvent de s'entraîner tout un après-midi dans un tel état d'esprit mais ce jour-là il y avait une particularité : il encaissait des coups qu'il n'avait pas prévus, ce qui était bien le comble chez Ali, corrigeant Holmes en lui prenant la tête dans son bras lorsque son irritation dépassait les bornes.

Au cours des années, il était devenu l'un des boxeurs les plus pugnaces au monde. Si d'aventure les frappes de karaté avaient été autorisées sur le ring, il aurait été le premier à y recourir. Son credo voulait que rien de ce qui concerne la boxe ne lui soit étranger. Et cependant toute cette virtuosité était maintenant réduite à un corps à corps besogneux avec Holmes qui, sitôt dégagé, repartait à l'attaque. Puis, vers la fin du troisième round, Ali a commencé à lui décocher des crochets répétés, auxquels Holmes a répliqué à chaque fois.

Eddie « Bossman » Jones, le lourd-léger qui allait prendre la suite de Holmes, était une version réduite de George Foreman. Il ne paraissait pas atteindre le mètre soixante-quinze. Ali se servait de lui comme d'un compagnon de jeux : le dos dans les cordes, très à l'aise avec ce boxeur qui, à l'instar de nombreux prédécesseurs, se campait sur ses deux pieds et balançait ses coups, il encaissait quand il le voulait, parait lorsqu'il le jugeait utile. Dans cette attitude, il faisait penser à un inspecteur de la qualité sur une chaîne de montage, acceptant ou refusant les produits qui défilent devant lui : « Cette pièce peut passer, celle-ci non... » Dans ce que la boxe a de charnel, un corps contre un autre corps, Ali se révélait un véritable maître quand il s'agissait de recevoir les coups : il savait en exprimer toute la substance, la charge esthétique des directs qu'il bloquait ou esquivait et la charge libidinale des furieux assauts de « Bossman » Jones contre lui. Pendant un round entier, ce dernier s'est acharné sur lui tandis qu'Ali demeurait en osmose avec lui-même. Dans les deux dernières minutes de leur second round, toutefois, il a quitté les cordes et pour la première fois de l'après-midi il s'est mis à envoyer des directs, déployant soudain toute la palette de son art, directs avec le gant fermé, avec la main ouverte, avec une torsion du poignet à droite ou à gauche, puis une série de punchs du droit exécutés comme des jabs, puis des uppercuts et des crochets décochés à grande vitesse, sans effort, le corps bien érigé. À chaque frappe, son gant adoptait une position différente, comme si à l'intérieur son poignet et son poing s'exprimaient eux aussi.

Résultat, Bundini, son entraîneur, reprenait vie. « Continue comme ça toute la nuit ! » lui criait-il de son coin, aux anges. Mais Ali ne frappait pas vraiment fort, il châtiait « Bossman » en lui assenant une grêle continue, ting, ting, bing, bam, bing, ting, bam, et la tête de Jones tressautait d'avant en arrière comme un punching-ball à ressorts. « Toute la nuit ! » Il y avait quelque chose d'obscène dans ce spectacle, on aurait cru que le crâne de cet homme était posé sur le tour d'un potier et prenait peu à peu la forme d'un punching-ball à ressorts, justement...

Bien qu'il n'ait pas été une seule fois sonné pour de bon, Jones vacillait sur ses jambes à la fin du round, ce qui constituait sans doute une confirmation du théorème de Cus D'Amato. Il était content, aussi, car il avait bien servi son boss. Il avait le genre de visage qui suggère que des milliers de coups de poing ont rebondi sur sa personne, cette aura angélique du travailleur de force dont l'intelligence a été depuis longtemps annihilée par les chocs.

Pour ses trois derniers rounds, Muhammad allait faire face à Roy Williams, présenté au public sous le titre de champion poids lourds de Pennsylvanie. De la même taille qu'Ali, d'apparence courtoise et endormie, il boxait en manifestant une telle révérence à son employeur qu'il ne paraissait être habité que par une seule émotion : la crainte panique d'abîmer le charisme d'Ali. Il décochait des coups dans les airs tandis qu'Ali le houspillait. Ce dernier semblait pratiquer la lutte plus que la boxe désormais, comme s'il était curieux d'éprouver ses bras contre la puissance de Williams. Le temps s'écoulait lentement avec la tête du champion de Pennsylvanie coincée dans le biceps d'Ali. On se serait cru au stade final d'une bagarre de rue, quand il ne se passe plus grand-chose d'autre que des grognements suffoqués.

Ali avait maintenant huit rounds derrière lui, dont cinq plutôt faciles, trop faciles en tout cas pour expliquer l'état d'épuisement dans lequel il paraissait se trouver. Son teint verdâtre, à vrai dire, trahissait un foie surmené. Les touristes, en majorité des prolétaires blancs en chemise à fleurs avec de-ci de-là quelque barbu ou quelque motard, semblaient peu impressionnés, amorphes. Il fallait être un familier de la méthode d'Ali pour avoir ne serait-ce qu'une vague idée de ce que cette séance pouvait représenter. Vers le milieu du dernier round, Bundini s'est à nouveau manifesté. Bien connu des lecteurs de la presse sportive, notamment pour avoir forgé la formule « Flotte comme un papillon, attaque comme une guêpe », il disposait habituellement d'un tempérament plus volcanique que celui d'Ali et il élevait désormais une voix que tous les témoins ne pouvaient que se rappeler tant elle était rauque, impérieuse mais aussi manifestement capable de passer au travers de n'importe quel obstacle. Là, Bundini était en train d'invoquer les djinns. « Sonne-le ! Donne-lui ! Donne-lui plus fort ! » vociférait-il la tête rejetée en arrière, des ectoplasmes d'ogres jaillissant de ses yeux exorbités. Ali ne réagissait pas. Roy Williams et lui continuaient à s'accrocher l'un à l'autre, à s'immobiliser les bras et à entrer parfois en collision. Plus d'art, ici, seulement l'empoignade besogneuse de lutteurs surmenés qui titubaient tels des déménageurs au bord de l'épuisement. « Dégage !

hurlait Bundini. Dégage et reviens-lui dessus ! » Les secondes s'égrenaient, inexorables. L'entraîneur attendait un sursaut final, il le voulait pour le moral d'Ali, pour qu'il se sente bien le soir venu, pour garder de bonnes habitudes, pour dissiper au moins son humeur exécrable, enfin... « Reviens-lui dessus ! Donne-lui ! Allez, mon grand ! Finis-le en beauté ! Finis-moi ça bien ! Finis-le ! Finis-le ! Finis-LE ! » continuait Bundini dans un paroxysme de rugissements alors que le huitième et ultime round s'achevait et que les deux boxeurs concluaient lentement leur dure journée de travail. Non, il n'y avait pas eu d'apothéose. L'énergie pure ne s'était pas manifestée. Quand le gong a sonné la fin de cette malheureuse séance, Ali paraissait amer, congestionné.

Il n'avait pas l'air beaucoup plus détendu une heure plus tard, lorsqu'il a été disponible pour l'interview. Affalé sur un canapé dans son vestiaire, l'effort de l'entraînement encore visible sur ses traits, il semblait étonnamment alourdi, sans esprit et même sans beauté. Son visage un peu bouffi laissait présager que sa tête allait s'épaissir au cours des années à venir et qu'il allait ressembler toujours plus à un carlin. C'était son manque d'énergie qui surprenait, surtout. D'habitude, il aimait parler après une séance, comme si la dépense physique n'avait fait qu'aiguiser sa vraie passion, qui était de s'exprimer. Ce jour-là, cependant, il restait prostré, se contentant de laisser les autres lui faire la conversation. Il y avait plusieurs Noirs dans la pièce, qui s'approchaient de lui à tour de rôle, tels des courtisans, chuchotaient un instant à son oreille et retournaient s'asseoir dans l'assistance. Le reporter d'une radio de la communauté noire tenait un microphone prêt pour le cas où Muhammad daignerait répondre mais il n'y était pas disposé, pour l'instant.

Visiblement, l'entraînement pesait encore sur tous les présents. L'ambiance était morne, empreinte d'une lassitude funeste. L'entourage d'un boxeur n'est évidemment pas à l'abri d'une pareille morosité. Au plus fort de leur préparation, les pugilistes atteignent un degré d'ennui que le commun des mortels ne supporterait pas un instant. Pour eux, cet état est jugé nécessaire : il les pousse à prendre leur existence en dégoût et crée un désir violent d'en changer. L'ennui stimule une véritable détestation de l'échec. Et c'est pourquoi, dans leur univers, le mobilier est toujours dans des tons de gris ou de brun les plus tristes, les sparring-partners discrets sinon renfrognés, rendus à moitié insensibles par les coups, et le silence semble conçu pour les endurcir à l'épreuve du prochain combat. Pourtant, il régnait généralement une atmosphère enjouée dans le camp d'Ali, une pétulance qu'il pouvait imposer de son seul gré. C'était comme s'il avait besoin de prendre du bon temps pendant son entraînement. Mais pas maintenant. Ce jour-là, son équipe ressemblait à celle de n'importe quel autre boxeur et les ombres de la défaite passaient dans la pièce chichement meublée.

De même que le prisonnier condamné à une

lourde peine commence à sombrer dans le désespoir vers le moment où il se rend compte que l'énergie dépensée à garder sa raison va le dépouiller d'une grande part de son humanité, un boxeur passe grosso modo par un constat similaire. L'un comme l'autre doivent en effet renoncer à l'une des meilleures parts d'eux-mêmes, puisque ce qui convient le mieux à l'être humain n'est pas plus la prison ou l'entraînement que le zoo pour un animal. Tôt ou tard, le boxeur doit convenir que la discipline des séances fait payer un prix exorbitant à son équilibre psychique. L'ennui généré par cette routine ne se contente pas d'émousser sa personnalité, il tue son esprit à petit feu. Rien d'étonnant alors à ce que, pendant la moitié de sa carrière, Ali se soit rebellé contre l'entraînement.

« Qu'est-ce que vous pensez de la cote ? » a lancé quelqu'un à la cantonade. La question, survenue à brûle-pourpoint, a paru désarçonner le champion. « Je n'y connais rien, aux paris », a-t-il rétorqué. On lui a donc expliqué que, pour parler franc, elle s'établissait à deux et demi contre un en sa défaveur. « C'est beaucoup ? » a-t-il demandé avant d'ajouter d'un ton presque stupéfait : « Quoi, ils pensent vraiment que c'est Foreman qui va gagner ! » Pour la première fois de la journée, il a eu l'air moins déprimé. « Hé, les amis, avec une cote pareille, vous avez de quoi vous faire plein d'argent ! » L'évocation du prochain combat semblait lui procurer un modeste encouragement, comme s'il avait été un détenu qui pense à l'heure de sa libération, tout en sachant qu'un tueur l'attendra peut-être au coin de la rue... Sous l'impulsion de ce petit réconfort, il a proposé : « Vous voudriez entendre mon nouveau poème ? »

Dans la pièce, personne n'a eu le cœur de dire non. D'un signe, Ali s'est fait apporter par un sous-fifre un sac d'où il a extrait une liasse de papiers maintes fois triturés et il a feuilleté cette littérature d'un doigt aussi ému que celui d'un pauvre hère en train de compter un paquet de billets de banque. Il s'est mis à lire. Les Noirs écoutaient avec recueillement, le regard perdu sur d'indicibles supputations. « Mon une-deux est réputé », a-t-il commencé.

« Le gauche fait très mal, la droite a de quoi sonner. »

Tout le monde s'est esclaffé. La déclamation s'est poursuivie par la suggestion qu'Ali était aussi tranchant qu'un rasoir et que Foreman risquait de se faire salement taillader.

« Quand vous le regarderez vous allez dire "aïe !"

« Vu que sa figure sera plus qu'une entaille. »

Il a fini par reposer sa liasse en calmant d'un geste la complaisante hilarité. Le poème avait couvert trois feuillets. « Combien de temps vous avez mis pour l'écrire ? » lui a-t-on demandé. « Cinq heures », a répondu Ali, qui était capable de parler au rythme de trois cents mots à la minute. Et puisque le respect allait à l'homme dans son ensemble, ambitions littéraires comprises — tout comme on aurait été enclin à respecter les couacs que Balzac aurait pu arracher à une flûte s'ils avaient été révélateurs d'un effort méritoire, au moins un effort... — une image s'est imposée, celle d'Ali stylo en main, plongé au plus profond de la vénération dans laquelle les Noirs tiennent la rime, ces mystérieuses liaisons qui se nouent à travers l'univers des sons : point de rime qui n'ait son occulte raison ! Celles d'Ali lui permettaient-elles de concevoir la forme de l'avenir ? Ou bien se contentait-il de s'asseoir à sa table après l'entraînement et d'enchaîner ces vers à la subtile niaiserie ?

Dans les situations critiques, cependant, sa force de pénétration mentale ne l'abandonnait jamais longtemps. « Ce machin, c'est juste pour s'amuser, a-t-il annoncé en levant les deux mains. J'ai de la poésie sérieuse qui m'occupe l'esprit. » De toute la journée, c'était la première fois qu'il paraissait s'intéresser à ce qu'il faisait. Et là, de mémoire, il s'est mis à réciter d'un ton entraînant .

Les mots du Vrai t'ont ravi
La voix du Vrai sonne fort
La loi du Vrai est simple :
Récolte les fruits de ton âme.

Cela se poursuivait sur un bon nombre de strophes avant de se conclure par « L'âme du Vrai est Dieu », une déclaration incontestable pour tout juif, tout chrétien ou tout musulman, incontestable même pour pratiquement n'importe qui sauf un manichéen endurci tel que celui qui conduisait notre interview. Mais ce dernier était déjà parti sur un autre terrain de préoccupation esthétique : ce poème ne pouvait tout bonnement pas être original, se disait-il. C'était peut-être une traduction de quelque liturgie soufi que les maîtres en Islam d'Ali lui avaient lue et dont il avait modifié certains mots. Et cependant une phrase résistait à ce scepticisme : « Récolte les fruits de ton âme. » Était-ce bien ce qu'il avait entendu ? Ali avait-il vraiment écrit cela ? En douze années de vers de mirliton où boxe et prophétie s'entremêlaient, de poèmes aussi vains que ses prédictions s'avéraient souvent exactes — « Le quatrième round ne sera pas terminé / qu'Archie Moore ira au tapis, / c'est écrit », tout un programme... —, ce vers devait constituer la première trace d'une idée non résolument antipoétique dans le volumineux canon d'Ali. Qu'il ait composé une ligne empreinte d'une véritable poésie, c'était comme si un rat de bibliothèque réussissait un bon direct du droit. Bref, il fallait en avoir le cœur net. Mais Ali n'arrivait pas à se souvenir du vers isolé de son contexte et il a dû reprendre la strophe dans son ensemble. Seulement sa mémoire lui faisait défaut, maintenant que le fardeau des coups reçus durant l'après-midi commençait à peser sur lui. À chaque vers, il tâtonnait à la recherche des mots qui ne lui venaient plus. Il a eu besoin de cinq minutes, et à la fin le but de cet effort s'était transformé : on aurait dit qu'il ne s'agissait plus seulement d'arriver au bout de la récitation mais aussi de réparer certains circuits de son cerveau qui avaient été endommagés ce jour-là. Avec toute la joie et la fierté d'un gamin de huit ans qui fait étalage de sa bonne mémoire devant sa classe, Ali a eu gain de cause. La patience était récompensée. « La loi du Vrai est simple : / Récolte les fruits de ton arbre. »

« Récolte les fruits de ton arbre. » Non, son bilan demeurait inchangé : il lui restait toujours à écrire son premier vers d'authentique poésie.

En tout cas, l'exercice l'avait définitivement sorti de sa torpeur. Il s'est mis à parler de Foreman, et volontiers. « Ils croient qu'il va me battre ? » s'est-il écrié. Puis, avec la même fureur que si toute sa conception du monde avait été raillée : « C'est rien que du vent, Foreman. Il cogne mais il ne "frappe" pas ! Il n'a jamais mis un bougre K.-O. Six fois il a fait tomber Frazier mais il a jamais pu l'étaler ! José Roman, un rien-du-tout, quatre fois mais pas un K.-O. ! Norton quatre fois aussi ! C'est pas du punch, ça, c'est juste faire trébucher les gens. Il ne peut pas me causer de souci puisque les crochets du gauche, il sait pas faire ! Ah, ça, le crochet du gauche, j'aime pas. C'est comme ça que Sonny Bates m'a mis knock-out, et Frazier, et c'est comme ça que Norton m'a cassé la mâchoire. Mais Foreman, Foreman... Il est tellement lent, il leur faut un an pour t'arriver dessus, ses coups. » Il s'est levé et il a commencé à expédier dans le vide des directs qui ne brassaient que du vent. « Vous pensez que ça peut m'inquiéter, ça ? » a-t-il lancé en alternant des droites et des gauches qui venaient s'arrêter maintenant juste devant la rétine de son interlocuteur. « Ça va être la plus grosse surprise dans toute l'histoire de la boxe ! » a-t-il proclamé, tout à fait en verve désormais. « Je lui rends quatre centimètres en allonge. C'est beaucoup, ça ! Même deux, c'est un avantage, mais quatre, c'est beaucoup. Vraiment beaucoup. »

Il est assez évident qu'une base d'entraînement est entièrement conçue pour la fabrication d'un seul et unique article : l'ego d'un boxeur. Dans celle d'Ali, pourtant, ce n'était pas le manager toujours absent, ni les entraîneurs, ni les sparrings, ni bien entendu l'ambiance maussade qui accomplissaient ce travail : c'était Ali en personne. Il était le produit de sa propre matière première. Pour lui, l'affaire était entendue : Foreman n'avait pas une chance. Et cependant le souvenir du démolissage en règle que ce dernier avait fait subir en deux rounds à Ken Norton perdurait. Ce soir-là, alors qu'il commentait à chaud leur combat au pied du ring, la voix d'Ali avait été remarquablement tendue. Et quand il s'était adressé aux commentateurs des télévisions sa première remarque n'avait pas du tout été typique de lui : « Foreman peut frapper plus fort que moi », avait-il reconnu. S'il s'était auparavant forgé des excuses pour les deux rencontres non décisives qui l'avaient lui-même longuement opposé à Norton, elles venaient d'être brutalement confisquées à son ego : à Caracas cette nuit-là, il avait vu de ses yeux un tueur. Foreman avait manifesté une férocité peu commune sur le ring. Pendant le deuxième round, alors que Norton s'apprêtait à tomber une seconde fois, il l'avait encore atteint à cinq reprises, aussi rapide que les griffes d'un lion lacérant sa proie. Foreman n'était peut-être pas capable de frapper mais il pouvait exécuter. Cet instant avait dû fouailler les entrailles d'Ali.

Bien sûr, un grand boxeur ne peut vivre dans l'anxiété permanente comme d'autres hommes l'endurent. Il ne s'autorise même pas à imaginer la souffrance qu'un adversaire serait en mesure de lui infliger : loin de stimuler sa créativité, ces évocations ne feraient que l'amoindrir, et il a d'ailleurs une source d'angoisse infinie à sa disposition... Au lac des Chevreuils, le mot d'ordre était d'enfouir en soi toutes les craintes et d'exhaler en retour une sinistre assurance, terriblement répétitive. Une fois encore, Ali perdait son charme dans ces proclamations monotones de sa supériorité et de l'inconsistance de son ennemi, et pourtant l'alchimie s'accomplissait, d'une manière ou d'une autre l'anxiété refoulée se muait en ego. Chaque jour, des reporters arrivaient, chaque jour Ali découvrait l'existence de la fameuse cote à deux et demi contre un et réservait le même discours à ses informateurs, chaque jour il lisait les mêmes poèmes, se levait et expédiait des directs sous le nez des journalistes. Ceux qui enregistraient l'échange auraient pu vérifier qu'il se répétait mot pour mot à une semaine d'intervalle. Un seul terrible cauchemar, l'annihilation de Norton par Foreman, était recyclé interview après interview, poème après poème, formule péremptoire après formule péremptoire — « Il cogne mais il ne “frappe” pas » —, recyclé en réaffirmation de son moi. La masse gluante de l'effroi était pressée en briques mentales, et c'était un formidable mur d'autolâtrie qu'Ali avait bâti au cours des années.

Avant de repartir, une rapide visite de la base d'entraînement est toujours proposée. Le lac des Chevreuils est désormais célèbre dans la presse pour les répliques de cases d'esclaves construites tout en haut de la colline d'Ali, ainsi que pour les rochers massifs sur lesquels le nom de ses adversaires a été peint, celui de Liston étant le premier à être visible de la route d'accès. À chaque retour à son camp, ces blocs de roche doivent se dresser comme des témoins devant Ali. Jadis, ces noms étaient des ennemis en chair et en os capables de réveiller la panique dans la nuit, de provoquer un frisson au réveil ; désormais ce ne sont plus que des inscriptions sur la pierre, et la vue des cases est agréable à l'œil, surtout à celui d'Ali. Construites en traverses de bois sombre venues de l'ancien pont de chemin de fer démantelé, leur intérieur a la modestie d'une habitation d'esclave, en effet. Le mobilier est simple, mais ancien. L'eau est fournie par une pompe à bras. On attendrait que celle d'Ali abrite une vieille dame avec une vie honorable et terne derrière elle. Même le lit à baldaquin avec sa couverture en patchwork semble plus adapté à sa taille qu'à celle du boxeur. Dehors, cependant, la rémanence philosophique de ladite vieille dame est remise en cause par un parking couvert plus vaste qu'un terrain de basket et autour duquel toutes les constructions, petites ou grandes, convergent. On le reconnaît bien là ! Le goût subtil du prince du

Ciel descendu prendre la tête de son peuple se heurte aux bêlements discordants du firmament médiatique de Muhammad, où la voûte est d'asphalte et où les étoiles scintillent d'électricité statique.

2

Un bide

Considérez les goûts d'un autre homme noir : voici la résidence officielle du président Mobutu à Nselé, sur les rives du fleuve Congo, un ensemble de bâtiments en stuc blanc qui s'étend sur plus de cinq cents hectares sillonnés de routes. Quelque part dans cette immensité se trouvent un zoo et une piscine olympique. À l'entrée, une imposante pagode, au départ un cadeau de la Chine nationaliste dont la construction a été achevée... par la Chine communiste. C'est un étrange domaine, Nselé. Il s'étend sur des champs cultivés de l'autoroute jusqu'au fleuve, le gigantesque cours d'eau appelé désormais Zaïre qui présente ici un spectacle décevant car ses flots y sont boueux, encombrés de touffes de jacinthes arrachées aux bords, qui se boursouflent comme des cadavres d'animaux et flottent aussi inélégamment que des étrons. Un bateau à trois ponts, croisement de yacht et de vapeur à roues, est amarré à quai. C'est le *Président Mobutu*. À côté, un navire-hôpital de semblable morphologie. C'est le *Mama Mobutu*.

Prévisible. Les affiches annonçant le prochain combat indiquent qu'il s'agit d'« un cadeau du président Mobutu au peuple zaïrois » et d'« un honneur pour l'homme noir ». Tel le serpent lové autour de la baguette, le nom de Mobutu est intimement associé à l'idéal révolutionnaire zaïrois. Pour citer l'un des panneaux officiels jaune et vert qui bordent l'autoroute entre Nselé et la capitale, Kinshasa : « Une rencontre entre deux Noirs, dans un pays noir, organisée par des Noirs et attendue par le monde entier : voilà une victoire du mobutisme ! » Toute une collection de placards similaires, en anglais et en français, donne à l'automobiliste un cours accéléré d'idéologie mobutiste : « Nous voulons vivre libres. Nous refusons que notre route vers le progrès soit barrée. Même si nous devons la frayer à travers la roche, nous le ferons ! » C'est mieux qu'une publicité pour de la crème à raser, certes, et cela témoigne d'un louable respect pour la végétation du Congo, mais l'interviewer n'en vient pas moins à penser qu'il a accompli tout ce voyage pour échouer dans un endroit sans charme.

Bien sûr, il n'a pas bonne mine non plus, l'interviewer, car il a attrapé quelque embarras viral au Caire avant d'arriver au Zaïre, où il n'a passé que trois jours exécrables. Et il repart pour New York l'après-midi même : le match vient d'être ajourné. Foreman a été blessé à l'entraînement, et comme c'est l'arcade sourcilière qui a été touchée il est probable que le délai, non précisé pour l'instant, sera d'un mois ou plus. Quel bide ! Il a appris la nouvelle à peine avait-il posé le pied sur le sol zaïrois. Et sa réservation d'hôtel n'avait pas été enregistrée, bien entendu. Partir à la recherche d'un lit quand on atterrit à l'aube dans une capitale africaine est une expérience unique. Le plus clair de la matinée avait été perdu lorsqu'il s'est enfin vu attribuer une chambre au Memling, un établissement célèbre pour son passé révolutionnaire : dix ans auparavant, les correspondants de presse gîtaient dans les étages tandis que le hall d'entrée servait de terrain d'exécution. À l'époque, le sang coulait dans le lobby mais désormais le Memling avait retrouvé sa vraie nature, celle d'un hôtel médiocre dans une ville tropicale. Le fameux sol du lobby était à peu près aussi propre et plaisant que celui de la gare d'autobus d'Easton, en Pennsylvanie, et à la réception les locaux parlaient le français comme s'ils étaient dotés de larynx artificiel, ce qui ne les empêchait pas de traiter les visiteurs étrangers avec la même hauteur qu'un vrai Parisien. Quelle fierté ils mettaient à manifester l'impossibilité de comprendre votre accent! Quel lieu rêvé pour être exécuté! Les fonctionnaires zaïrois qui croisaient dans les parages portaient tous la tenue appelée *aboscos*, terme forgé à partir du slogan « À bas le costume! » — un pantalon et une veste sans revers bleu marine sans lesquels un bureaucrate révolutionnaire n'aurait pas été complet. Comme certains d'entre eux allaient jusqu'à maîtriser l'anglais, avec une élocution encore plus torturée que celle des Japonais, les mots s'extrayant du plus profond de leur ventre avec force roulements d'yeux, chaque échange était chargé d'irritation. Entre les Noirs et les Blancs, c'était un assaut d'arrogance réciproque. Chez les journalistes, le verdict général était que les Zaïrois constituaient sans doute le peuple le moins accueillant de toute l'Afrique. Très vite, les relations entre eux et leurs visiteurs blancs se sont muées en hostilité mutuelle Si l'on voulait obtenir ce que l'on désirait, qu'il s'agisse d'une boisson, d'une chambre ou d'un billet d'avion, il était indispensable d'adopter le phrasé d'un Belge bougon. Par exemple, si vous raccrochiez votre téléphone après avoir vainement attendu une réponse pendant vingt minutes, vous étiez certain que le standardiste de l'hôtel vous rappellerait afin de vous reprocher amèrement la gêne que vous lui aviez occasionnée. Alors, vous deviez vous glisser dans la peau d'un cultivateur belge rappelant à la réalité les employés de sa plantation : « *La connexion était im-par-faite**[1] *!* » Les rapports étaient si dégradés que même les Noirs américains aboyaient contre leurs semblables africains. Une terre d'anciennes et de nouvelles rancœurs, ce pays...

Pire encore : venir au Congo pour la première fois en sachant qu'il ne s'appelle plus ainsi ! Cette contribution à l'anomie était plus débilitante encore que le cannibalisme. Et puis, parvenir à l'orée du *Cœur des ténèbres*, à l'antique capitale de l'« horreur » conradienne, la vile Léopoldville

1. Les mots en italiques suivis d'un astérisque sont en français dans le texte. (*N.d.T.*)

devenue Kinshasa, à cet épicentre de la traite d'esclaves et du commerce de l'ivoire, et contempler tout cela avec les yeux bilieux d'un intestin à la torture ! Était-ce un des secrets du génie d'Hemingway, qu'il ait été capable de sillonner la planète sans embarras gastrique ? Qui avait jamais autant désiré rentrer à New York ? Si Kinshasa recelait quelque charme, où était-il ? Le centre-ville avait à peu près le chic d'une bourgade de Floride intérieure dont les soixante ou quatre-vingt mille habitants auraient pour on ne sait quelle raison raté le coche du boom économique : quelques grands immeubles regardant de haut une masse de petits voisins. Seulement, Kinshasa n'abritait pas quatre-vingt mille personnes mais un million, et s'étendait sur soixante-dix kilomètres le long d'une boucle du Congo, pardon, du Zaïre, qui n'avaient rien de plus agréable que les kilomètres de banlieues saturées de camions et d'autos autour de Camden, Arkansas, ou de Biloxi, Mississippi. Il y avait bien une ville dans la ville, « la Cité », aussi misérable que colorée, où les indigènes vivaient dans une confusion infinie de ruisseaux, de pistes capricieuses, de night-clubs, d'échoppes et de taudis, mais notre voyageur était trop affaibli par le désordre de ses intérieurs pour aller y faire un tour. Il ne rêvait que de rentrer chez lui.

Dans des conditions tellement adverses, évidemment, c'était les sentiments les plus générateurs de bile qui se révélaient aussi les plus satisfaisants. Quel plaisir, ainsi, à constater comment ce régime révolutionnaire noir à parti unique était parvenu à combiner certains des aspects les plus étouffants du communisme avec ce que le capitalisme présentait de pire ! Le président Mobutu, que l'on disait la septième fortune personnelle au monde, avait décrété que les Zaïrois devaient se donner réciproquement du « Citoyen ». Donc, en dépit de son revenu annuel moyen de soixante-dix dollars, l'administré lambda pouvait se payer le luxe d'appeler « Citoyen » l'un des sept hommes les plus riches de la planète. Peu étonnant alors que l'interviewer ait éprouvé une telle aversion envers la résidence présidentielle. Ces petites villas blanches réservées à la presse et ce vaste Palais des Congrès également blanc, où les boxeurs devaient s'entraîner, n'étaient qu'un lotissement pour anciens combattants au bord du Zaïre. Les immeubles couleur aspirine étaient protégés par des murs en dentelle de béton qui évoquaient ce qu'Edward Durrell Stone avait commis de pire, sérieuse critique lorsqu'on considère que même le meilleur de l'architecte du Kennedy Center a de quoi vous donner des cauchemars. Non, avec toute sa prétention, son allée centrale interminable et ses hordes de journaliers faméliques dans les champs de pastèque — on pouvait passer devant un millier de Noirs sur la route avant d'apercevoir quelqu'un présentant une corpulence à peu près conséquente —, Nselé n'était rien d'autre qu'un artifice technologique à l'instar de Cap Canaveral ou de la californienne Vacaville, une prison de sécurité minimum destinée aux représentants des médias et aux bureaucrates internationaux de passage. Une haute tour habillée de stuc et de chrome sur laquelle s'affichait le sigle du parti MPR s'élevait tel un monument à la rectitude phallique des masses. On était décidément très loin de Joseph Conrad et de l'horreur ancienne, et il fallait sans doute un esprit aussi radical que le sien pour aller jusqu'à soutenir que les joliesses plastiques d'un Edward Durrell Stone inspiraient encore la même aversion que le Congo belge de 1880 :

> Ce n'était point des ennemis, ce n'était point des criminels, ce n'était plus rien de ce monde-ci désormais, plus rien que des ombres noires de maladie et d'inanition gisant pêle-mêle dans l'ombre verdâtre. Amenés de tous les recoins de la côte, dans toute la légalité de contrats temporaires, perdus dans un cadre hostile, nourris d'aliments auxquels ils n'étaient pas accoutumés, ils dépérissaient, perdaient leur capacité de travail et avaient alors le droit de s'éloigner en rampant et de se reposer. Ces silhouettes moribondes étaient libres comme l'air, et presque aussi ténues. Je commençai à distinguer des yeux qui luisaient faiblement sous les arbres. Puis, abaissant mon regard, je vis près de ma main un visage. Le squelette noir gisait de tout son long, une épaule contre l'arbre, et les paupières s'ouvrirent doucement, laissant monter jusqu'à moi le regard des yeux enfoncés, immenses et atones, une sorte de bref éclat blanc et aveugle dans la profondeur des orbites, qui s'éteignit peu à peu. L'homme semblait jeune, un adolescent presque, mais chez eux c'est difficile à dire, vous savez. Je ne trouvai rien d'autre à faire que de lui tendre un des biscuits de mer que j'avais en poche, cadeau de mon bon Suédois. Les doigts se refermèrent lentement

dessus. Il n'y eut pas d'autre mouvement ni d'autre regard[1].

À Nselé, Ali était installé dans une villa qui donnait sur la rive du Zaïre. Elle était décorée et meublée selon un style qui, de la part des officiels zaïrois, ne surprenait pas. Des pièces deux fois plus grandes qu'une chambre de motel mais tout aussi déprimantes distribuaient l'espace. Les banquettes et les chaises étaient capitonnées de peluche verte, le sol couvert d'un revêtement plastique grisâtre, les coussins étaient orange, la table brun foncé, bref l'inévitable pacotille hôtelière que les professionnels de la vente en gros désignent sous le terme de « High Schlock », la camelote pseudo-moderne.

Il était neuf heures du matin. Ali était levé depuis peu. Il avait meilleure mine qu'au lac des Chevreuils et cependant les indices d'une santé défaillante s'attardaient sur sa physionomie. La presse avait d'ailleurs rapporté que son taux de glucose était faible, qu'il manquait d'énergie et qu'un nouveau régime alimentaire lui avait été prescrit. Celui-ci n'avait en tout cas guère amélioré son apparence.

Ce matin-là, il était doublement abattu par la blessure de Foreman. Sans elle, le combat aurait dû se tenir dans une semaine à peine. Bill Brannigan, un journaliste de télévision qui s'était entretenu avec Ali quelques instants après qu'il eut appris la

1. J. Conrad, *Au cœur des ténèbres,* trad. J. Deurbergue, La Pléiade, 1985, p. 65. *(N.d.T.)*

nouvelle, devait remarquer plus tard : « C'est la première fois que je l'ai vu avoir une réaction spontanée. » Il était dans tous ses états, en fait. Selon ses propres paroles, c'était « le pire des moments, et la pire chose qui puisse arriver. Je me sens comme si quelqu'un de proche venait de mourir ». Était-ce sa détermination physique si durement acquise qui venait de s'éteindre, sa difficile progression vers une condition optimale? Encore que l'emploi de ce concept même expose à se confronter au premier mystère de la boxe : il est rare que le corps et le psychisme d'un poids lourd se retrouvent en accord pour lui permettre de maintenir une vitesse maximale pendant quinze rounds. Cet état ne peut être atteint par un simple effort de volonté. Et pourtant Ali s'y était efforcé, autant qu'il pouvait. Des mois durant, il s'était entraîné.

L'amère ironie de sa trajectoire, c'était qu'il y avait eu un moment de sa carrière où il s'était trouvé en permanence dans cette forme idéale. Avant son deuxième combat contre Liston, vous pouviez le surprendre au beau milieu de n'importe quelle séance d'entraînement : il était toujours superbe. Son corps ne pouvait le trahir. En l'entendant décrire sa condition physique, vous obteniez une définition assez exacte du bonheur. Mais une décennie s'était écoulée, depuis. Au cours des trois années qui suivirent le moment où son titre lui fut retiré pour avoir refusé de servir dans l'armée — « Aucun Vietcong ne m'a jamais traité de "negro"... » —, il avait mené une existence qui n'était en aucun cas celle d'un boxeur professionnel, donnant des conférences, montant sur les planches à New York, voyageant, laissant son corps en friche. Il avait pris du bon temps, oui, et dès lors il allait s'entraîner en gardant toujours en vue la détente qui suivrait sa journée de pratique. La veille de son premier combat avec Norton, malgré ses douleurs arthritiques aux mains et une injection de cortisone dans la cheville, il s'était rendu à une soirée ; le lendemain, Norton lui cassait la mâchoire.

Par la suite, il s'était obligé à un entraînement un peu plus rigoureux mais c'était une corvée qu'il avait du mal à supporter. Il n'avait accepté de se plier à la contrainte déprimante d'une préparation intensive qu'en deux occasions, pour sa seconde rencontre avec Frazier et maintenant en prévision de son combat contre Foreman. Combien de mois s'était-il échiné au lac des Chevreuils ! Il était allé jusqu'à s'abstenir de viande et se contenter de poisson pour lutter contre l'arthrite, et ses mains avaient guéri. Il pouvait taper dans le punching-ball, à nouveau, seulement ses forces avaient décru. Et après toute une saison d'entraînement, son énergie était encore en baisse ! Il devait y avoir une dimension charnelle dans les lois cosmiques qui régissaient la violence, quelque chose qui exigeait qu'un pugiliste mange de la viande. Et donc il avait renoncé au poisson, avait recommencé à consommer de la chair animale, et des desserts. Son taux de glucose était remonté. Il était peut-être même prêt à disputer le combat dans lequel la logique de toute une vie allait être mise à l'épreuve. Enfin. Et voilà que la nouvelle de l'ajournement était arrivée... Cela avait dû lui faire l'effet d'une amputation. Attention, danger. Chaque cellule de son corps était sans doute au bord de la mutinerie.

Quarante-huit heures plus tard, toutefois, il prenait la chose avec plus de philosophie. « C'est une grosse déception, devait-il dire ce matin-là, une grosse, grosse déception. Mais Allah m'a révélé que je devais considérer ça comme un "cours particulier" en patience. C'est une occasion qui m'est donnée d'apprendre à transformer la pire des déconvenues en un maximum de force. Parce qu'on peut trouver la graine de la victoire dans le "supplice" de la déception. Allah m'a accordé de voir une bénédiction dans cet ajournement. » Un doigt didactiquement levé, il a ajouté : « C'est toujours dans son propre cœur qu'on découvre les plus grandes surprises. »

Il n'y avait qu'Ali pour tenir pareil discours à neuf heures du matin et arriver à vous faire croire qu'il en était convaincu. « Mais bon, a-t-il poursuivi, c'est dur, vraiment dur. J'en ai assez de m'entraîner. Je veux manger toutes les tartes aux pommes et toute la crème fouettée dont j'ai envie ! » Et puis, peut-être parce qu'ils étaient restés debout durant toute cette déclaration liminaire, Ali a entrepris de présenter cérémonieusement l'interviewer à ses collaborateurs noirs. « C'est un grand écrivain, a-t-il déclaré. No'min est un sage, un vrai. » Du coup, le déroulement de l'interview était compromis. Car après une telle introduction comment Ali n'aurait-il pas été désireux de lire un peu de ses vers ? De son côté, un « sage » a beau être résolu à se montrer courageux, confronté à une poésie pareille, il ne peut que se résigner à la déférence des lâches. Ou comment « No'min » esquive la critique de ses poèmes qu'Ali attendait de lui... Tandis que le champion déclame, « No'min » refoule tous les principes fondamentaux de la littérature. Ce qui est un crime contre l'esthétique aussi grave que de saluer la conception architecturale de Nselé.

Cette fois encore, cependant, il ne s'agit pas de vers de mirliton mais d'un lyrisme qui jaillit de la source mystérieuse qu'Ali recèle en lui. Avec cette liasse d'une bonne centaine de feuillets, couverts d'une écriture manuscrite si imposante que chacun contient moins d'une cinquantaine de mots, Ali traite le thème du cœur. Curieux poème, en vérité. À nouveau, il est difficile de distinguer ce qui est original et ce qui ne l'est pas dans la formulation, mais le sujet ne fait aucun doute. Il le déclame comme un sermon et en effet il ressemble à un adolescent de treize ans réputé pour son aptitude à monter en chaire et à haranguer la communauté d'une voix aussi forte que celle d'un adulte. C'est donc une réflexion sur la typologie des cœurs. Il y a le cœur de fer, qui doit passer par le feu avant de pouvoir subir la moindre transformation, et le cœur d'or, qui reflète la splendeur du soleil, puis l'attention de l'auditeur s'émousse et ne retient au passage que quelques-unes de toutes les catégories qui défilent devant lui, cœurs d'argent, et de cuivre, et de pierre, et de cire, ce poltron qui fond avant de s'embraser mais qui a tout de même l'avantage de pouvoir être aisément modelé par un dessein suprême... Puis Ali évoque « le cœur de papier, qui flotte comme un cerf-volant dans les airs. On peut guider ce cœur-là tant que le fil est assez résistant pour le retenir. Mais quand il n'y a pas de vent, il tombe ».

Une diversion est tentée. Ali, est-il suggéré, doit certainement avoir un cœur de fer. L'intéressé se montre surpris. Il se voyait, lui, avec un cœur d'or. Un profond silence succède à la récitation.

« Un joli thème de prêche, finit par constater Norman. Quand vous allez vous reconvertir en ministre officiant, il vous sera très utile. » Aussitôt, ses intestins le punissent de se montrer d'une telle hypocrisie. Qui plus est, Ali n'a pas obtenu de commentaire direct sur son œuvre et il s'assombrit. D'un coup, la journée paraît vide, sans objet. Comme aucune séance d'entraînement n'est prévue, Ali ne sait comment s'occuper. « Je devrais peut-être faire un peu d'échauffement, médite-t-il. Ils aiment bien me regarder, ces Africains-là, et ce report leur a causé un choc terrible. Peut-être que ce serait un soulagement, qu'ils voient que je continue à m'entraîner...

— Vous avez l'intention de rester ici jusqu'au match ?

— Oh, je n'ai pas envie de bouger, non. Ma place est ici, avec mon peuple. »

Des rumeurs avaient circulé selon lesquelles ni lui ni Foreman n'étaient autorisés à quitter le Zaïre. Ce qui était certain, en tout cas, c'était que la villa de Foreman était gardée par des soldats. Quand le boxeur avait été blessé à l'entraînement, l'homme de confiance de Mobutu à Nselé, Bula Mandungu, avait tenté d'étouffer la nouvelle avant de découvrir qu'elle était déjà partie pour l'Amérique par le truchement d'un télex que ses assistants avaient omis de couper. Bula, dont les petits yeux exprimaient toute la réserve de quelqu'un qui ne sort plus sans un holster à la ceinture depuis vingt ans, avait passé un savon aux journalistes. « Vous ne devez pas parler de cette histoire, avait-il décrété. Elle serait mal comprise, dans votre pays. Je vous suggère de l'oublier, tout simplement. C'est une entaille de rien du tout. Allez vous détendre, prendre un bain... Foreman sera certainement sur pied d'ici demain. » Il avait passé trois ans en Allemagne de l'Est et quatre à Moscou, ce qui expliquait peut-être certaines de ses formules de rhétorique. « Les Américains sont des hystériques, disait-il ainsi, toujours à tout dramatiser. »

Un brave fonctionnaire du Département d'État avait prêté sa limousine diplomatique à quelques reporters pour qu'ils puissent se rendre à la résidence de Foreman, à six kilomètres. À leur arrivée, toutefois, on ne les avait pas laissés descendre de voiture. Alors que sur le perron le manager de Foreman, Dick Sadler, les conviait à entrer avec de grands signes, le responsable de la sécurité qui avait arrêté le véhicule s'empressa d'affirmer : « Vous embêtez le Champion, là.

— Pas du tout, avait répliqué John Vinocur, d'Associated Press. Vous ne voyez pas que son manager nous invite ?

— Eh bien, vous m'embêtez moi », avait contré l'autre en ordonnant d'un geste à ses hommes d'approcher.

Ils étaient équipés de fusils-mitrailleurs Uzi, legs d'une ancienne histoire d'amour avec les Israéliens. Avec sa pagode chinoise moitié nationaliste moitié communiste, ses résidences privées à Bruxelles, Paris et Lausanne, ses comptes bancaires en Suisse, son flirt du moment avec les pays arabes et le traitement privilégié que recevait la CIA à Kinshasa, il n'était pas exagéré de considérer l'éclectisme comme un trait important de la personnalité du président zaïrois. Il l'était même furieusement, éclectique, ce à quoi les reporters avaient rendu un respectueux hommage en mettant au plus vite la limousine américaine battant pavillon US hors de portée des armes israéliennes servies par des soldats zaïrois. À la suite de cet incident, la plaisanterie en vogue autour des tablées de journalistes fut qu'Ali ne recouvrerait pas la liberté tant que les Marines n'auraient pas débarqué au Congo.

Dans la chambre meublée de camelote pseudo-moderne, par contre, le temps s'écoulait calmement. Des visiteurs arrivaient, repartaient. Ali s'asseyait sur une des chaises en peluche verte et enchaînait les interviews. Il a donné son analyse de la blessure de Foreman, ainsi que de ses effets probables sur son moral. « Il n'avait encore jamais été blessé. Il se croyait invincible, avant. Ça a dû lui faire un coup. » Ayant ainsi satisfait les esprits analytiques, il est passé à un entretien avec un journaliste africain au cours duquel il a longuement évoqué son intention de parcourir tout le Zaïre après le combat, et souligné l'amour qu'il portait au peuple de ce pays : « Ce sont des gens simples, bons, travailleurs, affectueux... »

C'était l'heure. Si l'on voulait attraper cet avion tant attendu, il fallait prendre maintenant congé d'Ali. Alors il est venu s'asseoir à côté de lui, il a patienté une minute avant de glisser une brève formule d'adieu. La réponse, totalement inattendue, avait peut-être été provoquée par l'évocation d'un départ. En tout cas, sans aucun doute possible, Ali a murmuré : « Faut que je me tire d'ici. »

Devait-il en croire ses oreilles ? Il s'est penché sur Ali. Jamais encore ils ne s'étaient tenus si près l'un de l'autre. « Pourquoi vous ne partiriez pas deux ou trois jours en safari ? »

Avec cette suggestion, il venait de ruiner le reste de son exclusivité. Pourquoi ne s'était-il pas contenté de souffler : « Ouais, c'est dur... » ? Il venait de se rendre compte, trop tard, qu'il fallait aborder la psyché de Muhammad avec autant de précaution que si l'on marchait sur des œufs.

« Non », a répondu Ali, se raidissant ainsi contre toute nouvelle tentation. « Je vais rester ici et travailler pour mon peuple. » La boxe, c'est aussi le rejet des influences extérieures. Une discipline classique, en ce sens.

En rentrant aux États-Unis, Norman n'avait pas d'heureux pressentiments quant au combat à venir.

3

Le millionnaire

Notre sage avait un défaut : il ne s'excluait pas de ses écrits. Non content de décrire les faits dont il était témoin, il évoquait aussi le petit effet que lui-même produisait sur le cours de ces événements. Ce vice avait le don d'irriter les critiques, qui parlaient de nombrilisme et des aspects peu attrayants de son narcissisme. De telles attaques ne l'atteignaient guère : il avait déjà eu une histoire d'amour avec lui-même, qui avait demandé une bonne part de sa capacité à aimer. Il n'était plus aussi enchanté de se fréquenter, en fait. Il trouvait ses réactions quotidiennes sans intérêt : elles ressemblaient de plus en plus à celles des autres. Il avait aussi remarqué que les rouages de son esprit commençaient à tourner à vide, qu'il paraissait parfois se répéter par pure servilité envers de médiocres habitudes. S'il se demandait à ce stade comment il allait se nommer dans le texte qu'il projetait au sujet du combat, ce n'était d'ailleurs pas à cause d'un égotisme littéraire exacerbé, mais plutôt parce qu'il se souciait de l'attention du lecteur. Il aurait été malaisé de s'attacher à un long récit en prose dont le narrateur ne serait apparu que sous forme d'abstractions, l'Écrivain, le Voyageur, l'Interviewer... Cela produisait un effet presque aussi déplaisant que si quelqu'un déterminé à passer de nombreuses années avec une femme devait penser à elle sous l'intitulé de « l'Épouse ».

De plus, Norman, pétri de modestie à son retour à New York, trouvait qu'il pourrait aussi bien utiliser son prénom dans cette narration, d'autant que c'était l'usage dans le milieu de la boxe. Sa tête restait d'ailleurs si obstinément vide que l'autre option aurait été d'écrire un texte sans nom. Jamais sa « sagesse » ne lui avait paru aussi impalpable, ce qui est une condition propice au développement d'une voix anonyme.

De retour à Kinshasa un mois plus tard, cependant, il allait se retrouver dans un contexte très différent. Désormais, il disposait d'une chambre confortable à l'Inter-Continental, ce qui était également le cas de toutes les notabilités du clan Foreman : le Champion en personne, son manager, ses sparrings, ses proches et amis, ses remarquables entraîneurs — nous parlons ici de personnalités telles qu'Archie Moore et Sandy Saddler... Certains membres de l'équipe d'Ali étaient eux aussi descendus dans cet hôtel, à commencer par Bundini, qui allait finir par avoir des escarmouches verbales avec les hommes de Foreman en plein lobby. Ah, ces affrontements homériques ! Il faudra les décrire. Autres clients de l'Inter-Continental, les organisateurs du combat : John Daly, Don King, Hank Schwartz. Et il y avait encore Big Black, l'imposant joueur de conga et fidèle d'Ali. À un reporter britannique qui lui demandait comment s'appelait son instrument, il avait obligeamment répondu mais le journaliste avait déformé le mot en « Congo », que le censeur zaïrois s'était empressé de barrer pour le remplacer par « Zaïre ». Si bien que désormais Big Black pouvait déclarer dans ses interviews qu'il jouait du « zaïre ».

Oui, l'ambiance avait changé, et l'humeur. La table était meilleure à l'Inter-Continental, tout comme les cocktails. Noirs et Blancs se croisaient volontiers dans les parties communes. Musiciens venus participer à un festival le mois précédent et qui s'attardaient là, agents de voyages plus ou moins associés à la promotion du match, experts en art pugilistique, magouilleurs en tous genres et même quelques touristes frayaient avec des bureaucrates africains de passage et des hommes d'affaires européens. Le personnel masculin et féminin des casinos de la ville venait prendre un verre et sympathisait avec les jeunots du Peace Corps comme avec les représentants de gros consortiums. Dans le hall, que le service de presse de l'hôtel n'hésitait pas à appeler le « salon de Kinshasa », c'était un ballet incessant de tuniques africaines, de vestes de brousse et de costumes rayés. C'était d'ailleurs un endroit étonnamment agréable même si les moquettes feuille-morte et orange pastel, les fauteuils en rotin, les peintures murales, les lampes, les canapés, auraient aussi bien pu se trouver au

Hilton d'Indianapolis ou au Sheraton d'Albuquerque. En Afrique, toutefois, le charme opérait. À Kinshasa, un peu de confort matériel facilitait grandement l'existence. Vous montiez dans l'ascenseur ultra-rapide et vous vous sentiez pousser des ailes ! Et ici, il n'y avait que les œufs qu'on faisait frire ! Et les taxis ne mettaient pas trois heures à arriver !

Néanmoins, l'intérêt du lieu dépendait plus du flux incessant de visiteurs que de leur statut social. Ici, les arbitres en mondanités des championnats de boxe poids lourds auraient fini par perdre la vue à force de scruter les visages jusqu'à en reconnaître un assez fameux pour qu'ils feignent de l'ignorer. Quelques célébrités allaient finalement arriver la veille du combat, Jim Brown, Joe Frazier et David Frost pour en citer trois, mais la jet-set coutumière des rings restait absente de Kinshasa. Les protagonistes de la future rencontre et leur entourage, ainsi que George Plimpton, Hunter Thompson, Budd Schulberg et votre serviteur faisaient donc office de notabilités. Dans ce contexte, la simple idée de l'anonymat était à exclure.

Désormais, Norman était bien accepté dans les milieux noirs. Alors qu'Ali l'avait présenté comme un « sage » — Ali qui avait dû le croiser une bonne douzaine de fois au cours de ces années mais qui n'avait jamais prouvé qu'il était certain de connaître son nom de famille —, Foreman devait s'écrier de son côté : « Ouais, j'ai entendu parler de vous. Vous êtes champion d'écriture. » Don King avait salué en lui « un grand esprit de notre époque, un génie ». Bundini répétait à la cantonade ce mensonge éhonté : « No'min ? Il est encore plus intelligent que moi ! » Quant à Archie Moore, auquel « No'min » vouait une admiration de longue date, il se montrait enfin cordial à son égard. Un sparring-partner lui demanda un autographe, même...

Quelle fête. Accueilli si chaleureusement à son retour en Afrique, il se sentait définitivement délivré de la hantise du bide qui avait tant pesé sur son premier passage à Kinshasa. Les dernières séquelles de la fièvre qui l'avait piteusement cloué au lit une semaine durant une fois revenu à New York avaient disparu. Il était heureux d'être à nouveau sur le sol africain. Quelle bonne surprise, vraiment. Mais comme il était loin d'être aussi lu que célébré dans ce milieu, et comme la communauté noire américaine, dans l'une de ses unanimités successives si particulières qui la parcouraient telles des vagues mentales, était en train de lui tailler une excellente réputation sans raison évidente, ni ouvrage récent, ni relation extra-littéraire avec la cause noire, seulement des livres et des articles publiés dix ou quinze ans plus tôt, il en était venu à distinguer peu à peu la main équitable autant que malicieuse du hasard.

Plusieurs mois auparavant, les journaux avaient eu vent d'une histoire concernant le roman qu'il était en train d'écrire : ses éditeurs s'apprêtaient à lui verser un million de dollars pour un livre qu'ils n'avaient même pas vu. Alors qu'il n'était plus en odeur de sainteté dans la cathédrale littéraire depuis quelques années déjà, cette indiscrétion ne pouvait que consommer sa disgrâce. Il savait qu'avec tout l'émoi que suscitait son nouveau roman — quand bien même il restait aux neuf-dixièmes inachevé... —, il devrait être deux fois aussi bon qu'il ne l'avait d'abord escompté s'il voulait faire oublier l'aspect purement financier du projet. Les hommes de lettres qui se respectaient n'étaient pas censés rafler de telles « sommes », point final. Il pouvait toujours alléguer aux quatre coins du petit monde littéraire que son éditeur bostonien n'était pas victime d'une atrophie galopante du cortex cervical, mais que ce fameux million devait lui être versé lorsqu'il aurait écrit cinq à sept cent mille mots, soit l'équivalent de cinq romans. Étant donné qu'il ne toucherait cet argent qu'à la remise du manuscrit, que la substantielle avance qu'il avait reçue avait déjà disparu car il avait des dettes, cinq femmes, sept enfants et des problèmes de finance par-dessus la tête, cette somme n'était pas aussi énorme qu'elle le paraissait, expliqua-t-il également. C'était un million « nominal », en fin de compte...

Le monde littéraire révérait la déveine, mais c'était pour la bonne cause : car puisque personne ne s'empresserait de lui pardonner à moins que son roman ne se révèle grandiose, cette pression allait peut-être forcer son œuvre à se rapprocher d'une telle dimension. On lui laisserait assez de temps, du moins pour raccourcir ses phrases...

Ici, en Afrique, c'était une tout autre histoire. Depuis que l'affaire du million était tombée sur les télex des agences de presse, son nom, au sein de la communauté noire, avait été « distingué ». No'min Million était quelqu'un qui pouvait s'en tirer en se servant de sa tête. Pas besoin de baston ! Il n'était pas forcé d'encaisser des coups sur la caboche, ni de cogner sur la vôtre, en plus ! Ce type devait être un caïd de la littérature. Se faire un million sans risquer sa peau... chapeau ! Obtenir une somme que les champions de boxe poids lourds n'avaient pas été en mesure de récolter jusqu'à ce que Muhammad Ali vienne mettre un peu d'ordre... Du coup, les secteurs les plus optimistes de la communauté noire, qui surveillaient désormais tous les horizons commerciaux du continent américain, commençaient à regarder de plus près le métier d'écrivain. « Restez près de ce mec », tel était le conseil qui circulait, « il pourrait y avoir des retombées ! »

Jadis, il aurait été effondré de se découvrir capable de spéculer sur de telles valeurs. Mais son histoire d'amour avec l'âme noire, une orgie de sentimentalité à ses pires moments, avait été sérieusement échaudée par les accès de fièvre du « Black Power ». En fait, il ne savait plus très bien s'il aimait les Noirs ou s'il éprouvait une sourde antipathie envers eux, le plus honteux des secrets dissimulés dans son existence d'Américain. Derrière sa navrante découverte de l'Afrique, derrière l'aversion viscérale que lui inspirait Mobutu — la seule vue d'une photographie du Président, avec ses joues rebondies et ses lunettes en écaille, lui mettait à la bouche des invectives dignes d'un professeur de Harvard confronté au portrait officiel de Nixon —, devait se dissimuler sa fureur contre les Noirs, tous les Noirs. En arpentant les rues de Kinshasa à son premier voyage, tandis que la foule noire passait autour de lui avec une indifférence à sa personne qui arrivait à le « négrifier », il avait eu un aperçu de ce que signifiait être invisible sous le regard des autres. Il avait aussi dangereusement frisé, s'il n'y prenait pas garde, la fatale animosité du Retraité Blanc. Et comme elle bouillait de trouver n'importe quelle justification, sa haine ! Mais lorsque la simple évidence de l'Afrique avait fini par s'imposer sur cette bouffée de fanatisme, lorsqu'un long trajet sur l'autoroute lui avait permis de voir des milliers de Zaïrois efflanqués et sans doute sous-alimentés courir après des autobus bondés d'habitants des nouveaux bidonvilles, et cependant de déceler dans presque chacune de ces milliers de minces silhouettes qui attendaient aux arrêts une sorte d'esthétique absolue, de confirmation de ce que le dessin du corps humain a de sacré et de définitif, de découvrir que même dans ce contexte elles exprimaient une incorruptible solitude, une dignité muette comme la pierre, une dignité africaine qu'il n'avait jamais aperçue parmi les Sud-Américains, les Européens ou les Asiatiques, une conscience de soi au magnétisme tragique, comme si tous, seuls et ensemble, portaient leur continent telle une auréole de tristesse, alors il était devenu impossible de ne pas ressentir la pulsation unique de l'Afrique, et cela même si Kinshasa était à la jungle ce qu'une cité industrielle américaine est aux côtes les plus grandioses de Californie, impossible de ne pas être pénétré par l'évidence de ce que tout le monde, à commencer par « Papa » Hemingway, essayait d'exprimer depuis un siècle à propos de l'Afrique : cette terre vibrait tellement, merde ! Aucune horreur ne manquait de réveiller un écho à deux mille kilomètres de distance, le moindre éternuement était à peine sorti des arbres qu'il se répercutait sur l'autre versant de la colline.

Dès lors qu'il ne pouvait plus détester les Zaïrois, ni même rester convaincu de sa condamnation de leurs oppresseurs noirs, son animosité s'était transportée sur un autre continent pour tomber sur les Noirs américains, leur arrogance, leur jargon, leur façon de s'habiller « ethnique » pour vous faire la nique, leur « soul » braillarde, leurs orgues portatifs collés au bas-ventre et leur nouvel ego vomitoire, scories de tout le crassier d'aliénation recyclée US. Et là, il comprenait qu'il n'était pas seulement venu ici raconter un combat mais aussi examiner d'un peu plus près cette démesure qu'étaient ses propres pulsions d'amour et — non, était-ce possible ? — de pure haine envers la présence noire sur cette terre.

Alors non, il n'avait pu être vraiment surpris quand son état avait encore empiré à son retour aux États-Unis et qu'il avait enduré une semaine, puis dix jours dans un total dégoût de lui, une fièvre sans hallucinations, une maladie sans terreur car il avait l'impression que son esprit avait expiré ou, pire encore, l'avait abandonné. C'était un avertissement assez sérieux pour lui imposer le message, et donc il avait enfin quitté le lit déterminé à apprendre un peu de l'Afrique avant de repartir là-bas, une saine impulsion qui lui avait porté chance... Mais d'ailleurs, ne sommes-nous pas enclins, sans nous l'avouer, à jouer le jeu de la vie avec l'idée que le retour de la bonne fortune marque aussi le retour de la bonne santé ? Après s'être renseigné, il s'était rendu à la librairie d'University Place à New York, une application littérale de l'image « taupinière » au huitième ou neuvième étage d'un vieil immeuble cacochyme derrière la 14e Rue, aux pierres imprégnées de l'odeur des catacombes. Là, en sortant de l'ascenseur, il s'était retrouvé nez à nez avec un fouillis de livres et de cartons poussiéreux. Le seul vendeur présent, un blond massif à rouflaquettes hirsutes, avait aussitôt assuré à son nouveau client qu'il pouvait bien se payer toute cette avalanche de littérature : n'avait-il pas raflé « le million », hein ? Bref, l'expédition n'aurait pas valu la peine d'être décrite, si ce n'est que l'employé avait entrepris de sélectionner des ouvrages, tous inconnus de lui, et il se demandait s'il y aurait au moins un paragraphe de radium dans toute cette pechblende historique, politique et géographique quand sa chance s'était présentée. En l'espèce d'un livre complet, *Philosophie bantoue*, du père Tempels[1], un prêtre hollandais qui était parti au Congo belge en tant que missionnaire et avait étudié à travers leur dialecte le regard que les

1. Placide Tempels, *Philosophie bantoue*, coll. Présence africaine, Poche, 1980. *(N.d.T.)*

tribus parmi lesquelles il vivait portaient sur le monde.

Compte tenu de quelques-unes de ses convictions, la lecture de cet ouvrage avait provoqué un effet considérable sur Norman. Il y avait en effet découvert que la philosophie spontanée de l'Afrique tribale se révélait proche de la sienne. Les Bantous, devait-il apprendre, considéraient les humains non comme des êtres mais comme des forces. Lui-même, sans l'avoir exprimé, en avait toujours été persuadé. Cette logique était un puissant stimulant à ses réflexions. Avec elle, les hommes et les femmes devenaient plus que l'addition de ce qui les composait, c'est-à-dire plus que le simple résultat de l'hérédité et de l'expérience. Un être ne se définissait plus seulement par ce qu'il contenait, ses désirs, ses souvenirs, sa personnalité, il « était » également les forces qui pouvaient venir l'habiter à n'importe quel moment, venues de la sphère du vivant ou de celle des morts. Ainsi un homme n'était-il pas que lui-même mais aussi le karma de toutes les générations passées qui continuaient à exister en lui, non seulement un psychisme spécifique mais un écho, consentant ou non, de chacune de ses racines, de ses particularités et de ses démons. Et il trouvait alors son équilibre, sa place chancelante dans le champ de toutes les forces exprimées par le vivant et par le mort, et le sens de son existence n'était plus difficile à discerner : comme tous ses semblables, il faisait de son mieux pour trouver sa position au sein de toutes ces forces afin d'accroître la sienne propre. Dans l'idéal, il fallait parvenir à ce but en harmonie avec l'action de chacune d'entre elles mais le début de la sagesse était de s'enrichir soi-même, d'accroître son *muntu*, la quantité de vie qui existe en tous, le gabarit de l'être humain qui existe dans une personne donnée. Complètement fou : nous revenions ainsi au calvinisme des Élus, qui distingue celui qui a amassé le plus de possessions, l'homme riche et puissant. En plein ghetto où il n'est pas question d'envahir le territoire de l'autre. Pétris de la fierté du propriétaire et des « enrichissez-vous » ! Retour aux principes fondateurs du capitalisme ! La philosophie bantoue, cependant, n'est pas aussi primitive que cela. Elle peut offrir une vision plus sinistre, peut-être plus noble : car si nous « sommes » notre force nous sommes aussi celle des morts, et nous devons donc avoir l'audace de vivre avec toutes les forces magiques qui se déchaînent entre l'univers des vivants et celui des morts. L'effroi n'est jamais loin. Il faut de la bravoure pour vivre avec la beauté, ou la richesse, dès lors que nous les voyons dépendre intimement des messages, des malédictions et des allégeances venus des morts.

Devant une femme élégamment vêtue, un Africain ne se contentera sans doute pas de reconnaître le supplément de pouvoir que lui confère le raffinement de sa tenue. À ses yeux, elle aura aussi repris la force qui existe dans la robe, le *kuntu* de sa parure. Celui-ci a sa vie propre, c'est une force spécifique dans l'univers des forces. La robe est ainsi un afflux de pouvoir comparable à celui que ressent un acteur quand il revêt un nouveau rôle, quand il est pénétré de l'existence autonome du rôle comme si cette dernière était déjà là, « quelque part », à l'attendre dans l'ombre. Et à cet instant une énergie vitale qui semble venir de cavernes oubliées l'envahit. C'est pourquoi certains acteurs sont absolument obligés de jouer, s'ils ne veulent pas sombrer dans la folie : ils ne peuvent se passer de ce moment de clarté intense, lorsque le rôle « revient » à eux.

Voici un passage du *Palm Wine Drunkard* (Le Buveur de vin de palme) d'Amos Tutuola :

> Ce soir-là, nous avons fait connaissance avec « Rire » parce que tous les autres ont cessé de rire de nous mais « Rire » a continué pendant deux heures. Et alors que « Rire » continuait à rire de nous cette nuit-là nous avons oublié nos chagrins, ma femme et moi, et nous avons ri avec lui parce qu'il riait sur des tons étranges, que nous n'avions jamais entendus de notre vie... Et donc, si quelqu'un continue à rire avec « Rire » en personne, il ou elle finira par s'étendre ou par s'évanouir d'avoir ri si longtemps, parce que rire est sa profession.

Si le rire dispose d'un tel pouvoir, que pouvons-nous appréhender de l'approche africaine du plaisir sexuel, l'incontournable kuntu de la « baise »... Oui, car chaque mot est lié aux éléments primordiaux de l'univers. « Ce terme », explique un sage dogon, Ogotemmêli, « signifie eau et chaleur. La force qui porte ce mot sort de la bouche en une vapeur d'eau qui est à la fois eau et mot. » « Nommo », c'est ainsi le nom du mot et l'esprit de l'eau. Nommo vit donc partout, dans la vapeur de l'air et les pores de la terre. Et puisque le mot est égal à l'eau, toute chose est sous l'effet de Nommo, le mot. Quand Nommo y entre, même l'oreille devient un organe du sexe : « Le mot propice, dès qu'il est reçu par l'oreille, va directement au siège du plaisir sexuel, où il roule dans l'utérus... »

Quelle ivresse ! Ce joli petit livre, *Philosophie bantoue*, ainsi qu'un ouvrage plus ambitieux qui regorge de friandises intellectuelles, *Muntu*, de Janheinz Jahn[1], illuminent ses dernières heures à New York, puis son voyage en avion — une nuit et un jour ! — et sa deuxième découverte de Kinshasa. Cette lecture l'a ramené à la reconnaissance de l'ancien amour qu'il porte aux Noirs, comme si les idées les plus profondes qui aient jamais pénétré son esprit étaient là uniquement parce que les Noirs existaient. Le génie mystérieux de ces êtres brutaux, perturbateurs et, allons-y, absolument indigestes... Quel vacarme ils produisaient encore à ce qui restait de son esprit littéraire, que de cris, d'éclats de rire, quelle promesse d'oubli sur un simple coup de dés...

Et comme ses préjugés étaient suspects, aussi. C'était un ressentiment si virulent, celui qui s'était

1. Janheinz Jahn, *Muntu, L'Homme africain et la culture néo-africaine*, Seuil, 1961. *(N.d.T.)*

développé à l'encontre du style « Black », du snobisme noir, de la rhétorique noire, des souteneurs noirs, de leur morgue et de cette virtuosité qu'ils avaient à cornaquer leurs grues... La fierté qu'ils retiraient de leurs talents de maquereaux ! Il était maintenant indigné par l'état d'abandon dans lequel se trouvait sa propre sensualité, désolé de constater avec quelle détermination sa générosité d'esprit semblait se restreindre à mesure qu'il prenait de l'âge. Il n'arrivait pas à applaudir sincèrement à l'émergence d'un peuple empreint de force au centre de la vie américaine : il était jaloux, en réalité. Ils avaient la chance d'être nés noirs, eux. Et il y avait une colère sourde devant l'apitoiement sur soi-même qu'ils pratiquaient comme une profession, une vraie rage envers la puissance rythmique de leurs voix de stentor, une vindicte contre leurs valeurs, contre cet accent perpétuellement mis sur eux-mêmes : « C'est moi le coq de cette rue, la plus grosse queue, le champion. Je suis un sacré bougre, vous avez intérêt à le piger, bande de capons ! »

Mais même en s'abandonnant à une telle jalousie il éprouvait un curieux soulagement, parce qu'il était parvenu à un constat plein d'utilité : quand le Noir américain avait été arraché du sol africain, il avait été spolié de sa philosophie, du même coup. Et donc toute sa violence, toute son arrogance pouvaient être à nouveau accessibles à la compréhension, désormais. Il suffisait de considérer l'épreuve subie : alors que dans la philosophie africaine tout était racines, elle avait été elle-même déracinée. Le « nègre » américain était une greffe tronquée, soumise à une stimulation excessive. Sa conception du monde n'était pas seulement inspirée par ses terribles expériences en Amérique mais aussi par des fragments de ses croyances africaines perdues. Il était ainsi aliéné de deux cultures à la fois et quelle idée pouvait-il donc retenir de son héritage, l'Afro-Américain, sinon que chacun a besoin du maximum de forces pour lui-même ? Puisqu'il vivait au sein d'un champ de forces humaines qui changeait sans cesse et radicalement, et alors qu'autour de lui les gens étaient tués, ou jetés en prison, ou se perdaient dans la came, il était obligé de chercher confiance en lui, de s'affirmer. Comment aurait-il trouvé sa place dans la vie, autrement ? La perte de l'énergie vitale n'était pas compensable, elle signifiait moins d'ego, moins de surface sociale, moins de prise sur la beauté disponible. Comparé à un Noir américain, un Blanc judéo-chrétien pouvait passer par une telle expérience et se sentir néanmoins empreint de moralité, altruiste, proche de la sainteté même, et un Africain était en mesure de se trouver un équilibre parmi les forces de la tradition, d'endurer le poids de ses obligations envers son père parce que celui-ci avait un pas d'avance sur lui dans la chaîne qui menait à Dieu, cette chaîne continue d'existences qui remontait aux sources de la création. Le Noir américain, au contraire, était devenu une célébrité sociologique avec la perte de son père.

Pas étonnant alors que leurs voix cherchent à

attirer l'attention ! Elles exprimaient une force vitale, quand bien même hypertendue, sans laquelle l'homme pauvre et privé d'éducation n'était rien. Dès lors qu'elle l'habitait, il regorgeait de capital, d'un capital d'ego, et c'était sa seule fortune. On était là devant le capitalisme du Noir américain déshérité, l'accumulation primitive de l'unique richesse qui lui était accessible : le contrôle du terrain, le respect des sous-fifres locaux pour la puissance de son âme. Un capitalisme à l'état brut, plein de compétition et d'inquiétude, dénué de profits. Et face à de telles poussées de fièvre égotiste, l'establishment opposait de formidables barrières. Il n'était pas surprenant que la vie tribale, en Amérique, se soit installée entre de hauts murs de pierre et dans la drogue : les hallucinants magnifiaient l'intuition qu'une force gigantesque résidait encore dans l'être humain, le pénitencier venait confirmer la vieille certitude que l'homme est une force dans un champ de forces. Alors que le contrat social de l'humilité africaine avait été la tradition, le Noir américain habité d'un idéal politique était obligé de se forger à la place une discipline de vie révolutionnaire. Et tandis qu'il supportait son enfermement dans la prison de pierre, elle était devenue aussi exorbitante pour l'esprit que la recherche de la meilleure condition physique pour un boxeur.

Philosophie bantoue s'était révélé un cadeau du hasard dont un écrivain n'avait peut-être pas besoin. Pas pour appréhender le combat à venir, en tout cas. Il y avait maintenant assez de nouveau bagage intellectuel pour rater le train. Norman n'allait en prendre qu'une partie, et encore en espérant ne pas exagérer. Car la boxe poids lourds était presque entièrement noire, aussi noire que le pays bantou. Et ainsi la boxe était-elle devenue une autre approche de l'être noir, une clé de plus vers l'émotion noire, la psychologie noire, l'amour noir. Elle pouvait peut-être aussi conduire à la salle du monde souterrain où les rois noirs étaient portés sur le trône.

Émotion noire, psychologie noire, amour noir... Mais qu'est-ce que c'était ? Essayer de l'apprendre auprès des boxeurs était une démarche d'un comique achevé. Les boxeurs sont des menteurs, les champions de boxe de grands menteurs. Ils y sont forcés : une fois que vous connaissez ce qu'ils pensent, vous êtes capable de les frapper où ça fait mal. La personnalité d'un boxeur devient donc un chef-d'œuvre de dissimulation. Et ce qu'il allait pouvoir apprendre d'Ali et de Foreman avec l'aide de n'importe quelle philosophie serait forcément limité.

N'empêche, il était content de la piste qui lui avait été donnée. Les humains en tant que forces plutôt qu'êtres. Il allait essayer de les considérer sous cette lumière.

4

Bande de champions

En chair et en os, Foreman n'était pas une représentation négligeable de l'énergie vitale. Surgi de l'ascenseur en salopette brodée et veste de jean, il s'est avancé dans le hall de l'Inter-Continental flanqué par deux Noirs. Il ressemblait moins à un homme qu'à un lion qui se serait tenu sur ses deux pattes de derrière. Il paraissait somnolent, mais comme un félin en pleine digestion. Son large et beau visage, qui n'était pas sans suggérer un masque de Clark Gable quelque peu aplati, n'exprimait ni sympathie ni antipathie : en alerte, tout simplement, tout comme un boxeur reste sans cesse en alerte quelque part en lui malgré son apparence endormie, une tension que partagent sans doute tous les bons athlètes et qui leur permet aussi bien d'attraper une mouche à la volée entre leurs doigts que de remarquer l'expression d'un ami assis à treize rangs du ring.

Comme Norman n'était souvent pas aussi entreprenant qu'il l'aurait dû, il lui arrivait parfois de se montrer trop hardi. Revenu depuis peu à Kinshasa, il ignorait que personne n'était censé aborder Foreman en plein hall de son hôtel, la main déjà tendue. À cet instant, Bill Caplan, son responsable des relations publiques, s'est rué vers le boxeur. « Il vient juste d'arriver, George », a-t-il expliqué en guise d'excuse, puis il m'a présenté. Là, Foreman a hoché la tête, un sourire inattendu est apparu sur ses traits et il a eu sa gentille remarque à propos de ma qualité de « champion d'écriture », d'une voix étonnamment douce malgré son accent texan. Son regard s'est animé, comme si l'idée d'écrire lui plaisait. On allait d'ailleurs bientôt apprendre qu'il travaillait lui-même à un livre. Ensuite, il a eu une formule curieuse, de quoi vous donner à réfléchir pour le reste de la semaine, qui était aussi très caractéristique de lui : « Pardonnez-moi de ne pas vous serrer la main », a-t-il dit d'un ton soigneusement posé afin de ne rien perdre de ses pouvoirs, « mais vous voyez, je les garde dans les poches. »

Évidemment ! Puisqu'elles étaient dans ses poches, comment aurait-il pu les en retirer ? Autant demander à un poète en plein milieu d'un vers si le café se boit avec du lait ou de la crème ! Mais il l'avait formulée avec une telle simplicité que l'idée semblait amicale plutôt que vexante. Il disait la vérité, tout simplement : il était important de garder les mains dans les poches. Et tout aussi important de maintenir le monde à distance. Il vivait dans une bulle de silence, entouré de gardes du corps dont la fonction était justement d'éloigner les poignées de main importunes. Il pouvait se trouver dans le hall avec cent personnes sans établir le contact avec une seule. Sa tête était solitaire. D'autres boxeurs avaient une présence plus vaste qu'eux, ils avaient du charisme à offrir. Foreman, lui, avait du silence. Cela vibrait autour de lui, en silence. Il n'avait pas vu d'hommes pareils depuis trente ans, ou plus. Depuis l'été où il avait travaillé dans un hôpital psychiatrique, Norman n'avait plus approché quiconque pouvant rester aussi longtemps debout sans un geste, mains dans les poches, avec des coffres de silence dans sa caverne de trésors. À cette occasion, il s'était occupé de pensionnaires catatoniques qui pouvaient garder une immobilité totale entre deux repas. L'un d'eux se tenait debout pendant des mois, poings fermés, ne sortant de son mutisme de pierre que pour expédier brusquement un direct et casser la mâchoire à l'aide-soignant qui passait par là. Les employés les plus anciens mettaient toujours en garde les nouveaux, soutenant que les catatoniques étaient les patients les plus dangereux. Ils étaient les plus robustes, en tout cas, et l'on n'avait pas besoin de personnel chevronné pour s'en rendre compte. Tout comme la posture d'un chevreuil surpris dans la forêt proclame « Je suis vulnérable, irremplaçable et bientôt je serai détruit », celle d'un catatonique finit par hanter votre cerveau : « À condition que je ne bouge pas, dit-elle en silence, toute la puissance sera bientôt en moi. »

Bien entendu, ce n'était pas la santé mentale de Foreman qui était ici le moins du monde en cause. L'état d'esprit d'un pugiliste de ce niveau est autrement plus particulier que cela, et rares sont les psychotiques qui seraient capables d'endurer la discipline du boxeur professionnel. Et cependant le champion poids lourd doit résider dans un monde où les proportions n'existent plus. Il n'est pas abusif de penser qu'il est le plus effrayant tueur à mains nues qui existe sur terre. Avec elles, il pourrait massacrer cinquante hommes avant de commencer à se lasser de la tuerie. Ou bien une centaine serait-il plus probable ? Et certes une des raisons de l'adoration qu'Ali inspirait — et du respect relativement modeste qu'imposait sa force — était que son attitude suggérait en toute occasion qu'il ne ferait pas de mal au commun des mortels, qu'il accomplirait simplement le peu qu'il faudrait pour neutraliser un assaillant et passer à un autre. Foreman, au contraire, était une menace vivante. Plongé dans quelque cauchemar de carnage, il ne s'arrêterait jamais.

Les pugilistes professionnels ne sont certes pas entraînés à tuer en masse. À l'inverse, ce métier est une alternative offerte à des hommes qui, laissés à eux-mêmes, seraient bien capables de commettre des meurtres en pleine rue. Quoi qu'il en soit, la violence susceptible d'être générée dans un champion tel que Foreman offre un spectacle renversant lorsqu'elle se concentre sur un adversaire bien précis. Devenue un savoir-faire, elle lui a permis de décrocher le titre suprême à son trente-huitième combat, sans qu'il connaisse une seule défaite. Le soir de sa victoire au championnat, il avait derrière lui pas moins de trente-cinq K.-O., remportant généralement ses matchs avant la fin du troisième round. Quel fantastique palmarès! Dix knock-out au premier round, onze au second, onze aux troisième et quatrième... Non, inutile de chercher un psychotique en lui mais plutôt un génie physique qui avait su reprendre et maîtriser les techniques de la catatonie : silence, concentration, immobilité. Et puisque le génie d'Ali s'exprimait dans des voies diamétralement opposées, on ne pouvait qu'attendre la plus exceptionnelle des guerres entre eux, le choc de deux personnifications inverses de l'inspiration divine.

Ce serait donc une guerre de religion, ce combat. Et c'était là un avantage pour Ali : qui aurait pu prétendre qu'il partait battu dans une guerre de religion se déroulant sur le sol d'Afrique? La première fois qu'il avait entendu parler du match, Norman avait souri à tout ce qu'il sous-entendait de mauvais œil, de conjurations, de magie noire. « Si Ali ne peut pas vaincre en Afrique, avait-il affirmé, c'est qu'il ne peut vaincre nulle part. » Le paradoxe, cependant, c'était que là, sous ses yeux, Foreman paraissait plus noir qu'Ali. Ce dernier n'était pas exempt de sang blanc, loin de là. Un aspect de sa personnalité était joyeusement, voire impétueusement blanc, à l'instar du président de l'association d'élèves d'un lycée sudiste qui aurait atteint un bon mètre quatre-vingt-cinq. Parfois, il faisait furieusement penser à un acteur blanc qui n'aurait pas mis assez de fond de teint pour tenir son rôle et qui n'était donc pas un Noir vraiment convaincant, mais ce n'était là qu'une de ses centaines de petites contradictions. Foreman, en revanche, était d'un noir « profond ». Il pouvait être pris pour un Africain bien plus qu'Ali. Il était en communion avec une muse qui était elle aussi du même noir, une lointaine cousine de la Beauté, la muse de la violence dans toute sa complexité, qui voulait par exemple que son premier désir soit peut-être de rester sereine... Foreman pouvait traverser le hall de l'hôtel tel un viril envoyé des morts-vivants, en alerte permanente et cependant immunisé par son silence contre la pollution quotidienne de toutes ces mains qui se tendaient pour serrer la sienne. En fait, ses mains menaient une existence séparée de lui, comme celle d'un kuntu. Elles étaient ses instruments, qu'il gardait dans ses poches de la même manière qu'un chasseur range soigneusement sa carabine dans son étui tendu de velours. Le dernier poids lourd à avoir eu des traits de Foreman était Sonny Liston. Il était capable d'emplir un homme de terreur par un simple regard, l'irritation suscitée par l'intrusion au sein de son aura bouillonnait comme des volutes de fumée. C'était une menace intime, celle qu'il exprimait : il pouvait écraser un avorton aussi vite qu'un colosse.

En comparaison, Foreman aurait pu faire penser à un moine contemplatif. Sa violence restait dans le halo de sa sérénité. C'était comme s'il avait assimilé la leçon que Sonny était venu donner : on ne devait pas laisser la violence se disperser, mais l'emmagasiner. Et la sérénité était le réceptacle où il fallait la conserver. Ainsi, tous les proches de Foreman avaient pour consigne de faire le vide autour de lui et ils la suivaient à la lettre. On aurait cru qu'il s'entraînait à se défendre contre les pensées de tous les êtres vivants. Si, alors qu'il entrerait dans l'arène, l'Afrique tout entière désirait sa défaite, sa concentration deviendrait un océan protecteur contre le continent. Un formidable rempart.

Ces premières impressions ont été confirmées en l'observant à l'entraînement. Le « champion d'écriture » débarqué à Kinshasa n'était que relativement expert en boxe. Par exemple, son expérience préalable de Foreman se limitait à deux occasions. Quatre ans plus tôt, d'abord, quand il l'avait vu remporter un combat douteux en dix rounds sur Gregorio Peralta et qu'il avait trouvé Foreman lent, maladroit. Ensuite, il n'y avait rien eu jusqu'au fameux deuxième round contre Norton : arrivé en retard à la salle de sports, il n'avait assisté qu'aux knock-down de la fin. En tout, c'était peu pour prétendre avoir une image complète de lui.

En le suivant des yeux sur le ring à Nselé, pourtant, il a vite été convaincu que George avait gagné en sophistication. Il paraissait entièrement tendu vers le combat à venir. Dick Sadler, son manager, avait voué toute sa vie à la boxe. Archie Moore et Sandy Saddler, avec Sugar Ray Robinson, étaient précisément les trois pugilistes qui offraient les plus brillants exemples techniques face aux dons qu'Ali était en train de développer. Foreman était donc un champion dont l'entraînement avait été conçu par d'autres grands professionnels de la boxe.

C'était une occasion de contempler la manière dont une partie de l'élite de ce métier pouvait raisonner et travailler ensemble.

Face aux périls de l'Afrique et de l'hystérie collective, l'antidote choisi était déjà patent : silence et concentration. Et si l'Afrique n'était pas la seule arme d'Ali, alors celle qu'il tenterait d'utiliser ensuite serait celle de la psychologie : allait-il essayer d'humilier la vanité de Foreman ? Aucune autre activité physique n'est aussi présomptueuse que la boxe. Un homme monte sur le ring pour s'attirer l'admiration générale. Ainsi, le risque de l'humiliation est plus élevé que dans nul autre sport. Ali n'épargnerait aucun effort pour amener Foreman à se sentir gauche, risible. Au paroxysme de sa férocité, Foreman ressemblait à un lion et se battait comme tel, mais dans ses mauvais moments il présentait une certaine ressemblance avec un bœuf. Le premier objectif assigné à l'entraînement était donc de travailler son sens de la grâce. En bref, George apprenait à danser. Alors qu'il se satisfaisait encore du fox-trot tandis qu'Ali était déjà à des années-lumière du jerk, Foreman était maintenant capable de glisser sur le ring et c'était ce dont il avait besoin.

L'entraînement débutait par un échauffement peu commun. Debout au centre du ring, Foreman méditait pendant qu'une étrange, une extraordinaire musique montait des haut-parleurs. De la pop music, mais plus ambitieuse que le genre ne l'avait jamais tenté puisque des citations de Wagner, de Sibelius, de Moussorgski et de maints compositeurs de musique électronique s'y mêlaient. L'éveil de la nature au matin, tel était le thème récurrent que l'on était enclin à discerner, mais quelle nature, alors! Les sorcières de Macbeth s'affrontaient aux dieux wagnériens dans une aube spasmodique. Des démons partout. Les crevasses crachaient des vapeurs méphitiques, les arbres se fendaient avec un grand cri d'os fracturé, le sol s'ouvrait, des boulets de lave retombaient sur l'orchestre et parmi tous ces sons, aussi lyriques que la rosée dans la musique de film, le soleil s'élevait lentement, les feuilles tremblaient et les pleurs navrés d'une âme en peine, gonflés par de lourds battements improvisés à l'orgue, venaient remplir le vide béant au sein du vacarme.

Il portait un short rouge, un tee-shirt blanc, un protège-tête carmin et des gants d'un rouge vif, en contraste sanglant avec sa sobriété d'esprit. Sur ce fond musical, il a entrepris de brefs mouvements des coudes et des poings, de minuscules uppercuts qui parcouraient moins de deux centimètres tandis que son cou bougeait à peine et qu'il clignait lentement des paupières. Peu à peu, il s'est mis à remuer les pieds, en pas hésitants. Il avait l'air d'un géant qui recommence à s'agiter après cinq années de sommeil profond. Sans la moindre tentative d'impressionner, il s'est engagé dans une danse de somnambule, à peine quelques déplacements qui cependant évoquaient les rugissements étouffés de cette nature bouillonnante en perpétuel éveil musical. Tout seul au milieu du ring, sous les yeux médusés de la presse et de plusieurs centaines de spectateurs africains qui observaient un silence complet, il se mouvait comme si une étape complexe devait être franchie avant de parvenir à la vitesse totale de la boxe. Il faut un temps fou à certains poids lourds pour se mettre en train, c'est connu : ainsi de Marciano, qui avait l'habitude de boxer à vide cinq rounds dans son vestiaire quand il se préparait à disputer un titre. Là, cet échauffement de Foreman amenait à penser que s'abstraire du temps était pour lui la seule manière de renouer contact avec les réflexes qui attendaient en lui.

Mais lorsque la bande sonore a fini par ressembler un peu moins à un poème symphonique inspiré par Jérôme Bosch et un peu plus au thème d'*Oklahoma!* revu et corrigé par Moussorgski — très aigre-doux, donc —, les pieds de Foreman ont commencé à glisser sur le sol et ses bras à parer des swings imaginaires. Il est parti en avant, boxant à vide, coupant à travers le ring en poignardant l'air volatil de coups toujours plus forts, expérimentant les affres du puncheur lorsqu'il rate sa cible, tant il est vrai qu'aucune frappe ne met autant l'épaule à l'épreuve que celle qui n'établit pas le contact, et qu'un professionnel se distingue d'un amateur avant tout par la rapidité avec laquelle son torse sait absorber cette brusque perte d'équilibre. Et là, voyant que Foreman avait enfin dépassé ces stades successifs, Sadler a éteint la musique, et le Champion est allé dans son coin. Totalement renfermé en lui-même, il a laissé son manager oindre soigneusement son visage et son front en prévision de l'arrivée du sparring-partner. Il était déjà revenu à l'intense mélancolie de l'isolement et de la concentration.

Il a boxé un round avec Henry Clark, sans chercher à frapper fort, tout au plaisir du jeu. Ses poings étaient rapides, il les positionnait bien devant lui, assenant les coups en gifles léonines puis contrant à vive allure par des droites ou des gauches. Il avait encore beaucoup à apprendre quant à la manière de bouger sa tête mais ses pieds étaient d'une grande agilité. Clark, un poids lourd noir à l'aspect de chérubin qui avait déjà sa propre notoriété — il était classé huitième parmi les challengers au championnat —, était sans cesse maintenu en respect par Foreman. Très apprécié par la presse car il était réfléchi, et ouvert, Clark le couvrait d'éloges depuis des semaines devant les micros. « George ne frappe pas comme les autres, aimait-il à dire. Avec lui, même un coup au bras vous laisse paralysé, et là je parle avec les gants d'entraînement... Ali est un bon ami à moi mais je crois qu'il va déguster, je le crains. Je n'ai jamais vu quelqu'un qui fasse aussi mal que George. »

Cet après-midi-là, pourtant, à cinq jours du combat, Foreman n'avait pas l'intention de punir Clark, qui devait disputer la demi-finale avec Roy Williams. Il travaillait plutôt ses corps à corps. Henry essayait de le bloquer, ainsi qu'Ali pourrait le faire, et Foreman le repoussait, le reprenait, le conduisait dans les cordes où il le frappait à peine, se reculait et reprenait le même enchaînement dans le centre du ring. Pour une raison quelconque, peut-être parce que Clark, un boxeur bien charpenté, n'esquivait pas suffisamment pour tester les ressources de Foreman, Sadler a interrompu leur échange au bout d'un round pour faire monter Terry Lee, un lourd-léger blanc qui avait le visage marqué d'un ouvrier du bâtiment mais aussi la minceur et la rapidité d'un lapin. Trois rounds durant, Lee a proposé une imitation d'Ali : il reculait vers les cordes en effectuant une boucle puis glissait de l'autre côté pour échapper à George, installé au centre du ring. Terry Lee n'était pas assez costaud pour encaisser les coups de Foreman, lequel n'essayait d'ailleurs pas de le sonner, se contentant de lui administrer une chiquenaude quand il le coinçait. Ce qui n'empêchait pas Terry de donner un vrai spectacle, rebondissant sur les cordes pour esquiver à droite, puis à gauche, se défilant sur toutes les trajectoires possibles, s'éloignant d'un bord du ring pour se faire reconduire aussitôt vers un autre où il faisait le gros dos, se cassait, mettait ses mains sur la tête, se laissait tomber contre les cordes, repartait en avant, feintait, baissait la garde et cherchait à se dégager encore sans que Foreman cesse de le traquer un seul instant, avec un plaisir visible puisque ses réflexes gagnaient à chaque fois en vitesse.

En même temps, il apprenait de nouveaux tours à chaque étape. À un moment, Terry Lee a rebondi sur les cordes avant de se glisser sous les bras de Foreman tel un petit garçon échappant de justesse à son père. Au fond de la salle, le public africain a éclaté en protestations sarcastiques. Foreman est resté imperturbable, il paraissait même intéressé, comme s'il venait juste de comprendre une astuce à ses dépens, et à l'enchaînement suivant, lorsque Lee a tenté la même feinte, il était là pour le bloquer. En suivant l'imitation d'Ali que Terry réalisait si bien, et en observant avec quelle intelligence et régularité Foreman le repoussait le long des cordes pour l'acculer dans un coin, on devenait convaincu que la victoire pour Ali, s'il la désirait vraiment, serait au prix d'une correction comme il n'en avait encore jamais reçue dans sa carrière.

Après trois rounds avec Lee, Foreman a quitté le ring pour travailler au punching-ball. Ensuite, il a sauté à la corde, avec un joli mouvement des pieds, joyeusement en phase avec Aretha Franklin en train de chanter « Tu as un vrai ami en Jésus ». Depuis l'introduction musicale jusqu'à cet exercice, la séance avait occupé quarante-cinq minutes, soit la durée d'un combat en dix rounds entrecoupés de pauses d'une minute, mais il ne paraissait pas le moins du monde fatigué. La corde à sauter volait, ses pieds frappaient le sol avec le même brio que les baguettes d'un batteur de jazz sur sa caisse. Il était encore plus que gracieux, maintenant : emporté par la délicatesse de son jeu de pieds.

Dick Sadler, la casquette rejetée en arrière sur sa grosse tête ronde, a donné le signal de la fin. « Mesdames et messieurs, a-t-il annoncé à la foule, c'est terminé pour aujourd'hui. Nous serons là demain pour faire la même chose, de la même manière. » Il semblait renforcé dans sa bonne humeur.

Au cours de la conférence de presse qui a suivi,

Foreman n'a pas été loin de l'amabilité. Vêtu de sa salopette brodée, il s'est installé à une longue table avec les journalistes autour de lui en refusant posément de se servir d'un micro. Comme il parlait bas, l'exercice était une réelle difficulté pour la cinquantaine de reporters et de cameramen réunis mais enfin, il exerçait ses droits territoriaux sur sa tranquillité et il ne voulait pas que le glapissement de quelque effet larsen vienne agresser ses sens. Après ce refus, et alors que l'assistance se regroupait près de lui, il a répondu aux questions avec aisance et à-propos. Sa douce voix texane portait bien, finalement. Ses reparties avaient une saveur oblique, comme s'il aurait pu en dire beaucoup plus mais s'en abstenait afin de garder le plaisir de la retenue et de la sérénité. Elles étaient également savoureuses, tout simplement.

Tandis qu'il parlait, l'un des présents — certainement notre néophyte en études africaines — pensait aux *Conversations avec Ogotemmêli*, le beau livre de Marcel Griaule. Selon Ogotemmêli, le don de la parole était comparable au tissage, dents et lèvres faisant office de chaîne et de trame sur lesquelles la respiration venait comme un fil. Après réflexion, l'idée ne lui paraissait plus si incongrue. Qu'était l'art de converser, après tout, sinon l'occasion pour l'esprit de coudre un tissu psychique à une autre pièce immatérielle ? Et si tant d'échanges finissent en lambeaux, il en va de même pour la plupart des textiles.

Foreman, lui, s'exprimait avec une conscience très notable de la délicatesse de ce qu'il était en train de tisser, une belle étoffe, solide même si modeste, un vrai vêtement offert par un homme intelligent, non éduqué, qui se trouvait être aussi un « champion ».

Quelques échantillons :

Un journaliste : « Votre œil me paraît bien, George ! »

Foreman : « À moi aussi, il me paraît bien. »

Le même : « Que pensez-vous de votre poids ? »

Foreman : « Quand on est un poids lourd, ça veut tout dire, non ? »

Le même : « Vous pensez que vous allez le mettre K.-O. ? »

Foreman (détendu comme jamais) : « J'aimerais bien. »

Devant les remous amusés que cet échange avait provoqués, Foreman a offert un sourire. Lorsque l'interviewer suivant lui a demandé ce que la perspective d'un combat à trois heures du matin lui inspirait, il a répondu plus longuement. « À partir du moment où vous êtes en bonne condition physique, a-t-il déclaré, vous êtes capable de bien plus de choses qu'en temps ordinaire. Vous vous adaptez plus facilement. L'heure du match ne me donne pas de soucis, franchement.

— Ali soutient qu'il a fait face à un plus grand nombre de boxeurs vraiment durs que vous.

— Ça, ça pourrait être un avantage pour moi. Tenez, j'ai un chien qui n'arrête pas de se battre. Quand il rentre à la maison, il est vidé.

— Vous croyez qu'Ali va chercher votre œil ? »

Foreman a haussé les épaules.

« Ça ne rapporte rien de chercher quoi que ce soit tant qu'on peut faire autrement. Le corbeau, il cherche l'épouvantail mais il s'enfuit devant le premier qui bouge.

— On nous dit que vous êtes en train d'écrire un livre.

— Oh, ça..., a répliqué Foreman du ton le plus mesuré. Je voudrais juste garder une trace de tout ce qui m'arrive.

— Vous avez un sujet précis, pour ce livre ?

— Ce sera à propos de moi, en général.

— Vous comptez le publier ? »

Il a réfléchi, comme s'il était en train de contempler les terres inconnues de la littérature qui s'étendaient devant lui.

« Je ne sais pas. Peut-être que ce sera simplement pour mes gosses. »

Un journaliste : « Est-ce que les remarques d'Ali sur votre compte vous énervent ? »

Foreman : « Non. Il me fait penser à un perroquet qui n'arrête pas de répéter : "T'es idiot, t'es idiot !" Je ne veux pas insulter Muhammad Ali, mais il est tout comme ce perroquet-là. Ce qu'il dit, il l'a déjà dit avant. »

Quand ils lui ont demandé s'il aimait le Zaïre, il a eu l'air gêné et pour la première fois un soupçon d'embarras était perceptible dans sa voix lorsqu'il a répondu : « J'aimerais rester aussi longtemps que possible, pour visiter. » On dit que les boxeurs sont d'excellents menteurs ; dans ce cas, Foreman ne devait pas être boxeur...

« Pourquoi vivez-vous à l'Inter-Continental et non ici, à Nselé ? »

Là, la réponse est arrivée encore plus vite :

« Eh bien, je suis habitué à la vie d'hôtel. Mais j'aime beaucoup cet endroit, Nselé... »

Une autre question est venue le soulager.

« Il paraît que le président Mobutu vous a offert un lion domestique... »

Son sourire était de retour.

« Il est assez gros pour ne pas être domestique. C'est un lion tout ce qu'il y a de lion.

— Est-ce que ça vous plaît, d'être un Champion ? »

C'était comme si les journalistes avaient le droit de poser les questions les plus stupides, tout et n'importe quoi. Le problème, c'est qu'elles avaient une vraie raison d'être : elles étaient l'occasion où l'interviewé était particulièrement susceptible de se trahir.

« Ça vous plaît, d'être un Champion ?

— J'y pense toutes les nuits. » Il a continué, dans un accès d'amour de soi méticuleusement réprimé mais qu'il n'arrivait pas vraiment à contenir dans sa voix si posée. « J'y pense et je remercie le Seigneur, et je remercie George Foreman pour cette grande endurance qu'il a. »

L'inévitable schizophrénie des athlètes d'exception. Comme les artistes, ils ont du mal à ne pas considérer le professionnel achevé en eux comme un être distinct de l'enfant qui est à son origine. Et l'enfant, devenu adulte, accompagne toujours le sportif accompli et lui voue un amour aussi total qu'immature, pourrait-on dire.

Sadler, Moore et Saddler lui avaient cependant appris à se tirer de ses erreurs et c'est donc d'une voix à nouveau très calme qu'il s'est empressé d'ajouter : « Je ne pense pas être supérieur à aucun des tenants du titre qui m'ont précédé. C'est quelque chose qui est à moi pour une période donnée, seulement, et je sais que je devrai le rendre un jour... » Puis, en veine d'épanchement : « Même, ça me plaît de voir des jeunots me regarder en se disant : "Aaaah, je pourrais lui faire sa fête !" Ça me fait rire, parce que j'ai été comme eux, moi aussi. Et c'est très bien ainsi. C'est comme ça que ça doit se passer. »

Il semblait si comblé par cette conférence de presse qu'il était devenu une force palpable dans la pièce, une force naturelle qui commandait l'affection de tous. C'était un contraste saisissant avec Ali, qui en présence des reporters restait toujours sous le coup de la dernière atteinte portée à sa gloire et réagissait devant la presse avec la même irritation qu'un toit de tôle secoué par le vent.

Les questions ont continué. Les réponses de Foreman avaient le velouté d'un pantalon en toile longtemps porté. Une seule fois, il a laissé entrevoir comment il pouvait être quand il perdait son sang-froid. Un journaliste venait de lui demander ce qu'il pensait d'une affirmation d'Ali, lequel avait soutenu qu'il était plus engagé que Foreman dans la lutte pour la cause de son peuple. Là, George s'est raidi. La chaîne et la trame menaçaient de rompre le fil. Son souffle s'est un peu altéré. « Ce ne sont pas les insinuations qui peuvent troubler quelqu'un d'intelligent. » Mais il avait élevé le ton. « Qu'Ali puisse être plus militant... Eh bien, des choses pareilles, ça ne me vient même pas à l'esprit ! » s'est-il exclamé, ce qui était une dérobade. Il était clair que la colère était susceptible de monter en lui aussi facilement que les larmes chez un enfant gâté. Sa faculté à se mettre en rage devait être à la merci du moindre prétexte et c'est ce qui expliquait en partie ses rituels de concentration : de même que celui qui redoute de tomber de haut et préfère garder les yeux au sol pour ne pas regarder par la fenêtre, Foreman braquait son esprit sur l'équanimité.

« C'est dur, a-t-il remarqué, de se concentrer et de rester poli quand on vous pose toujours les mêmes questions... » C'était donc un adepte du principe que la répétition finit par tuer l'âme. « Voyez-vous, je me prépare à un combat, là. C'est mon intérêt. Je ne veux pas de distraction. Je n'ai rien contre la presse mais j'aimerais conserver mon esprit centré sur ce que je lui ai assigné. Vous comprenez, dans mon cas on doit être stable à cent pour cent, dans tout ce qu'on fait. » Et il a jeté un regard à la ronde, comme pour indiquer qu'il avait assez parlé.

« Une dernière question, George. Quels sont vos pronostics, pour le match ? »

Là, il était à nouveau chez lui. L'épreuve était terminée. « Oh... », a-t-il fait en une parodie amusée. « Je suis le plus grand boxeur qui ait jamais existé. Je suis une merveille. La huitième merveille du monde. Je suis encore plus rapide que Muhammad Ali. Et je vais l'envoyer au tapis en trois... deux... un ! » Il a laissé ses yeux rire à sa place. « Bon, je vais me donner à cent pour cent. C'est mon seul pronostic, ça. »

C'était maintenant à Dick Sadler de se prêter au jeu. La soixantaine, courtaud et massif, le nez aplati et sa tête chauve couverte d'un béret noir, le manager de Foreman en imposait malgré sa petite taille et ses traits forçaient également le respect car ils étaient à eux seuls une carte des épreuves humaines : il savait ce que la chair pouvait endurer dans cet univers. Et comme il était également un combiné de toute la sagesse matoise issue de l'expérience allogamique des différents establishments noirs — ceux de la prison, de la boxe, de la musique et même des oratoires —, il aurait été capable de tenir n'importe quel rôle s'il avait été acteur, depuis le forçat enchaîné au pénitencier jusqu'au maître de cérémonie vieillissant dans quelque bal de campagne. Il aurait pu être danseur de claquettes professionnel ou comique de scène, ce qu'il avait été, pianiste ou trompettiste, ce qu'il avait été aussi. Il savait se plier à toutes les situations et il en était conscient depuis l'âge de neuf ans, lorsqu'il avait joué dans des comédies. Encore maintenant, son visage semblait aussi incontournable que celui de Louis Armstrong ou de Moms Mabley. Sa bouche paraissait sans cesse savourer le goût de sa dernière repartie sur ses lèvres, et elle était originale, d'habitude, car il ne se répétait jamais, sauf devant la presse. Là, il mettait un point d'honneur à rabâcher, son regard sardonique proclamant que la répétition est une garantie, auprès des imbéciles.

« George, a-t-il informé les journalistes, va garder son pied gauche entre les jambes de Muhammad. Aaaah ! s'est-il écrié avec une expression de douleur, c'est là qu'il doit être, George. Il vous frappe dans les rognons, puis à la tête, puis encore au ventre. Aaaah ! Il fait plus de choses que Muhammad, George. Meilleur punch, meilleure mobilité, il est plus rapide et plus complet. Il peut esquiver, George, il peut feinter, et puis il vous attrape en plein, il vous envoie bouler et il vous cogne sur la tempe, vous voyez le coup arriver et peut-être vous ne le voyez pas... » Il a marqué une pause, a baissé les yeux, a frissonné comme un homme pris de boisson. « ... Mais vos jambes l'auront compris, elles. »

Lorsqu'on lui a demandé si des modifications de dernière minute étaient à attendre dans l'entraînement ou la stratégie de Foreman, Sadler a haussé les épaules devant l'inconsistance de la question : « Écoutez, je fais ça depuis des tas d'années, avec des tas de champions. On n'a pas de soucis, nous. On n'aura pas à aller chercher dans mes... intuitions au dernier moment. Ali peut courir, oui, mais il ne courra pas longtemps. On est en pleine confiance, nous autres. Il n'y aura pas de surprise. Ce devrait même être le combat le plus facile que George aura jamais eu. » Après avoir salué l'assistance d'un signe de tête, il s'est retiré avec son poulain, non sans crier à la cantonade : « Place, place pour tout ce talent ! »

Cela s'est retrouvé assez nettement dans la manière dont il a fait travailler Foreman le lendemain. Pas de boxe, pas de mise en scène avec des sparring-partners, rien que le sidérant vacarme de son aubade à la nature (« J'aime le Seigneur », de Donny Hathaway, après vérification) et, au bout d'un quart d'heure d'échauffement, de grommellements et de boxe à vide, le sac. Sadler est venu le retenir pour une épreuve rudimentaire généralement réservée aux débutants, qui doivent d'abord apprendre à taper dans une cible stationnaire. Mais ces deux-là poursuivaient un autre objectif, en réalité.

Une longue séance au sac est une expérience éprouvante, pour un boxeur : il se fait mal aux bras, au cou, il peut s'ouvrir les articulations si ses mains ne sont pas bandées. Aussi massif qu'un arrière de football en cuir, le sac pèse au moins quarante kilos. Lorsqu'un coup est mal assené, le corps entier du boxeur vibre sous le choc, aussi brutal qu'un plaquage inattendu. Un seul direct inapproprié suffit. Là, Foreman s'est mis à lui expédier des droites et des gauches, à une cadence ni lente ni rapide mais tout simplement régulière, en accompagnant chaque coup de toute sa masse, ce qui signifiait qu'il contractait puis expulsait sa force entière quarante ou cinquante fois par minute car c'était à un tel rythme qu'il travaillait, ni traînant ni emporté mais d'une redoutable puissance.

Penché en avant, Sadler s'accrochait au sac par-derrière avec la même ténacité qu'un naufragé à une barrique en pleine tempête. Chaque punch secouait tout son corps mais il ne s'en souciait pas : cela faisait partie du spectacle. Quand l'impact était particulièrement brutal, il grognait et laissait échapper un « Alors ! » admiratif.

Cinquante coups à la minute pendant un round qui en durait trois, cela signifiait cent cinquante punchs sans un instant de repos. Foreman s'est arrêté de cogner pendant la pause de trente secondes que Sadler lui accordait entre chaque reprise mais il n'en est pas moins resté en mouvement, dansant devant le sac avec des pas de plus en plus rapides jusqu'à ce que le temps de grâce s'écoule, que Sadler se remette en position et qu'il reprenne son avalanche de coups. Ce n'était pas des swings ordinaires qu'il produisait là : à travers chacun d'eux, sans arrêt, il cherchait à atteindre le maximum de puissance en gardant la même cadence. Pendant cette séance, il a dû assener cinq ou six cents coups qui, tous cumulés, constituaient certainement la série la plus impressionnante qu'il ait été jamais donné de voir à un chroniqueur de boxe. Chacun d'eux avait assez de force pour enfoncer les côtes d'un athlète quelconque et un adversaire qui aurait manqué d'abdominaux s'en serait tiré avec la colonne vertébrale en morceaux. Foreman frappait avec l'assurance d'un homme qui se sait capable d'abattre un arbre avec un marteau de forgeron. Bientôt, le sac présentait une zone déprimée aussi profonde que sa concentration. Et tandis que les rounds se succédaient, les gouttes de sueur qui jaillissaient de son corps avaient fini par former un cercle de deux mètres de diamètre au sol, et « booum ! », « bom ! », « booum ! », ses poings continuaient à s'abattre en rythme, méthodiquement, avec la même prévisibilité hypnotique qu'un marteau pneumatique s'abat sur l'acier fondu pour le modeler. On discernait bien la stratégie à l'œuvre : à un moment ou un autre de la rencontre, Ali finirait par être trop fatigué pour se mouvoir, il se contenterait de se protéger de ses bras et alors il serait exactement comme le sac d'entraînement, et Foreman lui infligerait le même traitement. Avec l'immense confiance qui s'exprimait dans ces coups terriblement répercutés, les poings de Foreman feraient exploser les dernières défenses d'Ali, s'acharneraient sur ses avant-bras jusqu'à ce qu'ils ne puissent plus le protéger. Six cents coups dans le sac, et pas un seul mal placé : ses mains seraient prêtes à attaquer sous tous les angles la chair aux abois de son adversaire. Et Sadler, comme s'il avait perçu le degré de compréhension de l'assistance à ce moment, a ouvert sa bouche de gargouille rusée pour crier : « Ne t'arrête surtout pas, Muhammad ! Oh, si jamais tu t'arrêtes, Muhammad... »

5

Un mort au tapis

Ali jouait au voyeur. Foreman ne pouvait pratiquement rien faire à son insu. Comme il était le premier à s'entraîner chaque jour sur le même ring, Ali avait tout le temps nécessaire pour commencer sa séance à midi, s'entretenir avec la presse, refaire la centaine de mètres qui le séparait de sa villa, prendre une douche et ressortir jeter un coup d'œil sur ce que George était en train de fabriquer. Foreman, lui, arrivait à une heure de l'après-midi après un trajet de près de soixante-dix kilomètres en voiture depuis l'Inter-Continental et se rendait aussitôt au vestiaire pour se changer. Souvent, il apparaissait quand Ali était encore en train de s'adresser aux journalistes. Alors, en entendant son rival et sa suite passer dehors, Ali s'interrompait pour crier : « Allez, entre, benêt ! J'vais pas te frapper, va ! »

En retour, Foreman lançait : « J'veux même pas entendre ça ! » Il s'éloignait hors de portée des imprécations et là Ali revenait à son auditoire captivé pour commenter : « George Foreman veut garder toute sa concentration parce qu'il a beaucoup, beaucoup de soucis : il doit s'affronter à "moi" ! »

À cette période, Ali semblait accorder plus d'importance à ses apparitions devant la presse qu'à son travail. Le matin, il se contentait de trois rounds de boxe à vide, sans forcer, puis il passait au sac quelques minutes, guère plus. C'était peut-être parce qu'il l'avait pratiqué pendant trop d'années mais en tout cas il se pliait de mauvaise grâce à l'exercice, comme s'il répugnait à s'abîmer les mains ou la tête. En fait, il paraissait vouloir conserver toute son énergie pour les journalistes, toujours prêt à les haranguer après l'entraînement. Il y avait une permanence dans sa voix, la même note hystérique que l'on avait perçue dix ans plus tôt, ce ton railleur et surexcité qui rebutait toujours ses auditeurs blancs, ce vilain phrasé qui contrastait si curieusement avec son charme naturel. On sentait que son esprit changeait de vitesse lorsqu'il l'adoptait, comme s'il s'agissait d'un couple de transmission spécialement réservé aux conférences de presse, ou à ses récitations de poésie, ou à ses diatribes contre son adversaire du moment. En de telles occasions, son ton se faisait sec, coupant, avec des notes aiguës qui trahissaient la peur, et des enflures d'indignation. Et plus ce qu'il racontait devenait comique, plus il perdait son sens de l'humour : « Un grand comme moi, commençait-il, vous avez voulu faire de moi un perdant. Moi qui suis un artiste, un créateur, on me traite de perdant alors que j'ai un amateur en face de moi ! » Il se montrait royalement dédaigneux mais c'était sans doute pour la galerie car il savait pertinemment que ses moindres mots étaient aussitôt placés entre guillemets. Son intonation vous amenait à penser que vous ne pouviez pas imaginer à quel point il était convaincu de ce qu'il avait à dire, mais après un moment vous en veniez à soupçonner que toutes ces tirades n'étaient qu'un moyen d'expulser, d'éliminer l'ennui de l'entraînement. Oui, il évacuait directement ses déchets psychiques dans les oreilles des journalistes et, dans ce contexte, il n'était pas vraiment agréable à fréquenter.

Mais s'il empoisonnait l'air avec ses harangues, il donnait du même coup à penser qu'il se trouvait dans un état de panique permanent. Certes, les coups d'œil furtifs qu'il lançait à Foreman quand ce dernier travaillait au sac n'avaient guère de quoi le rassurer : quelque part dans ses entrailles, il devait répondre à ces punchs monumentaux et c'était comme en réaction à eux qu'il convoquait à nouveau la presse pour un sermon de plus. Plus le temps passait, cependant, plus ses diatribes sonnaient creux et il y avait même des jours à Nselé où ce vide se peuplait d'échos, comme s'il avait clamé : « Écoutez, ô Murs, le bruit de ma grandeur ! » sans que les murs l'entendent.

Cinq jours avant le combat, un jeudi, Ali allait tenir un séminaire bien dans son style. « Cette rencontre, ça ne va pas seulement être le plus formidable èèèvènement de la boxe mais le plus grand èèèèvènement de l'histoire mondiale. Elle va constituer une surprise comme on n'en a jamais vu et à ceux qui ignorent l'art de la boxe elle va faire l'effet d'un miracle incroyable. Le public de la boxe est un ramassis d'idiots et d'illettrés en matière de connaissance de cet art. Et ça, pourquoi ? Parce que vous, vous qui êtes là pour écrire sur la boxe, vous ignorez ce que vous essayez de décrire. C'est vous, les journalistes, qui êtes les vrais idiots et les vrais illettrés. Je vais maintenant prouver... comme ça, vous aurez quelque chose de nouveau à mettre dans vos papiers... je vais maintenant prouver pourquoi il est impossible que je sois battu par George Foreman et comment, de cette façon, je vais créer la plus grande surprise dans l'histoire de la boxe, une "surprise" qui a été en réalité fabriquée par vous, dans votre ignorance et votre idiotie. C'est votre faute », a-t-il déclamé comme s'il énonçait un verdict absolu, « si les amateurs de boxe en savent si peu sur cet art et qu'en conséquence ils croient que George Foreman est le meilleur et que moi, je suis fini. Je suis donc forcé de vous démontrer à quel point vous vous trompez, et ce par des preuves scientifiques. Angelo ? » Il s'était tourné vers Angelo Dundee. « Donne-moi ces papiers, s'il te plaît. » Et il s'est mis à lire la liste des boxeurs qu'il avait affrontés jusque-là.

Ici étaient résumées les trente dernières années de l'histoire de la boxe poids lourds. Ses sept premiers combats l'avaient mis aux prises avec des pugilistes qui n'avaient jamais atteint la célébrité, des noms tels que Herb Siler, Tony Esperti ou Donnie Freeman. « Des riens du tout », a édicté Ali en guise de commentaire. Mais à partir du huitième il avait rencontré Alonzo Johnson, « un challenger classé », puis Alex Miteff, « même chose », puis Willi Besmanoff, « même chose »... Là, il a pris un air dégoûté : « À une époque où George Foreman commençait seulement à faire le coup de poing dans la rue, j'avais déjà rencontré des challengers classés, des pugilistes confirmés, des cogneurs réputés, des terreurs ! Considérez un peu cette liste : Sonny Banks, Billy Daniels, Alejandro Lavorante, Archie Moore ! Et encore Doug Jones, Henry Cooper, Sonny Liston ! Tous, je les ai combattus ! Et Patterson, Chuvalo, Cooper encore, Mildenberger, Cleveland Williams, un poids lourd dangereux ! Et Ernie Terrell, qui faisait deux fois Foreman, je l'ai bousillé ! Et Zora Folley... Toujours à saluer le drapeau américain juste comme Foreman, celui-là, mais je l'ai mis au tapis direct, un boxeur expérimenté ! »

À Nselé, le ring planait à deux mètres du sol, encore un exemple du sens pratique zaïrois : si on était éjecté des cordes, on risquait fort de s'ouvrir le crâne en bas. Ali était assis au bord, les jambes pendant dans le vide, avec Bundini devant lui. De loin, on avait l'impression qu'Ali était installé sur ses épaules et la tête de Bundini, ronde, cheveux coupés court et chauve au sommet, émergeait entre les jambes de l'athlète. Tout en parlant, Ali posait ses paumes dessus comme s'il avait une boule de cristal entre les mains — une boule de cristal noir ! —, et à chaque fois qu'il tapotait la calvitie de Bundini pour souligner ses propos celui-ci fusillait du regard les journalistes tel un sorcier aux aguets. « Alors à la presse je dirai ceci, a poursuivi

Ali : J'ai rencontré vingt challengers classés avant que Foreman n'ait eu son premier combat ! » Il était plein de sarcasme : comment les reporters, ignorants qu'ils étaient, auraient-ils pu saisir ces nuances de la culture pugilistique ? « Maintenant, qu'Angelo donne la liste des matchs de Foreman. » À chaque nom cité, Ali faisait la grimace et lançait un commentaire acerbe.

« Don Waldheim.

— Un rien du tout.

— Fred Askew.

— Un rien du tout.

— Sylvester Dullair.

— Rien du tout.

— Chuck Wepner.

— Rien du tout.

— John Carroll.

— Rien du tout.

— Cookie Wallace.

— Rien du tout.

— Vernon Clay ».

Là, Ali a hésité.

« Vernon Clay... Lui, il pourrait être bon. »

La presse s'est esclaffée, et Ali de provoquer à nouveau l'hilarité quand il a remarqué à propos de Gary Wiler, dit « le Vagabond » : « Il vagabonde pas, il traîne. » Puis il y a eu encore une série de boxeurs qualifiés de « riens du tout » et Ali a constaté d'un air navré : « Si je rencontrais des nuls pareils, vous m'obligeriez à abandonner la carrière, vous autres ! » Soudain, Bundini a crié : « La semaine prochaine, on sera à nouveau Champion !

— La ferme », a répliqué Ali en lui donnant une tape sur la tête, « c'est “mon” show !

— Flotte comme un papillon, attaque comme une guêpe, a beuglé Bundini.

— La ferme ! » a répété Ali en le tapant à nouveau sur son crâne dégarni. Puis il a considéré l'assistance d'un œil mauvais. « Vous ne connaissez rien à la boxe. Vous êtes des ignorants. Vous vous laissez impressionner par George Foreman parce qu'il est tellement gros et parce que ses muscles ont l'air énormes.

— Ils le sont pas ! a tonné Bundini. Ils le sont pas !

— La ferme ! a commandé Ali en le frappant encore. Bon, maintenant je vous dis, vous autres de la presse, je vous dis que vous êtes impressionnés par Foreman parce qu'il vous fait l'effet d'un gros Noir qui tape tellement fort sur son sac. Mais sur le ring, il se défile ! Je vais vous confier une chose : il ne peut pas se battre. Et je vais prouver ça le soir du combat. Vous allez me voir cogner du gauche et revenir avec un crochet du droit foudroyant. Vous allez avoir le choc de votre vie. Pourquoi ? Parce que vous êtes encore bluffés par Foreman, là. Mais je vais vous confier un secret : les gens de couleur effraient plus les Blancs que les Noirs. Moi je n'ai pas peur de Foreman et c'est ça que vous allez découvrir ! »

Le lendemain, cependant, Ali a modifié l'emploi du temps habituel : il n'y a pas eu de conférence de presse. À la place, c'est une représentation théâtrale qui a été offerte sur le ring.

Il faut dire que le simple fait qu'Ali boxe ce jour-là était un événement en soi : au cours des dix derniers jours, il n'avait travaillé que trois fois avec des sparrings, ce qui était fort peu. Certes, Ali s'entraînait depuis si longtemps que ses partenaires vieillissaient avec lui. En réalité, il n'en restait qu'un, Roy Williams, le boxeur massif mais délicat qui au lac des Chevreuils avait donné l'impression qu'il trouvait sacrilège de frapper son employeur. Et là, Bundini l'a présenté à un public de plusieurs centaines d'Africains : « Mesdames et messieurs, voici Roy Williams, champion poids lourds de Pennsylvanie. Il est plus grand que George Foreman, et plus lourd, son bras est plus long, et il cogne plus fort, et il est plus intelligent que George Foreman ! » Bundini, le roi de l'hyperbole.

Ses propos étaient traduits simultanément par un interprète zaïrois. L'assistance a éclaté en applaudissements et en rires, puis Ali les a entraînés dans un chant collectif, *« Ali booma yé, Ali booma yé ! »*, un refrain qui signifiait « Tue-le, Ali ! », le cri de guerre par excellence. Et Ali dirigeait son peuple pendant l'hymne, solennel, décochant des directs droit devant lui, un chef de chœur devant une chorale de boy-scouts, péremptoire, fier de ses petits, grave à l'exception du sourire que semblait lui arracher la mise en scène. Tout le monde était ravi, il n'y avait rien de menaçant là-dedans, ce n'était pas les vociférations de cannibales se repaissant de chair mais plutôt une foule de lycéens encourageant leur équipe sur le stade, un hommage aux bonnes dispositions d'Ali. Ce matin-là, il avait l'air d'un gamin de dix-huit ans et bientôt il a été prêt à se mettre au travail avec Roy Williams.

Non pas qu'ils aient réellement combattu, ensuite. Après des semaines et des mois d'entraînement commun, un boxeur et son sparring finissent par devenir un vieux couple. Ils font l'amour à la pépère. Ce qui est compréhensible chez un ménage avec plusieurs décennies derrière lui mais qui ne manque pas de danger pour un pugiliste professionnel : il perd l'habitude de prendre des risques sur le ring. Ce jour-là, donc, Ali était très loin de la boxe, se contentant de serrer au corps Williams pendant un round entier. Tandis qu'en contrebas Big Black frappait ses congas sur un rythme maussade, en un grondement lancinant, Ali se coltinait Williams à travers le ring. « Le George, je vais le coincer et je vais le balader », a-t-il proclamé d'une voix déformée par son protège-dents. « Oui, je vais le balader ! » De temps à autre, il se laissait tomber dans les cordes et autorisait Williams à le cribler de coups, puis se redressait pour lutter encore un peu. « On va le ba-la-der ! » À la fin du round, Ali s'est tourné d'un côté de la salle pour crier à la cantonade : « Hé, Archie Moore, l'espion numéro un ! Dis bien à George que je pète le feu ! Je vais le cogner jusqu'à ce qu'il comprenne plus rien et là, la torture va commencer. Guerre ! Guerre ! » Tout en hurlant, il s'est précipité en avant avec des swings censés proclamer qu'il était un modèle de détermination mais soudain il s'est relâché et il a fait signe à Williams de venir le frapper dans les cordes.

« Archie Moore, l'espion numéro un ! » a-t-il encore crié par-dessus son épaule pendant que son sparring le rouait de coups.

Cela faisait plus de dix ans qu'il avait combattu Moore, à une époque où il n'était pas encore champion du monde, ni même une force vitale plus vaste que Cassius Clay, « la Grande Gueule » de Louisville, et même alors il n'avait pas hésité à prédire qu'il lui réglerait son compte en quatre rounds. Monté sur le ring avec un excès de poids et le handicap de l'âge, Archie avait néanmoins failli mettre le petit gars de Louisville hors de combat dès la première reprise. Il l'avait surpris par un punch brutal et alors que Cassius chancelait en arrière il lui avait décoché un de ses meilleurs crochets du droit qui, s'il l'avait atteint, aurait marqué la fin de la rencontre. Mais, à moitié assommé qu'il était, Clay avait réussi à l'esquiver et dès lors il avait repris l'avantage. À la fin du troisième round, Moore avait les jambes en coton, à tel point qu'il avait préféré ne pas s'asseoir pendant la pause, craignant de ne plus pouvoir se relever au gong. Il n'avait pas tenu jusqu'au bout de la reprise suivante, évidemment, et sa carrière s'était terminée ce soir-là. Archie Moore, avec quelque deux cents combats à son actif, ancien champion lourd-léger, prétendant au titre poids lourds à deux reprises, mis à la retraite anticipée par Cassius Clay : l'écho de cette fameuse soirée vibrait encore dans la voix d'Ali tandis qu'il criait « Espion numéro un ! » comme s'il était toujours offusqué que lui, premier disciple de l'art de

Moore, ait dû retrouver son ancien maître au service de son adversaire.

Bien sûr, Archie Moore n'avait aucune raison de porter Ali dans son cœur puisque ce dernier n'avait jamais reconnu la dette artistique qu'il avait envers lui. Il faut dire que l'influence d'Archie sur d'autres boxeurs n'avait alors été que très chichement saluée. Un jour, répondant au boxeur irlandais Roger Donoghue qui lui demandait comment il arrivait à envoyer des directs dans une position où il avait les bras croisés devant le visage, Archie avait rétorqué : « Là, tu parles technique, Roger, mais ce que je fais, moi, c'est de la philosophie. » Et en effet il a sans doute été celui qui a élevé la boxe au rang de philosophie, probablement le premier à énoncer, et avec une force rare, que tous les directs appuyés n'ont pas le même effet, que tous les pièges ne sont pas forcément à éviter ni toutes les occasions à prendre, que toutes les fatigues ne sont pas insurmontables, que toutes les cordes de ring ne sont pas obligatoirement une agression pour le dos, qu'on peut être bloqué dans un coin et avoir encore de la place pour se battre, qu'aucun knock-down n'est pareil à un autre, qu'aucun paradoxe n'exerce sa pression sur quiconque sans lui insuffler aussi de sa puissance décuplée. Bref, Moore était à la boxe ce que Nimzovitch avait été aux échecs. Et, entre parenthèses, Ali présentait pour sa part une notable similitude avec Bobby Fischer lorsqu'il s'agissait de houspiller un adversaire jusqu'à le faire sortir de ses gonds.

À l'époque de Kinshasa, Moore faisait penser à

un onctueux professeur qui aurait joué du saxophone le week-end. Sa moustache grise qui retombait de chaque côté de sa bouche lui donnait l'aspect d'un Fu Manchu inoffensif, ses pattes fournies lui mangeaient les joues. C'était un homme d'un certain âge désormais, un peu enveloppé mais pétulant. Et quelle titillation cela devait produire, aussi, de savoir qu'il approchait de la soixantaine mais qu'il avait pourtant rencontré Ali sur le ring...

La présence du premier philosophe de la boxe avait dû encourager Ali à s'affirmer comme le sorcier du Noble Art car il a continué à se laisser rouer de coups par son sparring, en un knock-out rituel.

Au début de la seconde reprise, Ali a indiqué à Williams qu'il devait maintenant lui matraquer le ventre. Sans discuter, il s'est avancé et il a entrepris de mettre à l'épreuve la capacité d'Ali à encaisser une avalanche de coups dans l'estomac. « Ooooh, ça fait mal ! » a soudain crié son patron. « Ça fait maaaaal ! » Aussitôt, l'interprète zaïrois a offert une traduction en français à l'assistance : « Il frappe dur ! »

Là, Ali a quitté les cordes pour reprendre le corps à corps avec Williams. Tandis qu'ils parcouraient le ring, il a tenu un petit discours à l'intention de Moore : « Ton poulain n'a aucune classe ! » a-t-il lancé très distinctement à travers son dentier en caoutchouc. « Il n'a pas de jambes ! Il a l'esprit lent ! La dinde est prête à se faire plumer ! » Moore s'est contenté de sourire placidement, comme s'il répondait : « Ça ne dit pas qui est la dinde, là-dedans... »

De nouveau dans les cordes, de nouveau puni au ventre, Ali est tombé sur un genou. Un de ses entraîneurs, Walter Youngblood, a sauté sur le ring. Il a compté jusqu'à huit, Ali s'est relevé en chancelant. Williams et lui ressemblaient maintenant à deux lutteurs de sumo en train de s'endormir. « Y veut m'étriper, là ! » a grogné Ali d'un ton plaintif d'esclave. Encore un direct à l'estomac et il est retombé. « Le bougre est allé au tapis deux fois ! » a gémi Ali en bondissant sur ses pieds. L'entraînement s'est poursuivi et les knock-down ont continué, chacun d'eux accompagné d'une tirade d'Ali. Au quatrième — ou était-ce le cinquième ? —, il est resté à terre et à la surprise générale Youngblood a compté jusqu'à dix. D'un coup, l'ambiance a été affreuse dans la salle. C'était comme si quelqu'un avait raconté une blague absolument répugnante qui aurait jeté un froid total. Comme si le Diable lui-même venait de lâcher un pet, polluant l'atmosphère. Toujours au tapis, Ali a commencé à parler sur un ton lugubre : « Eh bien, elle s'est fait boucler, la Grande Gueule. Il s'est fait fermer la bouche pour la dernière fois. George Foreman est le meilleur. Trop fort, il est... Trop dur, il tape. Et maintenant Ali quitte le ring battu. George Foreman reste le Champion du monde. »

Au fond de la salle, les Africains étaient effarés, plongés dans un silence d'où la frayeur n'était pas exclue. Personne ne croyait qu'Ali avait été blessé, non, ils redoutaient pire encore : par son énigmatique comportement, Ali avait troublé le champ de forces qui entourait le combat. C'était un mort qui avait pris la parole sur le sol du ring et qui, tel un chœur antique, avait offert ce constat : « Il s'est fait fermer la bouche pour la dernière fois. » Le public africain était mal à l'aise, comme si ces paroles risquaient de conjurer des forces obscures. Pratiquement aucun Zaïrois dans l'assistance n'ignorait que le bon président Mobutu, outre un dictateur, était également un docteur en sciences occultes auprès duquel un Pygmée officiait en tant que magicien personnel — ce devait être quelqu'un, ce Pygmée ! Et si Mobutu avait son propre *féticheur**, qui parmi cette foule aurait refusé de croire qu'Ali était lui aussi une voix puissante dans l'espace effrayant et magique qui s'étendait entre les vivants et les morts ? Le silence qui était tombé sur la salle telle l'immobilité de la jungle après la détonation d'une carabine était provoqué par l'horreur absolue à l'idée de ce qu'Ali risquait s'il ne savait pas ce qu'il venait de commettre. Pas plus qu'il ne doit abandonner son corps à la sorcellerie, un homme n'a à encourager son esprit à s'esquiver dans les limbes. Puisque chaque mot trouve un écho jusqu'à l'autre bout de la terre, un aveu de faiblesse peut en susciter un qui reviendra punir celui qui l'a proféré, de même qu'une action timorée garantit la défaite. En conséquence, à moins d'être un expert dans l'art de la transformation, un homme ne doit pas traiter sa dignité à la légère. Alors, avait-il vraiment conscience de son acte, Ali ? Avait-il été assez fou pour tenter d'effacer quelque faiblesse de son âme, s'exposant ainsi au désastre, ou avait-il délibérément réveillé les forces qui travaillaient à la victoire de

Foreman afin de semer la confusion parmi elles? Comment savoir?

Et là, Ali s'est relevé d'un bond pour rassurer l'assemblée. « Dis-leur, a-t-il pressé l'interprète, dis-leur que c'était seulement une blague. Mon peuple ne verra jamais ça dans la réalité, jamais. Dis à mon peuple de se réjouir. Aucun homme n'est assez fort, assez grand pour me mettre K.-O. *Ali booma yé!* Dis-leur de *booma yé!* » La traduction a été accueillie par de timides hourras : il fallait du temps pour se remettre du choc subi. Les Africains étaient encore abasourdis. « N'essaie pas de réfléchir tant que tes idées ne te sont pas revenues », semblait dire leur attitude. Et cependant ils ont crié *« Ali booma yé! »*, car qui avait jamais entendu autant de confiance en soi que chez ce lutteur s'adressant à eux du haut du ring? Les lois de la plus haute magie devaient être entre ses mains, certainement.

« Bande de baratineurs à la noix », a chantonné Ali à l'adresse des journalistes, « ouvrez bien vos oreilles et vos yeux. Quand vous me voyez causer comme ça, ne pariez pas contre moi, siouplait! »

Big Black a recommencé à taper sur ses congas et juste à ce moment Foreman est passé devant le gymnase, dans l'allée. « C'est la guerre, là! » a hurlé Ali. Et sur ces mots il est descendu du ring pour rejoindre ses quartiers.

On avait eu tout le temps de se rappeler le rêve qu'il avait eu et qui avait été abondamment rapporté à son arrivée au Zaïre, plusieurs semaines auparavant. Grâce à lui, il avait prédit que Foreman serait blessé à l'œil, et Bundini avait même certifié qu'il employait la magie en ce sens. Et Foreman avait été blessé, certes, mais sept jours trop tôt. De sorte que si Bundini et Ali avaient eu recours à des pouvoirs surnaturels, ceux-ci s'étaient appliqués à contretemps. Allaient-ils se rapprocher de leur cible, désormais ? Il y avait beaucoup à méditer là-dessus, à une semaine du combat.

6

Notre Kissinger noir

N'golo : c'est le terme congolais qui signifie la force, la force vitale, mais qui peut aussi exprimer l'ego, le statut social, la puissance physique ou la pulsion sexuelle. Il était clair qu'Ali se sentait lésé de la part de n'golo dont il se jugeait digne. Dix années durant, la presse l'avait moqué à ce sujet. Peu importait qu'il en ait au moins autant que n'importe qui en Amérique : il en voulait plus. Ce n'est pas le n'golo dont on dispose mais celui dont on s'estime lésé qui soulève les plus terribles hystéries de l'âme. Ainsi, il n'aurait pu vouloir perdre ce combat. Car s'il était vaincu on s'empresserait d'écrire l'épitaphe de sa carrière et les morts n'ont pas de n'golo, évidemment. Les morts meurent de soif, proclame un vieux proverbe africain : ils ne peuvent exister dans le n'golo qui survient avec la première gorgée de vin de palme, de whisky ou de bière.

Il était désormais en relation permanente avec les journalistes. Jamais un boxeur n'avait manifesté un tel respect envers le pouvoir magique du mot imprimé. Sa villa au mobilier pseudo-moderne restait ouverte à une foule de reporters et l'après-midi, quand les deux hommes avaient achevé leur entraînement à Nselé, alors que Foreman reprenait la longue route vers l'Inter-Continental, Ali s'installait dans un fauteuil bas de son salon, allongeait les jambes devant lui, croisait des bras qui valaient de l'or sur sa poitrine et répondait à de nouvelles questions, sans que son endurance de fer pour la conversation manifeste la moindre défaillance. Chaque jour, sa langue effectuait un véritable marathon et restait vigoureuse, assurée, bien décidée à ne pas trébucher sur les idées d'autrui. Si une question lui était posée et qu'il n'avait pas de réponse, il ne l'entendait pas, tout simplement. Son oreille avait le snobisme d'une altesse royale.

Il se montrait bien entendu très amical avec les journalistes noirs, qui à vrai dire faisaient souvent leurs premières armes avec leur interview d'Ali. Aucun Blanc aussi célèbre ne leur aurait manifesté la même courtoisie, sans doute. Ali répondait à toutes leurs questions, dans leur entier, se penchant sur le micro quand il s'agissait d'une future émission de radio ou quand le reporter utilisait un magnétophone, ralentissant son débit lorsque son interlocuteur prenait des notes même s'il préférait qu'on s'en abstienne. Il était en train de tisser un formidable sac de toile, assez grand pour contenir le monde et, son ouvrage achevé, il allait fourrer la planète dedans et jeter le tout sur son épaule...

Et donc, dans les heures apaisées qui ont suivi le knock-out que lui avait infligé Roy Williams, il est revenu à son scénario préféré pour décrire en détail comment il allait écraser Foreman. « Ce ne sera rien de plus qu'une autre séance d'entraînement, a-t-il affirmé. Il va être facile, ce combat. Ce bougre-là ne voudra pas s'en prendre plein la tête comme Frazier pour gagner. Il n'est pas aussi dur que Frazier, lui. Mou et chouchouté, voilà ce qu'il est. »

À ce moment, Sam Clark, un jeune journaliste qui travaillait pour la BAN, une agence fournissant des programmes et des informations aux stations noires, a posé une bonne question :

« Si vous deviez donner un conseil à Foreman sur la manière de vous faire face, qu'est-ce que ce serait ?

— Si j'avais à céder un peu de mon savoir à l'ennemi, a rétorqué Ali, alors ce serait peut-être de lui dire qu'il soit assez malin pour rester profil bas et attendre. Évidemment, même ça, je le tournerai à mon avantage. Je m'adapte à tout, moi. Enfin, pareil même, la meilleure chance de la Momie, c'est de se mettre au milieu du ring et d'attendre que j'arrive. » À peine une pause, et il a ajouté : « Non, mais vous avez entendu cette musique "de mort" qu'il passe ? C'est une momie, oui ! » Il a gloussé. « Et moi, je vais être la Malédiction de la Momie ! »

On est passé à d'autres sujets. Ali a évoqué les Africains apprenant à maîtriser la technologie du reste du monde : « Bon, en général vous vous sentez plus en sécurité quand vous voyez que c'est un visage pâle qui conduit l'avion. C'est juste qu'on se dit, bon, c'est un Blanc qui devrait réparer le réacteur, là ! Et pourtant ici ils sont tous noirs ! Ça, ça m'a vraiment impressionné, vraiment. » Plus il était sincère, bien sûr, moins il pouvait en dire. Lors d'une conversation sur le même thème avec des amis, il avait ajouté avec un clin d'œil : « Que tous les pilotes soient des Noirs, cette connerie-là, j'y crois pas. J'arrête pas de chercher le placard secret où ils cachent le Blanc jusqu'à ce qu'il y ait un pépin sérieux. » Encore un clin d'œil, comme si cette remarque n'avait pas besoin d'être plus valide que la précédente.

« Est-ce que vous allez essayer de frapper Foreman à sa blessure ? a demandé un autre reporter noir.

— Je vais frapper "autour", a annoncé Ali. Je vais le cogner bien », a-t-il encore puisé dans sa réserve inépuisable d'indignation, « mais je veux avoir le crédit de la victoire, je ne veux pas le donner à sa blessure. » Puis il a tenu à ajouter : « Et quand j'aurai gagné, ils vont me proposer des combats à dix millions de dollars.

— Si c'est le cas, vous allez quand même arrêter la carrière ?

— Je ne sais pas. Je rentre chez moi avec pas plus qu'un million trois cent mille, moi ! La moitié de ces cinq millions, ils vont partir à l'État, plus cinq cent mille de frais et un tiers pour mon manager. Ça me laisse avec un million trois. C'est pas une somme, ça. Vous me donnez cent millions, le lendemain je suis fauché ! Là, on travaille sur un hôpital, un hôpital pour Noirs qui va se construire à Chicago, cinquante millions de dollars, il va coûter. Mon argent, c'est pour des "causes". Si je remporte ce combat, je vais voyager partout ! » À ce point, les différents thèmes abordés ont convergé en un seul et Ali s'est exprimé avec le même amour charnel de la rhétorique qu'éprouve un politicien lorsqu'il prononce son discours électoral et qu'il le trouve bon. Ali pouvait enfin s'adonner entièrement à l'art oratoire : « Si je gagne, a-t-il repris, je serai le Kissinger noir. C'est très magnifique, mais fatigant aussi. À chaque fois que je vais quelque part, je dois visiter les écoles, la maison de vieux... Pour ces gens, je ne suis pas seulement un boxeur, je suis une personnalité mondiale. »

C'était comme s'il avait autant besoin de répéter tout cela que Foreman de taper sur son sac, comme si les tendons de sa volonté allaient devenir d'acier sous l'action de ce conditionnement oral. Et la question revenait, plus que jamais inévitable : restait-il le petit gars de Louisville qui parlait, parlait jusqu'au soir, voire tard dans la nuit, parlait sous l'empire de l'anxiété imparable d'un jeune emporté malgré lui dans la dynamique de l'Histoire ? Ou bien était-il véritablement engagé dans le processus qui allait faire de lui ce très unique phénomène, un prophète du XXe siècle, et dans ce cas la colère et la peur qui s'entendaient dans sa voix venaient seulement de ce qu'il n'arrivait pas à enseigner, à convaincre, à convaincre assez ? Est-ce que l'un des journalistes noirs présents avait eu une grimace lorsqu'il s'était présenté comme le Kissinger de sa race ? Et là, comme pour devancer la dérision, il s'est mis à faire le clown : « Bon, quand vous rendez visite à tous ces gens dans tous ces pays lointains, faut que vous mangiez, en plus ! Pas si facile, ça. En Amérique, on vous offrira un verre. Un boxeur peut refuser un verre, c'est compréhensible. Mais ici, vous "devez" manger. Si vous mangez pas, ça les vexe. D'être aimé par tant de gens, c'est un honneur mais, mon vieux, c'est l'enfer, aussi ! »

Pas question, toutefois, de se dérober à sa mission historique : « Personne n'est prêt à comprendre le but que je me suis fixé, a-t-il continué. En Amérique, ils n'arrivent tout simplement pas à prendre un boxeur au sérieux. Ils ne voient pas que je me sers de la boxe pour surmonter des obstacles qu'on ne peut pas dépasser autrement. Ma carrière me permet d'atteindre certains résultats. Je ne fais pas tout ça », il murmurait, maintenant, « pour la beauté du sport mais pour changer un tas, un tas de choses. »

Son message était clair. Il suffisait d'accepter l'hypothèse qu'Ali avait un large esprit et non une pensée répétitive, et qu'il était donc prêt au chaos à venir, prêt aux éruptions volcaniques qui n'allaient pas manquer d'ébranler le monde en ces temps de pollution, de dysfonctionnement et de catastrophes économiques. Qui savait quels camps l'humanité aurait encore à subir ? Et il était là, lui, ce grand Noir pâle de Louisville né pour devenir une version moderne du larbin obéissant à quelque voix blanche chargée de mint-julep, mais non, il vivait au contraire en se voyant comme un leader mondial, gouvernant non pas l'Amérique ni même une Afrique unifiée mais rien de moins que la moitié du monde occidental, sans aucun doute dirigeant de républiques arabes et noires qui allaient apparaître. Muhammad Mobutu Napoléon Ali avait-il pourtant considéré un seul instant tout ce qui séparait l'Islam de la culture bantoue ?

Sous le choc de cette révélation, soudain conscient que la gravité d'Ali était peut-être enracinée dans le cœur en fusion de la planète et que sa folie n'était pas forcément si folle, Norman s'est approché pour prendre la parole.

« Je comprends ce que vous dites, a-t-il déclaré à Muhammad.

— Je parle sérieusement, a rétorqué Ali.

— Oui, je le sais... » Il a repensé une seconde à l'entraînement d'Hercule auquel Foreman se soumettait, au mépris que cela inspirait à Ali, et puis il s'est entendu poursuivre : « Vous avez intérêt à remporter ce combat. Vous avez intérêt, parce que autrement vous allez devenir un professeur qui donne des leçons à tout le monde, rien de plus.

— Je "vais" gagner.

— Possible que vous ayez à travailler comme jamais. Foreman est devenu un boxeur très complet.

— Oui », a répondu Ali à voix basse, enfin concentré sur un seul interlocuteur. « Oui, je sais. » Puis, avec une nuance à peine ironique : « George a fait beaucoup de progrès. »

La conférence a continué. Les visiteurs entraient et sortaient sans arrêt. Ali a mangé, tandis que les photographes mitraillaient sa bouche ouverte.

Depuis le temps où Louis XV s'asseyait sur sa *chaise percée** et déposait ses selles royales dans le pot royal aussitôt emporté par un royal chambellan, personne n'avait été autant scruté. Et aucun autre leader mondial, aucun politicien ne se serait livré si totalement aux regards indiscrets. Quelle curiosité sans limite il était capable de susciter, Ali !

Poussé par sa propre soif de connaître la réelle condition physique du boxeur, Norman a demandé s'il pourrait courir avec lui le soir. Après vérification, il a appris qu'Ali se mettrait au lit à neuf heures, avec le réveil réglé à trois heures du matin. Norman devrait se présenter à la villa à ce moment.

« Vous n'arriverez pas à rester à ma hauteur, a commenté Ali.

— Je ne veux même pas essayer. Je voudrais juste courir un peu.

— Alors pointez-vous », a-t-il répondu avec un haussement d'épaules.

7

Longue distance

Il pouvait rentrer à l'Inter-Continental, dîner de bonne heure et essayer de dormir un peu avant le rendez-vous, mais il était peu probable qu'il trouve le sommeil si tôt dans la soirée, avant minuit. Par ailleurs, il n'était pas question de prétendre rivaliser avec Muhammad et pourtant sa conscience, qui avait pris là le parti du bon journaliste, lui soufflait que plus il serait en forme, plus il serait capable de discerner où en était Ali sur le plan physique. Quel dommage qu'il n'ait pas pratiqué la course à pied depuis l'été précédent ! Dans le Maine, il avait couru trois kilomètres de temps à autre, certes, mais le jogging était une discipline à laquelle il n'arrivait pas à s'astreindre régulièrement. Avec son mètre soixante-douze et ses quatre-vingt-deux kilos, Norman était tout simplement trop lourd pour aimer la course. Il pouvait trotter à une allure raisonnable — trois kilomètres en un quart d'heure, c'était un bon temps pour lui —, voire pousser jusqu'à cinq ou six kilomètres, mais il détestait ça. Il suffisait d'un jogging pour lui gâter la journée. Loin de se sentir détendu après, il n'éprouvait que de l'irritabilité et de la tension. En vérité, le seul moment agréable de la course à pied, c'était quand on s'arrêtait. D'ailleurs, aimait-il se rappeler, à part Erich Segal et George Gilder il n'avait jamais connu un écrivain qui apprécie cet exercice : qui aurait accepté de voir la vivacité de son esprit s'en aller dans ses chevilles ?

De retour à Kinshasa, il a donc décidé de boire quelques verres et de s'offrir un solide dîner. À table, la perspective qu'il accompagne Ali sur la piste a provoqué un certain amusement.

« Tu sais parfaitement que tu dois y aller, a observé John Vinocur, d'Associated Press.

— Je sais, a répondu Mailer d'un ton lugubre. Ali ne s'attend pas à me voir mais si je n'y vais pas il ne me le pardonnera jamais.

— Exactement, exactement, a confirmé Vinocur. Une fois, j'ai proposé à Foreman de courir avec lui et je me suis défilé. Depuis, il ne perd pas une occasion de me le rappeler. Dès que je suis en face de lui, il remet ça !

— Faut que tu viennes avec moi, Plimpton », a dit Mailer.

George Plimpton n'était pas certain de pouvoir. Mailer, quant à lui, était persuadé qu'il se déroberait : il avait trop à perdre. Grand, mince, des jambes de coureur et un amour de la compétition soigneusement refoulé — mais gros comme le Vésuve, même s'il ne produisait pas de fumée —, Plimpton se serait senti obligé de rivaliser dans la mesure de ses moyens avec Ali, ou de se résigner à payer un très lourd prix en humiliation. Pour Mailer, c'était plus facile : s'il n'attrapait pas une crampe à la cuisse dans les premiers cinq cents mètres, il considérerait avoir tenu son engagement en franchissant la marque du kilomètre. Restait à espérer qu'Ali n'aille pas trop vite... Là, ce serait l'enfer du jogging. À l'idée d'être laissé sur place dès le départ, la boisson et le copieux dîner ont commencé à produire une bile discrète en lui. Il n'était que neuf heures du soir mais déjà son estomac réagissait comme si les forces de la digestion avaient été tétanisées.

C'était tout de même un bon repas. Ils étaient installés en plein air, avec la splendeur kitsch d'un grand hôtel déchu pour toile de fond. Le Palace Hotel, en l'occurrence, transformé en immeuble d'habitation et distillant ses miasmes alentour, avec de temps à autre une bouffée entêtante de ce que les victoriens désignaient jadis sous l'euphémisme d'« odeur de canalisation ». Dans les toilettes du restaurant, la planche de la cuvette manquait, détail négligeable voire excrémentiel, n'était que notre « sage » aurait espéré s'alléger avant d'aller courir, mais la simple vue des lieux, le siège manquant et les indescriptibles effluves lui en ont ôté toute possibilité. Bien des stations-service sur les routes américaines auraient offert pire, certes, mais certainement pas aussi... incrusté. L'installation, qui portait la marque SANICONGO, semblait dater de l'époque du couronnement du roi Léopold. Enfin, peut-être la cuvette elle-même avait son kuntu, car lorsque Mailer est revenu à table Horst Fass était en train de raconter des histoires du Vietnam tout à fait dans la veine SANICONGO. Fass, qui travaillait avec Vinocur, avait la tâche — aucunement une sinécure — de veiller à ce que le système de communications d'Associated Press soit en état de marche le soir du combat, ce qui signifiait qu'il se débattait dans un cauchemar de téléphones, de téléscripteurs, de liaisons Telstar et d'assistants au bord de l'hystérie. C'était un jeune Allemand tranquille et enjoué, sûr de ses multiples compétences car outre un technicien hors pair il était également reporter-cameraman. Il avait couvert pour AP nombre de guerres, bourlingué partout, et il n'était donc pas étonnant que son œil journalistique ait capté des anecdotes croustillantes qui ne pouvaient pas forcément être utilisées. Et c'est ainsi que Mailer et Plimpton découvrirent ce soir-là — bouche bée, soyez-en sûrs — que certains soldats américains au Vietnam s'étaient portés volontaires pour servir de fossoyeurs parce qu'ils étaient des adeptes de la nécrophilie et se délectaient de faire l'amour à des fragments d'anatomie humaine plutôt qu'à un corps ennuyeusement intact, même si privé de vie. Pendant son récit, Fass avait l'air d'un homme qui a tout vu et que rien ne peut plus choquer, mais qui accorde cependant une grande importance aux moindres détails en ce qu'ils sont représentatifs de l'extrême. Comme si c'était là un plat de venaison qu'il venait de servir et que ses commensaux avaient eu besoin d'un sorbet rafraîchissant en dessert, il a enchaîné sur une description touchante des bordels que l'armée US avait ouverts là-bas, mesure préventive face à la virulence particulière des maladies vénériennes au Vietnam. Dans ces claques militaires, donc, les filles portaient des badges jaunes ou rouges, les premiers garantissant une copulation sans danger et les seconds forçant celles qui en étaient munies à une chasteté temporaire. Mais ces dernières étaient cependant autorisées à rester sur leur lieu de travail, à prix réduit : elles étaient là pour les clients qui voulaient simplement parler à une femme. « Elles faisaient un très bon chiffre, a complété Fass. Plein de GI, tout ce qu'ils voulaient, c'était causer. »

Un peu plus tard, ils sont tous partis jouer au black jack dans un casino. L'approche de sa course avec Ali commençait à lui procurer une agréable tension, comparable à ce qu'il ressentait quand il avait la prémonition d'un coup gagnant au black jack. Il y a une dimension sexuelle dans le jeu : de même qu'on commet une erreur en faisant l'amour quand sa libido est en panne, on s'expose à perdre son argent à la table si l'on s'y assoit sans énergie. Lui-même passait la main à chaque fois qu'il se sentait vidé, mais gagnait souvent lorsqu'il était plein de confiance en lui. N'importe quel joueur connaît bien ce phénomène, puisqu'il est viscéral, et rares sont ceux qui n'ont pas essayé de lui désobéir, d'une manière ou d'une autre, mais il ne l'avait encore jamais vérifié avec une telle force qu'ici, en Afrique. À Kinshasa, un quidam aurait presque pu facilement gagner sa vie au jeu à condition de ne risquer sa mise que quand le sang bouillait en lui.

Il a bu quelques verres, naturellement. Il avait des amis, dans ce casino. Le directeur était un Américain qui n'avait même pas atteint les vingt et un ans et qui était positivement grisé par le goût de sa nouvelle vie africaine. Aux tables officiaient de jeunes Anglaises dont l'intonation faisait penser a un pépiement d'oiseau, avec dans leur débit si rapide toute la vibrante intelligence des classes laborieuses londoniennes. Oui, il était en train d'attraper le *mal d'Afrique**, cette douce infection qui vous empêche de quitter ce continent — en pensée, tout au moins — une fois que vous l'avez connu. Quelle ivresse, de miser en sachant d'avance si l'on va perdre ou gagner ! Même la vodka-orange joignait sa bonne énergie à l'ensemble. Tout l'enchantait dans cette soirée, tout excepté sa paresseuse digestion. Après avoir empoché ses gains, il est retourné à son hôtel enfiler un tee-shirt et un pantalon de survêtement.

Le long trajet jusqu'à Nselé, trois quarts d'heure ou plus, l'a convaincu qu'il était en train de commettre l'erreur de sa vie. Il était monstrueusement à contretemps : pourquoi n'avait-il pas calculé son rythme de sorte que la plénitude ressentie au casino soit encore avec lui quand il allait se mettre à courir ? Maintenant son n'golo le quittait peu à peu avec les vapeurs de l'alcool, et au moment où il se retrouverait sur la piste il devrait lutter contre les premiers effets de la gueule de bois. D'autant que son estomac, cet organe généralement fiable, avait carrément refusé de transformer son dîner. Seigneur ! Une épaisse soupe de poisson et un steak au poivre flottaient maintenant sur le Congo de son univers intérieur telles les touffes d'hyacinthes dérivant sur les flots congestionnés du Zaïre. Et ajoutez à cela la crème glacée, le rhum-soda, la vodka, le jus d'orange. Seigneur ! Et pourtant il ne se sentait pas nauséeux, simplement boursouflé, ce qui était somme toute un état normal pour ses cinquante et un ans, ses habitudes de gros mangeur et une pareille heure...

Quand il est parvenu à Nselé, il était presque trois heures du matin et il aurait donné cher pour aller se coucher. Il a même été tenté de faire demi-tour sans se rendre chez Ali mais il était trop tard pour que l'idée soit convaincante.

La villa était plongée dans l'obscurité, cependant. Qui sait, Ali avait peut-être décidé de ne pas courir cette nuit-là ? Les deux soldats de faction, courtois mais quelque peu troublés par l'apparition de visiteurs avant l'aube — Bob Drew, un cameraman d'Associated Press, était également présent —, leur ont demandé de ne pas frapper à la porte et donc ils ont patienté un quart d'heure, assis dans la pénombre, jusqu'à ce que des lumières s'allument dans la maison et que Howard Bingham, un jeune Noir de la revue *Sports Illustrated* qui était pratiquement devenu le photographe personnel de Muhammad, les fasse entrer. Ali avait encore les paupières lourdes : il s'était mis au lit à neuf heures et venait de se réveiller, ce qui constituait sa plus longue phase de repos en vingt-quatre heures. Plus tard, après la course, il allait peut-être dormir encore un moment mais contrairement à d'autres boxeurs le sommeil ne paraissait pas être une préoccupation lancinante chez lui.

« Alors vous êtes venu ! » a-t-il constaté d'un ton surpris avant de se désintéresser visiblement du sujet, exécutant quelques exercices d'échauffement pour sortir de sa torpeur avec l'air maussade d'un fantassin obligé de quitter les bras de Morphée en pleine nuit. La course allait se faire à quatre puisque Bingham s'y joignait, ainsi que Pat Patterson, le garde du corps d'Ali, un flic de Chicago au teint aussi clair que celui de Muhammad qui arborait sans cesse l'expression solennelle, voire impassible, de celui qui a franchi un nombre incalculable de portes dans sa vie en étant absolument certain qu'il en ressortira. Dans la journée, il portait sans cesse un revolver, et la nuit... Oh, quel dommage de ne pas se rappeler s'il avait bouclé un holster par-dessus sa tenue de sport !

Ali paraissait de mauvaise humeur. Il n'était pas difficile de lire la question inscrite sur ses traits : « Qui est-ce qui a envie de courir, franchement ? » Il a donné quelques instructions : l'une des deux fourgonnettes qui allaient les accompagner devrait rester loin derrière, afin de ne pas les importuner avec ses gaz d'échappement ; la seconde, dans laquelle Bob Drew allait monter pour filmer, était autorisée à rouler à leur niveau.

Il est possible que Norman ait espéré que le boxeur veuille d'abord marcher un peu mais en tout état de cause, sitôt dehors, Ali est parti en lentes foulées et les autres ont suivi. Après avoir traversé au trot les pelouses des villas construites parallèlement à la rive, ils sont parvenus à la fin de l'alignement pour obliquer en direction de la grande route, à trois kilomètres. Conservant la même allure, ils sont passés devant des bungalows plus modestes, une sorte de motel où les correspondants de presse étaient logés. Cela faisait l'effet d'un jogging nocturne le long de quelque allée discrète de Beverly Hills, avec une lumière encore allumée de-ci de-là, les yeux à l'affût des entrées de garage, des trottoirs et des grillages bas qui protègent les parterres de fleurs. Ali faisait office de guide, leur désignant du doigt les ornières, les pentes inattendues, les passages glissants où les tuyaux d'arrosage avaient gorgé l'herbe d'eau. Ils avançaient toujours au même train, lent et régulier. D'une lenteur étonnante, même, certainement pas plus rapide que le rythme adopté par Norman lorsqu'il courait tout seul. Et celui-ci, tout bien considéré, en arrivait à se trouver plutôt en forme. Certes, son estomac était déjà un être autonome tout de plomb surchauffé et cela n'allait pas s'améliorer, mais à son grand étonnement cela n'empirait pas non plus : la créature restait là, tangiblement mécontente de cet épisode.

Ils avaient franchi environ un kilomètre lorsque Ali a déclaré :

« Vous êtes pas mal en forme, dites, Norm !

— Pas assez pour faire la causette », a-t-il répondu, les dents serrées.

Le jogging, c'est une affaire d'équilibre. Il s'agit

de trouver le point où vos jambes et vos poumons travaillent ensemble avec une sorte d'égalité dans l'effort. Les unes et les autres peuvent se retrouver au bord du surmenage, mais si la contrainte s'exerce équitablement sur eux ils atteignent à force de travail une sorte de dépassement fulgurant de la fatigue ; en d'autres termes, vous ne vous sentirez pas plus atrocement mal après deux kilomètres qu'une fois les cinq cents premiers mètres parcourus. Tout le truc, c'est de parvenir à cet état assez abominable sans ménager vos jambes au détriment des poumons ou *vice versa*. Alors, une fois ce stade atteint et s'il n'y a pas d'escarpements pour entamer vos modestes réserves, si vous pouvez garder le rythme et ne pas vous arrêter, si vous n'avez pas à trébucher et si vous arrivez à ne pas parler, cette compression régulière peut se poursuivre longtemps, très longtemps, éprouvante pour une constitution d'un certain âge mais non sans dignité car elle vous donne l'impression d'être le moteur à piston d'un vénérable cargo. Et après quelques semaines de pratique constante il devient possible de mener les machines du vieux rafiot à travers des tempêtes de plus en plus prolongées, de leur faire monter des côtes, voire de converser pendant qu'elles fonctionnent. Et puis, l'hiver venu, quelles prouesses deviennent envisageables au ski avec des jambes ainsi préparées !

Cette nuit-là, cependant, comme son corps était resté à quai depuis deux mois, c'était un autre type d'équilibre qu'il devait essayer d'atteindre, non seulement entre ses membres inférieurs et ses poumons mais aussi en surveillant constamment la jauge de bile dans son estomac, ainsi que son rythme cardiaque. Lui qui jusqu'alors avait toujours couru avant le petit déjeuner, à jeun, apprenait maintenant à réagir aux effets d'un ventre rempli pendant le jogging. C'était un troisième facteur dont il fallait tenir compte, une pression de vapeurs amères qui agissait comme une soufflerie inversée puisqu'elle remontait dans sa cage thoracique mais étonnamment ne le mettait pas au bord de la nausée, non, juste une pression massive lui rappelant qu'il ne pourrait accélérer son allure, même à peine, sans que son estomac n'engloutisse son cœur et que les battements de ce nouvel organe dans ses oreilles ne l'assourdisse.

Mais enfin ils devaient avoir déjà parcouru un kilomètre et demi, ayant depuis longtemps laissé derrière eux les villas et la solennité architecturale de Nselé, descendant en silence une route de service. Les gaz d'échappement de la fourgonnette venaient agresser leurs narines avec une insistance aussi surprenante que désagréable. Étonnant handicap à ajouter à l'effort de la course, sans doute pire que la fumée de cigare autour du ring. Le crépitement insolite du flash utilisé par Bob Drew venait compléter de temps à autre cette pollution de l'air.

Et malgré tout il avait atteint son point d'équilibre. En dépit de la digestion, de l'alcool et de son manque d'exercice, c'était l'un des joggings les moins déplaisants qu'il ait jamais connu, et certainement le plus décapant par l'avant-goût de l'enfer qu'il proposait. Il tenait sa place dans le groupe, suivait le train qui par bonheur ne s'était pas accéléré, et après un moment il en est venu à reconnaître qu'Ali n'était pas un mauvais compagnon d'exercice, loin de là, n'épargnant pas les commentaires encourageants : « Hé, mais vous vous débrouillez bien, Norm ! » ou, un peu plus tard, « Vous avez la forme, dites ! », à quoi l'intéressé ne pouvait répondre que par un vague grognement. En fait, c'était la conscience permanente de la parfaite cadence d'Ali qui l'aidait à avancer, comme si ses jambes avaient été encouragées à trouver leur meilleure allure par la tranquille aisance, l'absence de compétition qu'exprimait le pas d'Ali.

« Vous avez quel âge, Norm ? »

La réponse est venue en trois souffles hachés.

« Cinquante... et... un.

— Eh bien, moi, à cinquante et un ans, je n'aurai même plus la force de courir vingt mètres ! Je me sens crevé, déjà. »

Ils ont continué, pourtant. Dès qu'il le pouvait, Ali courait sur le bord alors que Patterson, habitué au macadam, restait sur la chaussée et que Bingham passait de l'un à l'autre. Norman, lui, se maintenait sur l'herbe, ce qui était globalement moins éprouvant pour les pieds mais plus fatigant pour les poumons. Et ces derniers, soumis à la pression constante de son estomac, auraient demandé plus d'égards que ses jambes, certes, mais s'il avait couru sur la route il n'aurait pas pu continuer à éprouver l'influence bénéfique du rythme d'Ali.

En avant, en avant. Ils ont traversé un petit bois.

D'après ses estimations, ils devaient avoir atteint les deux kilomètres et il commençait à se dire qu'il serait éventuellement capable d'arriver au bout de la distance convenue — cinq, était-ce ce qui avait été décidé ? —, il était en train de méditer l'héroïsme de cette horrible perspective lorsqu'ils se sont engagés sur un interminable faux plat, et soudain ce surcroît d'effort l'a amené à penser qu'il ne pourrait atteindre le terme de la course sans une avarie générale de ses moteurs. Devenu un collier de fer autour de son cou, son cœur l'emprisonnait et tandis qu'ils ahanaient le long de la côte son emprise se resserrait tous les dix mètres. En écoutant sa respiration, plus bruyante que jamais, il a dû admettre qu'il allait bientôt renoncer.

« Euh, Ali, je vais... va falloir... que j'arrête, a-t-il bredouillé. Je... je vous... retarde, là. » Et il s'est rendu compte que c'était vrai, mais comment Ali aurait-il pu se contenter d'une allure trop lente quand il ne restait plus que quatre jours avant le combat ? « Alors... bonne fin... de course », a-t-il ajouté avec la sérénité résignée du naufragé qui souhaite meilleure chance à ses compagnons d'infortune alors qu'il vient de céder sa place sur le canot de sauvetage. « On se revoit... tout à l'heure. » Et il a rebroussé chemin tout seul. Plus tard, en vérifiant le compteur de sa voiture, il allait constater qu'il avait couru près de trois kilomètres avec eux, ce qui n'était pas trop honteux.

Il avait plaisir à marcher maintenant, même s'il restait étonné par la vitesse modérée qu'ils avaient adoptée. En réalité, il trouvait bizarre d'avoir pu les suivre aussi longtemps : avec ses quinze rounds en perspective, se disait-il, Ali aurait dû manifester plus d'impatience dans ses foulées. D'accord, il n'avait pas couru avec des tennis mais avec de lourdes chaussures renforcées. N'empêche, cette allure de promenade le chiffonnait.

Inutile d'accompagner Norman pendant son retour, sinon que nous avons là une occasion de découvrir l'une des motivations secrètes des écrivains qui atteignent une certaine notoriété de leur vivant. En suivant la route qui continuait à travers une forêt aussi sombre que l'Afrique est censée l'être, il goûtait pour la première fois la sensation que procure une marche solitaire dans la nuit africaine et, de temps à autre, quand les arbres étaient plus espacés, ce que l'on peut ressentir quand on est seul sous le ciel d'Afrique. Ah, la clarté de ces étoiles ! La grandeur de cette voûte céleste ! Il est vrai que les pensées qui vous viennent après un jogging sont d'une banalité assurée. Mais ce grouillement de criquets et de sauterelles dans les buissons alentour, cette vibration incessante qui semblait ébranler la terre... Une des questions vitales était posée là : les insectes participent-ils à l'univers ou bien sont-ils les termites du cosmos ?

À cet instant, il a entendu un lion rugir. Un son considérable, comme un grondement de tonnerre, qui a soulevé une vague déferlante de courroux dans le ciel et sur les champs. Venait-il d'un kilomètre, ou de moins ? Norman avait déjà quitté la forêt mais les lumières de Nselé étaient encore loin, avec la route déserte devant lui. Il ne pourrait jamais les atteindre avant que le lion ne lui saute dessus... Et tout de suite après il s'est dit que l'animal, s'il le voulait, était capable de s'approcher de lui sans le moindre bruit. Qu'il était déjà peut-être lancé, même.

Un jour qu'il sillonnait le port de Provincetown sur un fort modeste voilier, il avait croisé une baleine. Ou plutôt c'était la baleine qui l'avait croisé, une géante folâtre qui cabriolait gaiement et qui allait entraîner la moitié des bateaux terrifiés dans son sillage. Il avait compris sur-le-champ qu'il n'aurait rien à tenter si elle décidait de l'avaler, lui et son embarcation, mais il était resté très calme, curieusement. On ne pouvait rêver une fin plus parfaite. Sa place au sein de la littérature américaine serait assurée pour toujours : on le ferait asseoir aux pieds de Melville. Melville et Mailer. Ah, la consanguinité des M et des L... Quel plaisir les critiques prendraient à redécouvrir ses hantises (*cf.* Croft sur la montagne dans *Les Nus et les Morts*) englouties par le monstre du capitaine Achab !

Il y avait quelque chose de ce sang-froid tonifiant en lui maintenant. Être dévoré par un lion sur les rives du fleuve Congo : comment ne pas saisir que c'était le félin d'Hemingway qui toutes ces années avait attendu de se repaître de la chair d'Ernest jusqu'à ce qu'un succédané acceptable se présente enfin ?

De retour à la villa d'Ali, il a fait rire tout le monde quand il a raconté cet épisode. Il avait oublié qu'il y avait un zoo à Nselé, et que son lion s'y trouvait probablement.

Ali avait l'air fatigué. Il avait couvert les cinq kilomètres prévus, estimait-il, avec un long sprint final en boxant à vide, en courant à reculons pour repartir de plus belle. Il se sentait épuisé : « Ça me vide plus que n'importe quoi sur le ring, a-t-il constaté. Encore pire que quinze rounds. Y a pas pire, en fait. »

Tel un animal accablé de chaleur, Ali s'était laissé tomber sur les marches de son perron, laissant la pierre rafraîchir son corps. Ni lui, ni Bingham, ni Patterson n'ont beaucoup parlé pendant quelques instants. Il était à peine quatre heures du matin mais l'horizon commençait à s'éclaircir. Dans le ciel africain, l'aube semble prendre tout son temps pour arriver. Comme il fallait s'y attendre, c'est Ali qui s'est chargé de relancer la conversation. Sa voix était étonnamment rauque, comme s'il couvait un mal de gorge. Un refroidissement juste avant le combat : c'était juste ce qui lui fallait ! Se penchant sur lui comme une infirmière agressive, Pat Patterson lui a tendu une bouteille de jus d'orange et lui a vertement reproché de rester étendu sur la pierre. Ali n'a pas bougé, cependant. Attristé par la rigueur de l'entraînement, il a évoqué les figures de Jurgin Blin, de Blue Lewis et de Rudi Lubbers. « Personne ne les connaissait jusqu'à ce qu'ils m'affrontent, a-t-il remarqué, mais ils se sont entraînés dur et ils ont fait leur meilleur combat. Oui, ils se sont bien battus contre moi », a-t-il ajouté avec une sorte d'émerveillement, ce qui était l'état le plus proche du doute qu'il puisse atteindre. « Prenez Bugner... Son plus beau combat, ça a été contre moi. Oh, bien sûr je ne me suis pas préparé à eux comme eux ils se sont préparés à moi. J'aurais pas pu. Si je m'entraînais avant chaque rencontre autant que pour celle-là, je serais déjà mort ! Heureusement que je me suis un peu conservé pour celle-là... » Il a secoué la tête, comme navré de son sort mais néanmoins flegmatique, comme si la joie qui avait pu résider dans son énergie avait été irrémédiablement dilapidée. « Pour ce combat, je vais me faire un million trois cent mille. Oui, mais je paierais volontiers un million si je pouvais acheter la condition physique que j'ai maintenant sans avoir à travailler... »

Mais il y avait tant de fatigue, dans son état présent... Et l'anxiété à l'approche du combat devait être stimulée par cette heure entre chien et loup car il s'est alors lancé dans une de ses litanies. C'était à peu près le discours qu'il avait tenu à la presse un jour et demi plus tôt, quand il avait récité la liste des adversaires passés de Foreman, dénombré les « riens du tout » parmi eux et proclamé l'incapacité de son rival à les mettre K.-O. dès le début. Patterson et Brigham opinaient du bonnet avec la patience attristée de collaborateurs et d'admirateurs obligés de supporter cet aspect de sa préparation psychologique tandis qu'Ali lançait ses arguments de même qu'un malade du cœur avale un comprimé vasodilatateur. Quant à Norman, la digestion toujours bloquée et les entrailles encore crispées par l'épreuve du jogging, il se creusait vainement la tête à la recherche d'un sujet de conversation qui puisse dissiper la sombre humeur d'Ali. Il appartenait donc à ce dernier de détendre l'atmosphère et c'est ce qu'il a fait quand l'aube est enfin venue : après s'être douché et changé, il a effectué un tour de magie, puis un autre, transformant de longs cylindres surgis de ses paumes en mouchoirs.

Et le lendemain, après l'entraînement, alors qu'il haranguait à nouveau la presse, il a terminé en déclarant : « Foreman ne pourra jamais m'attraper. Sur le ring face à George Foreman, je serai libre comme l'oiseau ! » Il a levé une main, l'a ouverte et... un oiseau s'en est échappé, au grand délice des journalistes : Ali venait de leur fournir la chute de leur papier quotidien daté de Kinshasa. Il ne leur a pas fallu longtemps pour découvrir l'explication de ce prodige, non plus : Bundini avait capturé le volatile dans la matinée et l'avait discrètement passé à Muhammad au moment voulu. Bundini, maître irremplaçable de l'improvisation...

En tout cas, alors qu'il repartait en voiture vers l'Inter-Continental et son petit déjeuner, Norman a évalué sur son compteur la distance qu'Ali avait courue. Il s'était arrêté à la pagode des Chinois, avait-il dit. Ce qui donnait quatre kilomètres, et non cinq ! Dont les deux premiers à tout petit train ! Avec l'estomac vide et la forme physique qu'il avait l'été précédent dans le Maine, il aurait sans doute été en mesure de le suivre jusqu'au bout, jusqu'au sprint final du moins. Ce n'était pas le genre d'exercice que l'on attendait de quelqu'un qui allait disputer le titre de champion du monde poids lourds... Décidément, Norman ne voyait pas comment Muhammad pourrait l'emporter. La défaite était dans l'air que seul Ali semblait refuser d'inhaler.

8

Elmo au Zaïre

Le lendemain, pourtant, tandis qu'il regardait Foreman jouer au ping-pong, Norman a eu tout lieu de se demander s'il n'était pas exagérément pessimiste. Bien qu'il ait pratiqué ce sport chaque jour, le champion mondial des lourds en titre était loin d'être impressionnant. Il tenait le manche de sa raquette entre les doigts et non dans la paume, ce qui ne correspondait pas à son jeu puisque cette position est surtout efficace dans les smashs en revers. Or il n'attaquait pas, non : son expérience lui permettait à peine d'opposer une défense laborieuse à Archie Moore, lequel remportait à chaque fois la partie. Ce vieux battant, sportif jusqu'au bout des ongles qui n'aurait jamais négligé un avantage, avait apporté sa raquette personnelle, dont la couche de mousse était aussi rembourrée que les sièges arrière d'une Cadillac. La balle chuintait là-dessus comme l'anglais sur les langues les plus châtiées de Londres. Norman avait entendu un chasseur professionnel affirmer un jour que l'animal le plus dangereux auquel il se soit confronté en

Afrique était le léopard en train de charger : il avait cru que ses yeux le trahissaient car le félin arrivait sur lui comme une succession de plans coupés dans un film en accéléré. Eh bien, le service d'Archie au ping-pong était pareil. À part cela, il n'avait pas beaucoup de jeu, sinon de grands effets de mousse, mais il n'avait pas besoin de plus : formidablement retors, ses engagements laissaient invariablement George sans parade.

Celui-ci le prenait d'ailleurs fort bien. Vêtu d'une de ses inévitables salopettes, ses biceps luisant de sueur, il souriait de toutes ses dents en essayant avec autant de bonne volonté que d'insuccès de rattraper les balles coupées d'Archie. Lorsqu'il en ratait une et se hâtait de la bloquer au sol avant qu'elle ne file dans la piscine, le Champion faisait penser à un gros chien posant une patte hésitante sur une souris, quelque peu abasourdi par les bizarreries que réserve l'existence, et l'on ne pouvait s'empêcher de se dire qu'Ali devait sans doute mieux se débrouiller au ping-pong. Avec la vélocité simultanée de ses mains et de ses yeux, cela semblait inévitable.

Tout boxeur a un trait physique bien à lui qui reste particulièrement gravé dans la mémoire. Chez Joe Frazier, c'était les jambes; plus encore qu'à des troncs d'arbres, elles faisaient penser à deux gorilles aux membres tronqués mais animés d'une force irrésistible. Foreman, c'était les bras, dignes de Samson, capables de renverser les piliers du temple. Et Ali ? Ali avait un visage unique, et des bras prêts à corriger ceux qui s'en approcheraient de trop près, et des pieds ailés. Il serait meilleur au ping-pong, oui. Ses poignets seraient assez souples pour répondre à toutes les ruses d'Archie, ses réflexes seraient stimulés par le moindre faux rebond. Foreman, au contraire, était à jamais étranger aux zéphyrs, aux flèches et aux balles de ping-pong.

Sa force était ailleurs, évidemment. C'était dans l'affrontement physique qu'il puisait toutes ses capacités. Son équipe était donc tacitement convaincue qu'il pouvait même se permettre d'être vu en train de jouer à des jeux dans lesquels il n'excellait pas. Il n'avait pas de réflexes fulgurants au tennis de table ? Aucune importance, George n'avait rien à cacher. Seul le combat serait l'indiscutable conclusion. Si Ali montait sur le ring étreint par la peur, le dénouement surviendrait scandaleusement vite. S'il arrivait plein de bravoure, tant mieux, la lutte n'en serait que plus intéressante. Telle était la conviction patente de l'entourage de Foreman. Ali pouvait même remporter un ou deux rounds, l'agilité voler quelques points à la puissance. Cela n'irait pas plus loin car Ali n'aurait pas l'endurance de mener quinze reprises à un train d'enfer. Dans le clan Foreman, on pensait que les chances d'Ali allaient reposer sur la vitesse, puis encore plus de vitesse, puis des sursauts de vitesse. Tous répétaient la formule d'Henry Clark, selon qui « un round avec Foreman équivaut à dix reprises avec un autre boxeur ». Ce serait comme d'essayer d'échapper à un lion avec lequel on a été enfermé dans une cage, et ce non pendant une minute mais durant trois quarts d'heure.

Vers la fin de sa carrière, Archie Moore arrivait à tenir quinze rounds alors qu'il aurait eu du mal à marcher deux kilomètres d'affilée. Il avait acquis assez de savoir-faire pour éviter un crochet meurtrier d'un seul mouvement languide du menton. Pourquoi se hâter de bouger de dix centimètres si un déplacement de quelques millimètres suffisait ? Décontraction absolue, flegme, refus des efforts inutiles, suppression de la peur et quelques ruses éprouvées, tels étaient les succédanés d'une bonne condition physique. Mais ils fonctionnaient tant que la contrainte ne s'exerçait pas trop durement, et personne ne le savait mieux que Moore : si Ali l'avait privé de ses défenses en quatre rounds, c'était parce qu'il l'avait soumis à une pression continue. Alors, à son tour, Foreman allait épuiser les dernières réserves physiques d'Ali, consumer son énergie, vider son stock de surprises, puis le pousser dans les cordes et commencer à cogner dans le sac.

« Sadler, Moore et Saddler mettent au point une nouvelle approche de la force », avait écrit Archie dans un commentaire pour *Sports Illustrated*; « par la coercition, par la feinte ou l'intimidation, il s'agit d'entraîner Ali dans un assaut frontal avec Foreman, lequel n'a pas seulement de la dynamite dans les gants mais aussi une frappe "nucléaire"... » Les troupes de Foreman à l'Inter-Continental en étaient convaincues : il avait l'arme atomique dans ses mains. Autour de la table de ping-pong et de la piscine, sous chaque parasol et sur chaque chaise longue, dans le hall comme dans l'ascenseur, c'était cette puissance imposante, voire stratégique, qui conditionnait l'ambiance générale. Les poings de Foreman faisaient plus que mal : ils savaient atteindre le « noyau » même de la volonté de son adversaire. La fission était déclenchée. La conscience explosait. La tête éclatait en une décharge foudroyante qui se ruait dans la colonne vertébrale et rompait les jambes comme des murs attaqués au bélier. Qui avait pu oublier l'image de celles de Frazier le soir où Foreman lui avait ravi son titre, affolées, titubant autour du ring à la recherche de leur maître disparu ?

À l'Inter-Continental, c'était donc la confiance qui régnait, une confiance innocente, romantique, impériale dans la puissance menaçante de Foreman. Autour de lui, tout le monde jubilait. Dick Sadler faisait des risettes aux enfants et flirtait avec les plus jolies femmes en expert malicieux dont l'air narquois semblait leur glisser : « Vous n'imaginez pas l'horreur que vous allez voir. » Présenté à l'épouse de l'ambassadeur des États-Unis au Zaïre, Archie Moore l'avait aussitôt prise par la main en lui disant : « Venez, très chère, je veux que vous rencontriez ma femme », et l'avait conduite à Mrs. Moore. Quant à Sandy Saddler, l'égal du grand Willie Pep, le sage et dangereux Sandy, aussi élancé qu'au temps où il boxait encore, il se tenait dans un coin, sa petite tête affublée d'énormes lunettes à monture en écaille, regardait tout le monde comme un patron de pharmacie aigri et confiait : « Je m'inquiète pour Ali. Il va se faire amocher, je le crains. »

L'un des sparrings de Foreman était Elmo Henderson, ancien champion poids lourds du Texas. Grand, mince, il ressemblait moins à un boxeur qu'à un baladin ambulant et il avait en effet la démarche élastique d'un fou du roi médiéval quand il arpentait les couloirs ou les bords de la piscine de l'Inter-Continental, les yeux levés comme s'il fixait un point évanescent à deux mètres au-dessus de l'horizon. Cette attitude créait une sorte d'écran autour de lui, et même une sensation de silence d'autant plus paradoxal qu'il n'arrêtait pas de produire du bruit. C'était comme si Elmo était la voix secrète et cependant retentissante de Foreman. Il avait appris un mot local, *oyé* — dérivé du vieux français « oyez » — et à quelque heure du jour ou de la nuit où vous le croisiez dans le lobby de l'hôtel ou à Nselé, il passait captivé par une vision intérieure, par une voix venue d'une mystérieuse source de puissance. Il vibrait à l'unisson de cette lointaine dynamo. *« Oyé! »* criait-il à l'adresse de l'univers avec une force incroyable, *« Oyé... oyé... oyé! »*, chaque explosion se succédant à intervalles qui pouvaient aller jusqu'à dix ou quinze secondes mais toutes aussi saisissantes qu'un coup de gong. Dans les étages, l'ascenseur, devant la file des taxis à l'entrée de l'Inter-Continental ou de nouveau près de la piscine, parmi les tables du buffet dans le restaurant en terrasse et toute la nuit au bar, l'appel sonnait parfois juste dans l'oreille d'un quidam, parfois venu de l'autre bout d'un couloir : « *Oyé...* » De temps à autre, il s'arrêtait, comme si le signal ainsi transmis ne lui était pas revenu puis, aussi brusquement qu'un essaim de criquets reprend son chœur, sa voix carillonnait encore : « *Oyé... oyé... Foreman booma yé...* » Écoutez, braves gens, Foreman va le tuer. « *Oyé... Foreman booma yé!* » Cette réappropriation du fameux « *Ali booma yé!* » n'avait plus rien du cri de ralliement de collégiens sportifs : c'était plutôt un appel à la croisade. Et à chaque fois qu'il l'entonnait on avait l'impression d'entendre l'écho des battements du cœur de Foreman, d'une pulsation se répétant avec la violence qui guette dans la solitude désolée des corridors d'un asile psychiatrique. Et ainsi il passait devant les enfants et les vieillards, croisait princes africains et représentants des trusts du cuivre, du diamant ou du cobalt, et sa voix puisait une force accrue dans toutes ces influences, la richesse, la violence, l'amertume et l'innocence s'unissaient dans son cri, s'ajoutaient à sa propre énergie jusqu'à ce que vous ayez dans les tympans la stridulation d'un grillon qui aurait atteint la taille d'un éléphant, « *Oyé... Foreman booma yé!* », et peu importait qu'Elmo soit à ses côtés ou à deux cents mètres, George paraissait renforcé dans son parti pris de sérénité par la puissance des cordes vocales de son sparring, comme si Henderson était le veilleur de nuit effectuant sa ronde et que tout était tranquille précisément parce que l'intranquillité régnait partout.

« *Oyé... Foreman booma yé!* » criait-il dans son tour

de garde de l'hôtel et parfois son visage s'illuminait, il semblait avoir découvert une variation sur le thème le plus prophétiquement libérateur et il ajoutait alors : « Trois, Muhammad Ali, trois ! Le froid lui entre en trois ! » avec le même nombre de doigts tendus en l'air. *« Oyé ! »* avait-il beuglé un matin dans le cou de Bill Caplan, le responsable de la publicité chez Foreman, lequel avait répondu tristement : *« Oï vé, oï vé ! »* Une fois, Elmo était allé jusqu'à former une phrase complète : « On va se payer Ali », avait-il annoncé à la cantonade dans le hall, « comme on se paie une Rolls quand on touche le gros lot. *Oyé... Foreman booma yé !* »

Oui, la folie prospérait en Afrique et dans cette démence africaine deux boxeurs allaient gagner cinq millions de dollars chacun tandis qu'à moins de deux mille kilomètres de là des Noirs étaient décimés par la famine, deux sportifs payés cent mille dollars la minute si le combat durait bien trois quarts d'heure et encore plus s'il se concluait avant. Et il était naturel, dans cette folie, que l'un d'eux soit à la fois un révolutionnaire et un conservateur, c'est-à-dire un Noir musulman dont le but ultime était la cession par Washington d'une vaste portion des États-Unis afin d'y installer une « nation noire », et que ce richissime révolutionnaire-conservateur, champion du jeu de billes à dix ans, affronte un ardent partisan du système capitaliste dont la mère avait été cuisinière, coiffeuse et chef d'une famille de sept enfants avant d'échouer à l'asile d'aliénés pendant que son fils, convaincu d'« ivrognerie, absentéisme scolaire, vandalisme et larcins avec voies de fait » devenait un voleur de sacs à main, et « très mauvais en plus », pour citer Leonard Gardner, « parce que bouleversé par les appels à l'aide divine de ses victimes il revenait à toutes jambes leur rendre leur bien ». Cela, c'était à quatorze, quinze, seize ans, et nous connaissons la suite de l'histoire : Foreman rejoint le « Job Corps », une association charitable, décroche le titre de champion olympique des lourds aux Jeux de Mexico alors qu'il n'a pas vingt et un ans, danse sur le ring en agitant une petite bannière étoilée... « Me parlez pas mal du système américain ! » déclare-t-il en guise de revendication solennelle du drapeau US. « Ses bienfaits sont là pour celui qui fait le bon choix et relève les manches et se consacre à sa tâche et refuse de se laisser décourager par quoi que ce soit. Cet emblème, je vais l'agiter partout où je pourrai ! » À quoi Ali devait répondre six ans plus tard, lors d'un dîner des journalistes de boxe, en vociférant : « Je vais te botter ton cul de chrétien, espèce de suceur de Blancs avec ton petit drapeau ! » S'ensuit une bagarre à la tribune, Ali arrache sa chemise à Foreman, le laissant torse nu sous son smoking, et en retour Foreman lui déchire sa veste dans le dos. Le lendemain viennent les excuses, Ali affirme qu'il « n'insultera jamais la religion de quiconque », mais les résultats psychologiques de l'escarmouche sont aussi peu concluants que la bataille des *« Ali booma yé ! »* et des *« Foreman booma yé ! »*, en tout cas sans comparaison avec l'après-midi où Ali ne cesse de traiter

Frazier d'ignorant devant les caméras de télévision jusqu'à ce que l'autre lui saute dessus. Car là, à quelques jours seulement de leur seconde rencontre, les insultes d'Ali vont porter en sa faveur puisque, après l'avoir fait baver pendant les premiers rounds et alors qu'Ali a résisté de justesse à quelques formidables minutes dans le huitième, Frazier semble prêt à le mettre K.-O. à la neuvième reprise, et il est tellement sûr de lui qu'il se jette au milieu du ring avant le signal — « ah, je suis un ignorant, alors? » —, l'arbitre le repousse à sa place, ce qui donne à Ali quinze secondes de repos supplémentaires au moment où il en avait le plus besoin. Et là Frazier lance une furieuse attaque, qu'il croit la dernière — « ah, je suis un ignorant, alors? » — mais Ali se dégage des cordes avant la fin du round pour prendre le dessus — « oui, tu es un ignorant! » — et emporter le combat dans un mouchoir.

Cette fois-là, Ali s'était montré un maître en psychologie mais désormais une telle finesse devait se plier à la logique du chantage psychotique — « Trois, Muhammad Ali, trois! », les astuces devaient porter à travers les longs couloirs du pavillon des fous — *« Oyé, oyé! »* — et tenir compte des deux cents fenêtres que Foreman avait fracassées à Houston parce qu'il aimait le bruit que cela faisait. Retrouvait-on l'écho du verre brisé dans la discipline que le Champion s'imposait, dans la sérénité sur laquelle il spéculait tant, car l'estime de soi était égale à la folie? Et Ali pourrait-il mobiliser les deux millions et demi de fauteuils de cinéma américains alors que ses supporters allaient devoir attendre que leurs cris d'encouragement lui reviennent le long des faisceaux de communication intercontinentale, au moment même où le temps pouvait se mettre à couler de l'avenir vers le passé ? Ali, le grand vizir, devait maintenant galvaniser derrière lui le peuple du Zaïre, une nation inachevée dont le territoire était l'équivalent de l'Alaska, du Colorado et du Texas réunis, Kinshasa en démence avec ses deux cent quatre-vingt mille œufs, ses soixante-quinze mille mottes de beurre et ses cent quinze mille morceaux de sucre en train de pourrir à cause des milliers de touristes qui n'avaient pas répondu au tam-tam noir de ces « Géants dans la Jungle », « the Rumble in the Jungle », l'intitulé publicitaire du combat historique, non m'sieur, personne ne va allonger deux mille dollars ou plus pour se retrouver à bouillir dans une marmite au milieu d'un pays dont les Belges s'étaient enfuis en 1961 dans une telle précipitation que le correspondant du *Times*, Lee Grimes, une bonne bouille qui inspirait la confiance, s'était vu donner les clés d'une maison et d'une voiture par un complet inconnu qui lui avait dit d'en disposer à sa guise, les derniers mots prononcés par ce Belge avant qu'il ne bondisse dans le ferry qui allait fendre les touffes d'hyacinthe à vau-l'eau pour rejoindre Brazzaville de l'autre côté du Congo, la sécurité de Brazzaville, enfin, sûre pour l'instant... Et Lee Grimes avait vécu dans la demeure du Belge, et il avait conduit sa Volkswagen jusqu'à ce qu'elle ait soixante-quatre impacts de balles dans la peau et refuse d'avancer.

Grimes qui franchissait les barrages routiers en brandissant ses cartes de crédit en plastique sous les yeux des sentinelles noires et en criant : « Zaïre ! »

Le Zaïre, un pays grand comme l'Autriche, la Belgique, l'Angleterre, le Danemark, l'Allemagne de l'Est et de l'Ouest, la France, l'Irlande, l'Italie, le Portugal, l'Espagne et la Suisse mis bout à bout, deux cents groupes de langues — non deux cents langues mais deux cents « groupes » de langues ! —, un taux d'analphabétisme de soixante-cinq pour cent (plus, selon certains), un territoire aussi vaste que les États-Unis à l'est du Mississippi avec un fleuve de 4 630 kilomètres qui coulait des montagnes les plus impénétrables jusqu'à la mer, à Matadi, le fleuve Kungo appelé « Congo » — « Écoutez la plainte du fantôme de Léopold / Il brûle en enfer pour son hôte à la main estropiée » — puis « Zaïre ». Za-ire : la rudesse de ces voyelles aurait arraché des larmes à Vachel Lindsay[1], s'il les avait entendues...

PUIS JE VIS LE CONGO QUI RAMPAIT À TRAVERS L'OBSCUR,
TAILLAIT DANS LA JUNGLE SA PISTE D'OR PUR.
Puis sur cette rive
À perte de vue
Des cannibales tatoués qui dansaient nus.
Puis j'ai entendu le battement ivre de sang
D'un fémur sur le gong d'une poêle en fer-blanc.

1. Vachel (Nicholas) Lindsay (1879-1931), poète-voyageur d'origine américaine, auteur notamment de *The Congo and Other Poems* (1914). *(N.d.T.)*

« DU SANG ! » piaillaient les sifflets et les fifres des guerriers,

« DU SANG ! » criaient en claquant des mâchoires les sorciers.

« Vaudou ci vaudou là
« Pillez par-ci pillez par-là
« Troupeau à toi troupeau à moi
« Tchic tchic tchic TCHA
« Bouma bouma PAH ! »
Un air de ragtime épique beuglé
Par la bouche du Congo
Aux montagnes de la Lune, là-haut.

Eh oui, le Congo devenu Zaïre. Monnaie locale : le zaïre. Carburant national : « Essence Zaïre. » Même les cigarettes : « Fumez Zaïres. » « Un Zaïre, un seul grand Zaïre », ce pays où les boxeurs et les journalistes et trente-cinq touristes fanas de boxe — au lieu des cinq mille attendus — avaient débarqué après s'être fait vacciner contre le choléra, la variole, la typhoïde, le tétanos, l'hépatite (essayez la gammaglobuline), sans parler des piqûres contre la fièvre jaune ou des cachets contre la malaria et contre la diarrhée pour se glisser dans la brèche ouverte par le spectre galopant de Léopold, tous les titres honorifiques comme « Excellence » ou « Votre Honneur » abolis, Mobutu se faisant modestement appeler « le Guide », « le Chef », « le Timonier », « le Rédempteur », « le Père de la Révolution » ou « le Défenseur perpétuel de la Propriété et du Peuple », Mobutu, né Joseph Désiré mais que les exigences de l'authenticité avaient rebaptisé Mobutu Sese Seko Kuku Ngbendu Wa Za Banga, soit « le Guerrier tout-puissant qui par son endurance et sa volonté inflexible ira de conquête en conquête en semant le feu sur son passage » ou, dans une traduction plus pratique, « le coq qui ne laisse aucune poule intacte, ça va Wa Za Banguer pour vous ! », oui, Mobutu, son 747 et son DC-10 personnels, son radiotéléphone qui lui permet de joindre n'importe quel fonctionnaire à travers cette immensité, son passé politique — en 1961, il avait transféré Patrice Lumumba dans une prison du Katanga où il était évident qu'il allait se faire assassiner pour édifier ensuite un monument au « martyr Lumumba », le plus imposant de la capitale —, Mobutu, donc, « est (partout) accueilli en sauveur par des escouades de danseurs et de danseuses qui virevoltent, tapent du pied, agitent leurs bras et des palmes sans cesser un instant de chanter les louanges du Président », selon J.J. Grimond dans le *New York Times*, un article dont les détails les plus savoureux ne seront pas cités avec empressement par le ministère de « l'Orientation nationale ».

« *Foreman booma yé !* » hurle Elmo Henderson en traversant le patio du restaurant en plein air et Norman sourit à son invité, un brillantissime Américain installé à Kinshasa depuis des années, un homme aux multiples talents qui a bien voulu accepter de tenter de lui expliquer cet incomparable pays, cette nation qu'Ali va chercher à mobiliser dans tout son n'golo et son nommo collectifs, tout son kuntu et muntu, dans toutes les nuances de ses deux cents groupes linguistiques, sans oublier le lingala. Oui, notre Muhammad Ali va vouloir faire confluer les forces des vivants et des morts dans l'arène de son grand *hantu*, ce lieu et ce moment également redoutables qui vont être réunis mercredi à quatre heures du matin dans le stade du 20 mai (62 800 places), quinze rounds avec dix points pour le vainqueur de chacun d'eux et neuf ou moins pour le perdant, deux mille fauteuils de parterre rapproché à deux cent cinquante dollars l'unité qui n'ont pas été vendus, loin s'en faut, mais retransmission en circuit fermé sur quatre cent vingt-cinq sites aux USA et au Canada, ainsi que diffusion en direct ou différée dans cent pays, une production Don King sous les auspices du gouvernement zaïrois et des compagnies Video Techniques et Helmdale Leisure, excusez du peu. Et donc Norman écoute son hôte après lui avoir adressé un sourire d'excuse — ou bien s'y mêle-t-il une certaine fierté devant les incantations d'Elmo à Dieu sait quel fragment de réalité africaine ? Épelé à l'envers, Elmo donne Omlé : « *Oyé Omlé* » — et devant les propos tellement sensés de son interlocuteur l'insanité qui est partie intégrante de n'importe quel championnat du monde des lourds se cabre dans la touffeur de midi.

« Voyez-vous, la question n'est vraiment pas d'aimer Mobutu ou pas. Aucun Américain ne va être emballé par un homme dont la tête surgit d'un nuage tous les soirs à la télévision d'État, avec l'hymne national en musique de fond, mais il n'est pas du genre à être gêné pour si peu... Regardez bien le bâton de chef de tribu qu'il tient toujours à la main lors de ses apparitions télévisées : il représente un homme et une femme enlacés. Ce n'est pas fortuit, pas du tout. Dans leur vision de l'univers, les Africains placent les humains au centre. Un emblème tribal de ce type symbolise donc la plénitude achevée du cosmos, comme la rencontre du yin et du yang. Mobutu est là pour incarner les hommes et les femmes dans un seul Zaïre, une seule conscience, un seul pouvoir. Il a déjà débloqué soixante-quatre millions de zaïres, c'est-à-dire bien plus de cent millions de dollars, pour un émetteur de télévision qui va lui permettre d'atteindre le moindre village, la tribu la plus isolée dans la jungle. Vous devinez quelle tête on va voir matin et soir sur les écrans. N'oublions pas qu'il y a encore peu de temps le seul nom officiel qu'on pouvait lire dans les journaux était celui de Mobutu. S'il était pris en photo en compagnie de quelques bureaucrates importants, il était le seul à être cité en légende. Il y a quinze jours, le premier ambassadeur de Cuba à Kinshasa a pris son poste : eh bien, les journaux locaux n'ont même pas daigné imprimer son nom ! Ça, c'est une séquelle de l'ancien régime, évidemment, mais il y a un point qui est très clair : le mobutisme, c'est Mobutu, avec tout ce que cela signifie, et notamment que les informations qui lui déplaisent ne seront pas publiées. Autre exemple, qui remonte à quelques mois : un avion d'Air Zaïre s'écrase. Pendant des jours et des jours, la presse n'en a pas soufflé mot et puis Mobutu a décidé qu'il était inutile de raconter l'accident mais acceptable que la liste des obsèques des victimes soit rendue publique. Une version particulière de la liberté de la presse, si vous voulez.

« Tenez, réfléchissez au nom du pays lui-même. Pourquoi ils ont choisi celui-là, on ne le saura jamais. Ce qui est certain, c'est que notre "Timonier" en aimait bien la sonorité. Il aurait tendance à se fier à son oreille, vous comprenez ? En plus, Z, c'est la dernière lettre de l'alphabet et "les derniers seront les premiers", non ? Résultat, ils annoncent que le Congo s'appelle Zaïre, maintenant. Et puis ils se rendent compte que ce n'est pas un mot d'origine africaine. Ça vient du portugais ancien, en réalité. Mais n'attendez pas un instant qu'il admette l'erreur : ce serait s'exposer au ridicule. Tout au contraire, c'est certainement à ce moment qu'il a décidé que non seulement le pays va porter ce nom mais aussi la monnaie, les hydrocarbures, les cigarettes et même, d'après ce que je sais, les préservatifs ! Règle numéro un d'un dictateur : assumer les bourdes jusqu'au bout.

« Avec les privilèges, c'est la même logique. Il n'a pas besoin d'avoir des maisons dans la moitié des capitales européennes, c'est évident, ni d'un 747 quand sa famille veut se rendre de Bruxelles à Londres. Nous, les Occidentaux, nous aurons tendance à réprouver une ostentation aussi ridicule mais les Africains voient la chose très différemment. C'est le chef du pays, et un roi doit porter tous les attributs de sa grandeur. Qu'il soit resplendissant, cela fait partie de son énergie vitale. Si ses dépenses n'étaient pas démesurées, ils le respecteraient moins. C'est le “leader national”, donc l'équivalent moderne d'un président, d'un dictateur, d'un monarque, d'un empereur, de l'élu de Dieu, du *Roi Soleil**, tout cela en un seul homme. Et il faut lui reconnaître qu'assumer le rôle d'élu de Dieu, ça demande une sacrée poigne ! Les problèmes qu'il a devant lui sont littéralement monstrueux. Prenez Kinshasa : en 1959, un an avant le départ des Belges, la ville comptait trois cent mille habitants ; aujourd'hui, d'après les chiffres que le régime garde secrets, il y en a un million et demi. Le taux de chômage est de 48 % dans la capitale et pourtant les gens continuent à affluer de la province. Pourquoi ? Parce que dans les zones rurales il y a 80 % de sans-emploi. La sécheresse est terrible, le manque de matériel agricole effrayant. Mais attention, aucun bureaucrate zaïrois ne dira que ce pays est sous-développé : « sous-équipé », c'est le terme qu'ils aiment employer.

« Ajoutez au chômage l'instabilité produite par la mosaïque des langues, par le fractionnement d'une population de vingt-deux millions d'âmes en milliers de tribus et de factions. Tout le tissu social traditionnel est en train de craquer. Il n'y a plus d'attaches à la terre, ni à la famille. Mobutu devient le seul à combler la disparition des anciennes traditions, la personnification de l'unique valeur qui demeure, le dévouement au grand chef. Voilà pourquoi on ne le verra pas au stade la nuit du combat. Non, il va rester chez lui le regarder à la télévision, par retransmission spéciale. Pas seulement parce qu'il n'a pas envie de montrer au monde entier la gigantesque protection policière dont il aurait besoin, mais parce qu'il ne veut pas apparaître aux côtés d'Ali et de Foreman sous l'œil implacable des caméras. Dieu ne se montre pas à côté de ses fils quand ils le dépassent d'au moins une tête !

« Mais ça, ce n'est qu'un exemple finalement marginal de sa manière très particulière de projeter son image à son peuple. Quand on entre un peu dans les détails, il n'est pas loin du génial, sur ce plan. D'un côté, il est partout, c'est une entreprise de narcissisme qui dépasse l'imagination la plus folle ; de l'autre, il est d'une prudence infinie. Il brandit le match et le stade comme de somptueux cadeaux offerts à son peuple mais il ne se montrera pas en chair et en os. De même, vous le verrez tous les soirs à la télé mais vous n'obtiendrez jamais une interview exclusive, jamais. Sa gloire, c'est de garder le contrôle sur les détails.

« Ainsi, vous pouvez interroger n'importe qui, tout le monde vous dira que l'armée est l'assise de son pouvoir, ce qui est exact. Et l'une des raisons, c'est que le prix de la bière est maintenu très bas pour les soldats. Un détail, mais c'est en eux qu'il puise sa force, justement. Il contrôle également les affectations de chacun de ses officiers, en veillant à ce qu'aucun membre important de la hiérarchie n'ait sous ses ordres des hommes issus de la même tribu que lui. Dans les régiments, les soldats ne peuvent même pas communiquer entre eux à cause de la diversité des langues, alors ils sont obligés de s'exprimer en lingala. De cette manière, il fait d'une pierre deux coups : d'une part il empêche que le fondement du régime ne soit sapé par les dissensions tribales, de l'autre il pousse les troupes à abandonner leurs dialectes d'origine et à se rabattre sur la langue officielle. Et il emploie la même politique avec ses hauts fonctionnaires : il confiera à un gros bonnet originaire de Kinshasa le poste de gouverneur de Lubumbashi, par exemple, ce qui dissuadera les tentatives de coup d'État.

« Évidemment, Mobutu paie un prix pour tout cela. La désorganisation du pays est indescriptible. On est passé de l'intolérable au monstrueux. Mais il faut dire que les Belges lui ont légué tellement de problèmes ! Ici, l'appareil bureaucratique n'a toujours eu qu'une seule fonction, mettre des bâtons dans les roues aux techniciens qualifiés que le pays importait. Et maintenant qu'ils ont jeté les Blancs dehors personne ne va se précipiter pour exécuter les ordres. De plus, imaginez le genre de Blancs qui venaient ici, pour la plupart des Belges incapables de réussir chez eux et qui arrivés au Congo faisaient porter toute la faute aux Noirs ! Non, la paralysie est une constante de la bureaucratie locale. D'ailleurs, aux niveaux intermédiaires, chaque département, chaque service a tendance à se tribaliser : j'ai mon petit poste, j'ai besoin d'un adjoint, alors je me choisis un parent ou un allié. Histoire d'éviter les coups de poignard dans le dos : je ne veux pas que le nouveau me fauche ma place, si c'est un proche il sera moins susceptible d'essayer. En plus, comme il est idiot, mon protégé, je ne vais certainement pas lui déléguer de pouvoirs car il me créerait des ennuis, après... Alors les dossiers attendent que j'aie le temps de m'en occuper personnellement. Total, l'appareil d'État est une énorme machine à fabriquer de la gabegie et de l'immobilisme. Aux échelons supérieurs, pourtant, il y a des gens doués, compétents, de vrais cadres. Ce sont les Noirs les mieux éduqués qui sont revenus d'Europe avec un bon salaire, qui ont une belle maison, une épouse européenne — dans la haute bureaucratie, être marié à une Blanche, c'est une forme de distinction —, et qui sont fidèles à Mobutu. Pour eux, le pays est plein d'avenir. Ils peuvent même arriver à des résultats tant que cela reste entre eux, à leur niveau. Mais dès qu'un projet doit descendre dans les sphères intermédiaires de l'administration, on se retrouve dans la gabegie. Immobilisme et chaos. *Pas de problème** : voilà la réponse que vous obtiendrez à chaque fois que vous demandez si telle ou telle mesure peut être mise en application. C'est leur façon de s'assurer que votre initiative sera pratiquement condamnée d'avance. Eh oui, puisque la solution n'existe pas, les difficultés pour y parvenir n'existent pas non plus ! Et donc, *pas de problème...*

« Et cependant Mobutu fait marcher le pays. Au prix d'un gâchis que personne n'ose même imaginer, et avec un pillage bureaucratique des ressources nationales que personne ne peut tenter d'évaluer, une structure commence à émerger, malgré tout. On parle de "pouvoir noir" presque partout mais ici, avec toutes ses limites évidentes, il est concrètement mis en pratique. Et dans toute cette confusion, quelque part, il pourrait même y avoir une vraie tentative, celle de concilier la technologie moderne avec certains aspects de la tradition africaine. Non parce que Mobutu serait forcément un visionnaire plein d'idées — comment en avoir le cœur net alors qu'on ne peut même pas l'approcher? — mais parce qu'il y a peut-être une intuition congolaise, à savoir que la technologie ne s'appliquera sur ce continent que si elle est reliée à des racines africaines.

« Mais bon, c'est encore l'horreur, l'horreur... », a soupiré ce remarquable Américain en écho aux dernières paroles du héros de Conrad. « Ce soir, vous allez assister à la pesée, n'est-ce pas? Profitez-en pour bien regarder le stade. Le cadeau de Mobutu à ses sujets... En fait, c'est le fruit de leur travail et de leurs impôts. Une construction stupéfiante. Les meilleurs ouvriers et techniciens du Zaïre y ont été affectés. Mobutu ne dispose que de quelques équipes qualifiées, qu'il déplace d'un chantier prioritaire à l'autre à travers le pays. Eh bien, nous savons où elles travaillaient, tous ces derniers mois. Quel stade, quel stade! Observez attentivement sa conception générale : ce n'est pas seulement un endroit destiné à accueillir les foules mais aussi à les conditionner et, si nécessaire, à les éliminer. Tenez, le printemps dernier, la criminalité avait atteint un tel point que les voleurs se faisaient passer pour des policiers. Des femmes de résidents américains ont été violées. Le cauchemar de Mobutu, c'était que les étrangers arrivent ici pour le combat et se fassent dévaliser en masse. Alors sa police s'est hâtée d'opérer une rafle. Ils ont arrêté trois cents des pires criminels qu'ils puissent trouver et ils les ont enfermés dans des salles qu'il y a sous le stade. Et puis ils en ont tué cinquante, là, dans les sous-sols du stade. D'après ce que nous pouvons savoir, certains auraient été exécutés dans les futurs vestiaires des boxeurs. Mais ce qu'il y a de plus important, dans ces exécutions, c'est qu'elles ont été totalement arbitraires. Personne ne s'est soucié d'établir une liste, personne n'a dit : "Éliminez ces cinquante-là, précisément." Non, ils ont liquidé les cinquante qui se trouvaient à ce moment sous la main, c'est tout. En fait, c'était ce qu'il y avait de mieux, une punition à l'aveuglette : de quoi semer encore plus de crainte parmi les délinquants, de quoi prouver qu'il ne sert à rien d'acheter des policiers pour se protéger. Et c'est en gros pour les mêmes raisons qu'ils ont relâché les deux cent cinquante autres. Pour qu'ils racontent le massacre à leurs semblables. Du coup, le taux de criminalité est nettement en baisse, pour l'instant.

« C'est ça, le mobutisme. Mobutu. À la fois maire, tyran et magnat. Il va dépenser des millions de dollars pour développer les exploitations pétrolières offshore, alors que le Zaïre a à peine quarante kilomètres de fenêtre sur la côte atlantique, et pourtant il va réussir, il va extraire assez de pétrole pour couvrir la demande intérieure. Et puis il prendra son téléphone et il exigera de savoir pourquoi les taxis ont augmenté leurs tarifs dans je ne sais quelle ville à mille cinq cents kilomètres de Kinshasa, et il leur dira que c'est exclu. Pas de faux-semblant, le sens du trivial et de l'impérial : la vraie mentalité africaine. Les gens d'ici disent que l'Afrique a la forme d'un revolver et que le Zaïre en est la gâchette. J'espère que le stade va vous plaire. »

Il est des pesées qui peuvent donner une idée de l'issue du combat à venir, mais elles ont généralement lieu le matin de la rencontre et permettent donc d'apprécier comment les boxeurs ont dormi. Comme on était samedi soir, à soixante-douze heures au moins du match, celle-ci n'était toutefois guère plus qu'un coup de publicité, une plage de sons et d'images pour « Le Monde du Sport », le programme hebdomadaire diffusé aux USA dans l'après-midi. Cela s'annonçait carrément ennuyeux, en dépit de la présence de milliers de Zaïrois auxquels on avait ouvert les portes du stade sans les faire payer.

Les journalistes s'étaient attendus à ce que la foule acclame follement Ali à son arrivée mais la réaction a été plutôt réservée : des applaudissements soutenus, tout au plus, et encore moitié moins longs pour accueillir Foreman. Ensuite, l'assistance est restée passive. Il faut dire qu'avec la centaine de personnes qui se pressaient sur le ring autour des boxeurs, ces derniers étaient pratiquement impossibles à apercevoir. Par ailleurs, bien des hommes et des femmes patientaient déjà depuis longtemps dans les gradins. Enfin, le spectacle d'un poids lourd montant sur une balance n'a pas vraiment de quoi vous couper le souffle. Ce soir-là, la source principale d'agitation a été une erreur dans la conversion des kilogrammes en livres. Deux cent six livres, ont annoncé les haut-parleurs pour Ali. Il n'avait jamais été aussi bas depuis des années ! La correction est arrivée dans les sifflets venus des bancs de la presse : deux cent « seize » livres. Soit quatre à huit livres supplémentaires par rapport à l'objectif de poids qu'il avait déclaré vouloir atteindre pour le combat, ce qui laissait présager un jeu de jambes bien moins alerte que prévu. En fait, il était presque aussi lourd que Foreman, pesé à deux cent vingt livres. Celui-ci se tenait sur le ring dans un état de concentration totale. Pas un son qu'il refusait d'entendre n'atteignait son ouïe.

Ali semblait d'humeur maussade, à nouveau. Il s'était glissé entre les cordes avec une canne en ivoire à la main et paraissait plus intéressé par cet accessoire que par le déroulement de la pesée, explorant lentement le pommeau de ses doigts. Ali avait un rapport particulier aux objets qu'il découvrait, une sorte de respect dans sa manière de les toucher. L'apathie de la foule, en tout cas, n'avait pas de quoi lui plaire. Il a bien tenté de lui faire entonner *« Ali booma yé ! »* mais la réaction n'a guère été tonitruante.

Pendant ce temps, la sono passait de la musique, une musique d'une gaieté déconcertante, avec des ondulations tropicales, une musique pour les hanches qui ne demandait rien d'autre qu'une épine dorsale décontractée, insouciante. Le choc féroce des coups de poing ne s'entendait pas là-dedans, non... Tout était étrangement décevant dans cette pesée, même le ring, édifié trop bas. Alors qu'ils l'avaient prévu trop haut à Nselé, il était si peu élevé, ici, que les photographes massés autour bouchaient la vue aux journalistes installés aux tables de presse et que tout le monde a fini par se mettre debout.

Ce stade n'avait rien d'heureux, en vérité. Son brillant informateur américain n'avait pas exagéré. L'accès à l'enceinte était extrêmement déprimant : ce n'était pas un lieu destiné à accueillir les gens mais plutôt un édifice dont il serait impossible de sortir si la police décidait de vous y boucler. Elles étaient si congestionnées, ces entrées, que le flot de visiteurs s'écoulait avec la lenteur d'un baril de bière sur lequel on aurait monté une tétine de biberon en guise de robinet. Depuis la rue, des arches pas plus larges que des portes ordinaires ouvraient sur des tourniquets qui commandaient une succession de couloirs oppressants par lesquels on accédait aux gradins. En sous-sol, un tunnel qui suivait l'ovale du stade desservait des salles aux murs de briques peints uniformément en gris. Barreaux de fer et parpaings : une prison.

Cette triste ambiance accablait encore Norman lorsqu'il a rejoint la soirée que Don King offrait au bar panoramique de l'Inter-Continental. Le producteur, lui, était enchanté par la pesée. Il pensait qu'elle avait marqué un tournant décisif et il était ravi de la célébrer sous cet aspect : « Depuis ce soir, depuis que j'ai vu Ali et Foreman ensemble sur le ring, j'arrive à croire que le combat n'est pas qu'un rêve ! »

Il avait des yeux ensorcelants, Don King. Avant de le rencontrer en chair et en os, il était difficile de concevoir comment il avait pu réussir à réunir les deux champions pour ce combat car ses arrières financiers n'étaient pas à la hauteur d'une aussi formidable entreprise. Mais il avait le don de convoquer tout son amour, authentique — et vu sa substantielle anatomie noire il devait en avoir des réserves non négligeables — comme simulé, et de le déverser par ses nitescentes pupilles. Norman n'avait jamais cru que le mot « nitescent » puisse s'appliquer dans la réalité mais c'était parce qu'il n'avait encore jamais en face de lui un regard si plein d'amour. « Votre génie obéit à la plus exigeante lucidité », lui a déclaré King en guise de compliment préliminaire une fois les présentations terminées, « et pourtant il est aussi l'avocat instinctif d'une recherche inlassable des potentialités qui existent dans la vaste et chaleureuse collectivité des exploités de ce monde. » Norman avait jadis connu un docteur roumain qui s'emplissait la bouche de rhétorique ou de pastrami avec la même gourmandise. Eh bien, Don King était une synthèse de boxeur noir aussi massif qu'Ernie Terrell et de ce médecin juif de Roumanie. Ou non, plus que cela encore : son éloquence était celle d'un représentant du B'naï Brit. Il ne pouvait pas dire « extasié » si on ne le laissait pas ajouter « de ravissement ». Une occasion n'était pas « heureuse » mais « extrêmement heureuse ». Après un moment, Mailer a compris que la généreuse caractérisation qu'il avait faite de lui était en réalité une manière subtile d'indiquer l'opinion qu'il avait de lui-même : « Un génie qui obéit à la plus exigeante lucidité et qui pourtant... », etc.

Il aurait été d'ailleurs peu aisé de prétendre qu'il ne l'était pas, génial. Ancien propriétaire de boîte de nuit et patron des loteries clandestines du Cleveland, ayant purgé une peine de quatre ans de prison pour avoir tué quelqu'un dans une rixe, King avait approché Ali et Foreman avec les superbes références d'un manager sportif dont les deux meilleurs poulains, Earnie Shavers et Jeff Merritt, venaient juste d'être tous deux mis K.-O. au premier round. Cela ne l'avait pas empêché de se dire prêt à promouvoir une rencontre entre les deux titans, auxquels il avait promis cinq millions de dollars chacun. Ces yeux emplis du plus sincère amour avaient sans doute suffi à rendre la somme crédible, car dans leur lumineuse conviction passaient le frais délice de la limonade, les volutes rêveuses du Pernod et les pépites dorées de l'épi de maïs, et leur magie lui faisait franchir tous les obstacles. En tout cas, il avait réussi à convaincre Herbert Muhammad qu'il était capable, lui, Don King, d'organiser ce combat : « Je lui ai rappelé l'enseignement de son père, Elijah Muhammad[1], qui disait

1. Elijah Muhammad, de son vrai nom Elijah Poole (1897-1975), dirigeant du mouvement des « Black Muslims » qui militait pour l'indépendance de la communauté noire d'Amérique. *(N.d.T.)*

que tout Noir qualifié devait se laisser donner ses chances par ses frères noirs. » Bien sûr, les observateurs plus cyniques s'empressaient de remarquer que Herbert Muhammad n'avait rien eu à perdre dans cette affaire puisque King s'était aussitôt retrouvé lié par un contrat qui l'obligeait à verser cent mille dollars par mois jusqu'à ce que la lettre de crédit couvrant les dix millions promis aux deux hommes soit en banque. À la surprise générale, il avait cependant réussi à tenir le temps de réunir la somme avec l'aide de John Daly, responsable de la société « Helmdale Leisure » et de « Risnaila », une compagnie suisse qui selon la rumeur publique était toute dévouée à Sese Seko Kuku Ngbendu Wa Za Banga, c'est-à-dire notre Mobutu... Quel talent! La quantité peut faire la qualité, a soutenu Engels : un trafiquant qui brasse un argent pareil devient un respectable financier. Et comme il savait parler, Don King! Déjà grand de taille, il avait des cheveux grisonnants qui se dressaient encore de huit bons centimètres au-dessus de son crâne, plus haut, toujours plus haut : c'était un de ces Noirs dont la coiffure afro semble électrisée par la chute perpétuelle d'un ascenseur. « Sssscchhuuuhhh ! » faisaient-ils sur sa tête, et en dessous jaillissaient les mots, intarissables. Il portait des diamants et des chemises à jabot, des tuniques africaines brodées d'or, des smokings mauves et des costumes couleur rouge à lèvres. Les ceintures soyeuses d'un sultan ornaient sa taille, les perles de l'Orient scintillaient sur ses tenues. Et comme il parlait! C'était le kuntu de la conversation, qu'aucun défi verbal ne pouvait désarçonner. Un jour que l'un de ses boxeurs de moindre réputation avait laissé entendre qu'il n'était pas satisfait de son contrat et que King risquait d'en subir les conséquences dans sa chair, Don s'était penché vers lui — il adorait raconter cette histoire — et lui avait glissé sur le ton de la confidence : « Inutile de se baratiner mutuellement. Tu peux très bien sortir d'ici, passer un coup de fil et me faire buter d'ici une demi-heure. Quant à moi, je peux prendre mon téléphone dès que tu seras parti et te faire refroidir dans les cinq minutes. » Pas un mot de trop, un vrai sens de la formule percutante. Mais il pouvait aussi se montrer plus disert, comme ce soir-là : « Ce combat va captiver un billion de fans parce que Ali est russe, Ali est oriental, Ali est arabe, Ali est juif, Ali est tout ce que l'esprit humain peut concevoir. Il parle à toutes les facettes de notre univers. Certains se polarisent plus sur l'hostilité, d'autres sur l'affection, mais néanmoins il les stimule tous... C'est le point essentiel, ça : Ali sait motiver même les morts ! » Oui, même les morts en train de mourir de soif et attendant leur bière devant l'autel. « Les morts frémissent dans leur tombe », c'était les termes de King rapportés par Leonard Gardner la nuit où Foreman avait détruit Norton à Caracas, et avec lui le dernier obstacle à sa rencontre avec Ali. King avait jubilé, alors, et il jubilait désormais que la mise en scène de la pesée avait été filmée et que la transmission satellitaire avait été testée avec succès. C'était quelqu'un qui investissait sérieusement sa foi dans la formalité des cérémonies, à l'évidence, et l'évocation d'un stade qui avait paru tellement sinistre à son interlocuteur lui faisait maintenant monter les larmes aux yeux : « Ce soir, nous avons atteint le point culminant, a-t-il affirmé. Ce soir, l'histoire de nos difficultés à organiser ce combat est devenue l'histoire de nos succès remportés de haute lutte. Ce soir, j'ai eu la vision de l'événement qui va se produire dans cette enceinte et elle me laisse exubérant de joie, parce que je vois déjà une rencontre sans comparaison possible avec nulle autre, un affrontement d'une furieuse ténacité, empreint d'une puissance implacable. Elle produit en moi, cette vision, la sensation d'être l'instrument de forces surnaturelles. »

Une fois qu'on était habitué au majestueux balancement de son discours, il venait combler les oreilles de même qu'un cheval cosaque lancé au grand galop fait résonner les steppes. Après un moment, toutefois, il devenait évident que King cravachait sa langue dans ces cavalcades rhétoriques lorsqu'il n'avait pas de réponse plus subtile à proposer. Bernard Shaw n'a-t-il pas soutenu un jour à Sam Goldwyn que la poésie existait pour les moments où il ne se sentait pas inspiré d'écrire de la prose ? Et ainsi King passait-il la vitesse supérieure dès qu'il sentait ne serait-ce que le début d'une infime distance s'établir entre lui et la personne à laquelle il s'adressait. Et quand il se lançait dans son « rap », ah ! Alors il devenait un second lui-même.

Il aimait notamment évoquer ses quatre années de prison et ses cinq comparutions infructueuses devant la commission des remises de peine. « Mon passé m'accablait aux yeux de ces gens, vous comprenez ? Il m'a fallu tirer mon temps, apprendre à trouver de nouvelles directions et à être capable de méditer dans une cellule pleine de criminels endurcis. Ce n'était pas facile, croyez-moi. Rien qu'aller au petit coin, c'était l'enfer absolu. Tu te réveilles la nuit, tu dois aller pisser mais quel spectacle, les urinoirs, quel spectacle ! Des prisonniers en train de sucer des matons, des matons en train de faire une pipe à des taulards, un homme pénétrant le cul d'un autre... Oui, mon vieux, tu as intérêt à mettre de l'ordre dans ta tête, avec une vie pareille. »

À la table d'à côté, Hunter Thompson s'est rapproché de Vinocur pour lui souffler à l'oreille : « Du mauvais Genet. »

« J'ai décidé d'entreprendre des études, poursuivait King. Je me suis dressé une liste. Mon éducation sous les verrous, j'ai fait. Freud, j'ai lu. Il a failli me rendre dingue, celui-là : et les seins, et le pénis, et l'anus... C'est du costaud, ce machin-là. Et aussi Masters et Johnson, et Kinsey, et... » Un moment d'hésitation : « Ni-Tcheu. Lui, j'en ai lu des tas.

— Qui ça ?

— Ni-Tcheu. Niche-Teu.

— Nietzsche ?

— Ouais. » Son embarras après cette erreur l'a contraint à enchaîner à toute allure : « Ouais, cerveau et cervelet, faut apprendre à s'en servir, voilà ce que j'ai appris avec ce type.

— Et qui avez-vous lu encore ?

— Kant. *Critique de la raison pure.* Ça m'a aidé à garder ma tête. Et puis Sartre, fascinant, le bonhomme ! Et celui qui a écrit le livre sur Hitler, Shirer... Je l'ai lu aussi. Et Marx ! Je l'ai lu, Karl Marx. Un sacré saligaud, ce Marx : il m'a donné beaucoup à penser. Hitler et Marx... Je les vois en relation avec les trucs qu'ils font là-bas, vous savez, "L'État c'est ta famille", "Concentrons-nous sur les jeunes", etc. »

À la table voisine, Hunter Thompson a vidé son verre. « Du *très* mauvais Genet ! »

Mais King ne l'avait pas entendu. Pourquoi s'en serait-il soucié, d'ailleurs ? Il avait sans doute lu Genet, également. La joyeuse fatigue des mille périls surmontés dans la promotion du combat pesait agréablement sur ses épaules. « Oui, a-t-il repris, je considère cette soirée comme une expérience d'une plénitude classique. »

9

Le Roi des sous-fifres

Grand, dégingandé, Hunter Thompson avait la dégaine d'un demi de mêlée de lycée provincial, et ce même s'il était à moitié chauve et avait dépassé la trentaine. Il pouvait souffrir le martyr sans trahir plus qu'une buée de sueur sur son front, une réaction physique qui lui était coutumière. Il transpirait, oui, mais c'était le seul et unique prix qu'il semblait payer pour avaler plus de stimulants et de tranquillisants qu'aucun bon écrivain vivant n'aurait pu absorber. Et il était capable d'écluser plus de bière qu'une centaine de ses semblables encore en vie. Remarquable constitution, donc, et cependant il en était arrivé à un tel degré d'intoxication qu'il se mettait à glapir dès que vous faisiez mine d'enfoncer un doigt dans son ventre. C'était une boule de nerfs en équilibre sur une deuxième, le tout propulsé par des patins à roulettes qui grinçaient continuellement. Venu à Kinshasa couvrir le combat pour le magazine *Rolling Stone*, il ne supportait pas l'extase mystique de ceux qui étaient là dans le seul but de se délecter de la rencontre. Il détestait ce reportage, en fait. Après un seul regard sur la capitale zaïroise, il s'était escrimé à affréter un avion qui pourrait le conduire à Brazzaville. Sans succès, évidemment : la catastrophe nationale du Zaïre était en froid avec la catastrophe civile du Congo-Brazzaville. Mais, trois jours avant le match, Hunter avait l'air d'avoir déjà écrit son papier... daté de Brazzaville.

Il était en état de choc permanent. On aurait dit un demi de mêlée qui vient d'être méchamment plaqué et qui ne sent plus ses jambes sous lui. Au dernier étage de l'Inter-Continental, il avait soufflé « Du mauvais Genet ! » comme le « Pam bing bang ! » ingénu de celui qui entend dans sa tête, sa bouche et son gosier le bruit de collision impossible à reproduire de la bière et de la mousse qui s'entrechoquent.

À chaque fois que Mailer pensait à Don King, c'était avec la remarque de Thompson en tête. « Du mauvais Genet ! » Aucune matière première ne paraissait plus exposée au spectaculaire déni que Hunter pouvait opposer à la folie organisée. Et cependant n'importe quel écrivain correct savait que la satire risquait d'occasionner de terribles ravages, ici. C'était comme de tomber sur un champ aurifère et de s'apercevoir que tous ces reflets n'étaient pas des pépites mais des aliments, moitié fumier de cheval, moitié manne irisée. Si King avait été un Blanc, quel vacarme un observateur critique aurait pu produire autour de lui : un ruffian doté d'un vrai génie pour la vulgarité ! Mais sitôt sa négritude reconnue il devenait un génie doté de la bosse des affaires, une nouvelle personnification de la philosophie organique qui, avec des siècles de retard, resurgissait de la savane et de la jungle. Le monde de la technologie, lancé à l'aveuglette dans la confusion d'une rationalité qui avait fait dérailler le chemin de fer, avait grand besoin de la culture noire, sans doute. « Ali sait motiver même les morts ! » avait énoncé King en évoquant des pouvoirs naturels chez l'humain. Certains hommes en avaient plus que d'autres, de ces pouvoirs. Et c'était le cas d'Ali. Il « motivait les morts », lui. Une faculté peu commune mais non invraisemblable.

Et Don King, sans en avoir lui-même conscience, était peut-être paré des mêmes atours philosophiques qu'Ogotemmêli. Tout être humain, opine notre sage dogon, naît avec deux âmes, l'une mâle, l'autre femelle. Chaque corps est habité par deux personnes distinctes, de sexe différent. L'âme féminine d'un homme réside dans son prépuce, la personnalité masculine d'une femme vit dans son clitoris. Retour à *Éros et Civilisation.* En lisant Freud, Don King devait sentir son inconscient se réveiller à l'évocation de quelques concepts appartenant à une culture perdue dont il avait ignoré qu'elle était en sa possession : « Et les seins, et le pénis, et l'anus... C'est du costaud, ce machin-là. »

Les motivations des Noirs n'étaient pas celles des Blancs. Ce qui était absurde pour les uns était délicieux aux autres. En Afrique, Norman essayait d'observer la réalité avec deux yeux plutôt qu'un seul.

Et il devait commencer par s'examiner lui-même, sans doute. Ce soir-là, après avoir bu avec King, Norman s'était retrouvé sur le balcon de sa chambre. Il avait peut-être été conçu ainsi à l'origine, ou bien le prix du fer plat avait-il flambé avant que la construction de l'Inter-Continental ne soit achevée, mais ce qui était certain, c'était que toutes les chambres de cet hôtel recelaient une extravagance architecturale : leur balcon était dépourvu de balustrade. « Rebord » aurait été un terme plus juste pour le décrire. On pouvait y accéder en ouvrant la grande fenêtre coulissante. Courant sur toute la longueur de la pièce, quatre mètres environ, ce perchoir dépassait d'à peine quatre-vingt-dix centimètres dans le vide. Par-dessus le bord dénué de toute protection, le regard plongeait dans un abîme de sept étages. À chaque extrémité, un mur de séparation s'élevait, pas plus large que le rebord mais occupant toute la hauteur du sol au plafond : sa fonction était probablement d'empêcher quelque maraudeur de passer de chambre en chambre.

Il ne fallait pas longtemps pour se rendre compte que cette dissuasion était essentiellement d'ordre idéologique. En effet, il était possible de contourner ces parois, non sans danger puisqu'il aurait fallu se retrouver un moment suspendu dans le vide, sans autre support auquel se raccrocher sinon ce muret qui avait une douzaine de centimètres d'épaisseur, soit douze centimètres à tenir entre ses deux paumes. Dans une telle position, il était toujours possible d'être déséquilibré en arrière, de lâcher prise et de tomber. Possible, mais peu probable : il aurait fallu s'écarter énormément du muret pour que les paumes, sans doute énergiquement pressées sur chaque face, n'arrivent plus à retenir le poids total du corps. Non, aucune prouesse physique n'était en jeu et cependant le risque pris en contournant la séparation pour se glisser sur l'autre balcon donnait le vertige. Quelle mort idiote ce serait ! Qu'y aurait-il de pire qu'un suicide involontaire ? L'écho de la fin brutale d'Hemingway s'est fugacement réverbéré dans son esprit. Un jour, Norman avait grimpé sur une échelle dans un studio où quelqu'un était mort une saison plus tôt. Le cœur battant à une cadence ridicule, il avait atteint l'avant-dernier barreau. Et puis, parvenu tout en haut de cette échelle double, son corps s'était mis à trembler et à onduler comme un diapason que l'on fait tinter. Il avait été pris dans un courant qui lui était totalement étranger. Il était monté à la misaine et s'était retrouvé au milieu d'une bourrasque de forces surnaturelles. Avec quels frissons il était redescendu ! Il est vrai que sa crainte n'était pas injustifiée. Une autre fois, un peu plus tôt dans la même phase de son existence, alors qu'il couvrait la deuxième rencontre entre Ali et Liston qui devait se tenir à Boston, il était resté dans un état épouvantable pendant des jours avant de se forcer à marcher quelques mètres sur un parapet. Celui-ci était suffisamment large, une trentaine de centimètres, pour ne pas demander un sens de l'équilibre exceptionnel. Mais c'était tout de même quinze pas à franchir le long du toit tout en haut d'un vieil immeuble de Beacon Hill. Le défi qu'il s'était lancé l'avait tourmenté longtemps et enfin il s'était lancé. Une heure plus tard, Ali se déchirait un muscle à l'aine et le combat était reporté de plusieurs mois. Comment savoir avec certitude si son expédition sur le toit n'avait eu aucun rapport avec la blessure d'Ali, ou au contraire... Un sujet modestement obsédant pour un magicien.

Et là, au cours des derniers jours, il avait éprouvé des tentations similaires. Un championnat de boxe poids lourds est un maelström dans le tourbillon duquel on se laisse prendre aisément. Depuis des années, pourtant, il s'efforçait d'éviter ce genre de paris lancés à soi-même, trop éloignés de la stabilité quotidienne que l'on obtient en faisant la part de son courage et de ses peurs. Non, ces grimaceries en privé ne valaient décidément pas la chandelle. Il pouvait se glisser de l'autre côté du muret, il en était convaincu. Mais s'il était pris du même tremblement involontaire que celui qui l'avait assailli sur cette échelle par un jour d'été, une décennie auparavant? Il a donc décidé de garder cette aventure pour ce qu'elle était, une possibilité qu'il s'abstiendrait d'explorer, tout simplement. Et voilà que suite à cette décision il avait l'impression de trahir Ali, maintenant! Car il savait, il savait que ses chances de remporter la victoire auraient été plus grandes s'il était allé sur l'autre balcon, et la vanité de cette idée l'emplissait de fureur. Comme si Ali avait besoin de ses dérisoires tours de passe-passe ! « Ali sait motiver même les morts ! » Certes, Foreman bien considéré, il risquait d'avoir besoin de toute l'aide possible...

Alors, ce samedi soir après la pesée, non ivre mort mais ivre et content de l'être, lucide, maître de ses réactions de même que l'on peut conduire impeccablement une voiture tout en étant fin saoul, il est remonté à sa chambre, a ouvert la fenêtre sans bruit, s'est engagé sur le rebord — il était quatre heures du matin, en fait, déjà dimanche —, a attrapé le muret entre ses mains plaquées de chaque côté, s'est retrouvé sur l'autre balcon, a hoché la tête, s'est propulsé à nouveau chez lui, a renouvelé l'opération autour de la seconde séparation, est revenu, est rentré à l'intérieur, s'est mis au lit et a eu le temps de se dire, avant de sombrer dans le sommeil : « Qu'est-ce que c'était facile, merde ! »

Bien sûr, il avait accompli ce défi libre de toute appréhension, dans cette liberté que confère l'ivresse. En suivant la logique des équations magiques, il était même possible qu'il ait inversé les signes C'était peut-être ça, être saoul : inverser tous les signes. Se retrouver en train d'œuvrer à l'opposé de vos intentions premières. Et ainsi, à son réveil, il aurait été incapable de dire s'il avait apporté aide et réconfort aux musulmans ou aux Foreman. Il ne s'en souciait pas vraiment, d'ailleurs. Modeste électron dans la collision qui se préparait, il avait sans doute été choisi par des forces qu'il croyait reconnaître mais qu'il comprenait à peine. Un championnat de boxe poids lourds est aussi chargé d'électricité qu'un champ magnétique. Et donc il n'avait aucune inquiétude quant à sa santé mentale, non : il éprouvait juste la funeste sensation d'être chatouillé par des courants magiques qu'il ne serait jamais en mesure de discerner.

Dans le hall, ce dimanche matin, Bundini était en guerre avec Elmo. Les *« Oyé ! Foreman booma yé ! »* avaient trop longtemps dominé l'hôtel. Bundini était monté au front défendre son boss. Un attroupement s'était formé autour des deux hommes, qui se tenaient à un mètre l'un de l'autre, distance qu'il aurait été malvenu de combler. Et ils parlaient, chacun de son côté, sans arrêt, non par rafales mais dans une mêlée constante où leurs voix s'entrechoquaient. « Ton boxeur est un inculte, c'est ça qui lui fait du tort. Mon gars va le cogner jusqu'à ce qu'il soit tout saignant et mort », hurlait Bundini. Ayant ainsi développé ses arguments de rime en rime, il a complété : « Dieu va le laisser infirme, tordu comme un ver de terre. Tu pourras lui donner une feuille de chou, hé, branleur ! »

Imperturbable, Elmo a levé trois doigts et les a brandis devant le visage de Bundini, prêt à transpercer l'orifice triplement nocif qu'il avait devant lui, deux narines et une large bouche. « Le froid », a-t-il articulé avec toute la solennité du monde. « Il lui entre en trois. Muhammad Ali. »

Dans le cercle qui les entourait, il n'y avait pratiquement que des proches de Foreman, évidemment pliés de rire tandis que Henderson se contentait de répéter « *Foreman booma yé! Foreman booma yé!* » pour contrer tout ce que Bundini disait, à un volume juste un peu plus élevé que la voix qui lui répliquait. Bundini a fini par être enroué, son élocution se brouillait, il avait la pression sur lui, c'était clair. Derrière Henderson, à deux bons mètres, la tête penchée sur un livre, Foreman se tenait debout, son énorme chien policier, Daggo, grandi dans le chenil personnel de George, à ses côtés. De toutes parts, il avait ses sparrings, ses collaborateurs, ses fidèles qui hurlaient sur Bundini dès qu'il reprenait la parole. « Conneries! » Henderson, lui, constatait : « Le froid. Le froid en trois! » Il en coûtait à Bundini de marquer une pause car aussitôt les cris recommençaient : « Ali, le froid, il est mort en trois! *Oyé... Oyé!*

— T'appelles ça un mot? a rugi Bundini. *Oyé?!* » Ses yeux lui sortaient de la tête, prêts à jaillir du crâne et à tomber par terre avec un « plop ».

« Foreman massacre Ali. Muhammad il est mort, a annoncé Elmo.

— Il le touchera même pas! Mon gars va danser, danser. Mon gars il sait gambader. C'est un génie, c'est un dieu, le tien n'est qu'un... bouledogue. Il va mordre le tapis, Foreman. Et on le laissera se tordre dessus. » Puis, d'une voix qui faiblissait : « *Ali booma yé!* »

En retour, sifflets et quolibets.

« Le froid en trois, a édicté Elmo.

— Mets des petits cailloux dans ta bouche! » a

explosé Bundini, forçant les dernières ressources de ses cordes vocales. « J'ai un homme prêt à se battre de mon côté ! Je suis prêt à foncer avec lui. Toi, tu as quoi ? Un bougre avec un chien de compagnie et un fou pour compagnon ! »

Pour la première fois, Foreman a levé les yeux et sa bête a suivi son regard. Puis il s'est replongé délibérément dans sa lecture. Mais une vague s'est alors élevée, succincte et cependant une vague : « Blaguer, on peut blaguer, a-t-elle énoncé, et maintenant, tu gicles. »

Il y avait trop de gens qui travaillaient pour Foreman, dans ce hall. Et quelque chose d'infatigable dans la voix d'Elmo Henderson. Fendant l'air de ses globes oculaires, Bundini s'est dirigé vers l'ascenseur. Il avait peut-être mal choisi son terrain. Mais Elmo lui a emboîté le pas, et les sparrings aussi, ils l'ont tous suivi sur la moquette saturée d'électricité statique. Une dizaine de grands Noirs costauds se sont entassés dans la cabine avec lui. Bundini parlait encore quand le claquement de la porte coulissante a étouffé sa voix. Des images sanglantes assaillaient l'esprit : comment ne pas s'attendre à le retrouver en morceaux ?

Et pourtant il était toujours là le soir, entier, attablé au restaurant en plein air avec sa femme Shere, une Texane blanche aux cheveux roux, aux yeux verts, au nez retroussé avec entêtement et à l'accent sudiste à couper au couteau. Shere — cela se prononçait Sherry, ou Cherie — avait l'air aussi américain que le garçon dont le visage couvert de taches de rousseur s'affiche sur les boîtes de céréales du petit déjeuner. Bundini l'appelait toujours « Mère ». Elle, pour sa part, s'adressait à lui en utilisant son prénom, Drew. Drew « Bundini » Brown.

Mailer était perdu, d'un coup. La dernière fois qu'il avait croisé Bundini, des années plus tôt, celui-ci était marié à une fille juive. Il était fier de raconter partout que son fils avait fait sa bar-mitsva. Drew Brown Junior, un beau garçon noir à la chevelure bouclée de Sémite, saluait les amis juifs de son père d'un *« Chalom aleikhem ! »*. À l'adresse de ses copains noirs, c'était plutôt : « Tire ton cul de là, gros connard ! »

En une autre occasion, lors du combat entre Ali et Patterson à Las Vegas dix ans auparavant, Bundini et Mailer avaient éclusé quelques verres ensemble. À cette époque, il avait été limogé par Ali en raison de quelque méfait demeuré mystérieux. Il avait toujours une grande affection pour son ancien employeur, c'était évident, mais si votre poulain a décidé de vous rejeter, la logique du milieu veut que vous vous retourniez contre lui et donc Bundini essayait alors d'établir le contact avec Patterson : ne connaissait-il pas les points faibles les plus secrets d'Ali, après tout ? Patterson, cependant, ne se laissait pas approcher. Il n'avait pas confiance en Bundini. Avec l'aide de George Plimpton, celui-ci avait dû se contenter d'écrire un article pour *Life* dans lequel il indiquait sans fard les meilleures ressources tactiques dont Patterson pourrait disposer. Mais comme le dos de ce dernier allait le trahir dès le second round, l'obligeant à se battre dans la souffrance d'un disque déplacé et de spasmes musculaires, les conseils de Bundini — tomber sur Ali comme dans une bagarre de rue, ce qui allait être exactement la méthode choisie par Frazier six ans plus tard — devaient rester purement académiques. À ce moment, Bundini était dans une mouise terrible, à vrai dire. Il était endetté auprès d'absolument tout le monde.

Il était plus charmant que jamais, en revanche. Ses yeux irradiaient presque autant d'amour que ceux de Don King, sa voix se faisait aussi délicate que l'éclosion d'une idée. Il s'affirmait incapable de lire ou d'écrire mais il pouvait parler, et comment ! Il était rare qu'il formule une phrase sans la fleurir d'une métaphore. À propos de la rencontre Ali-Foreman, il avait ainsi remarqué devant la presse : « Dieu l'a voulu ainsi. C'est la conclusion du livre. Le roi avait conquis son trône en tuant un monstre, il va regagner sa couronne en éliminant un plus gros monstre encore. La boucle est bouclée. » Sa définition de l'entraînement d'un boxeur était aussi imagée : « Bon, il faut avoir la trique et il faut la garder. Et attention à ne pas débander, et attention aussi à ne pas lâcher la purée. » Au sujet de George Plimpton, qui lui avait prêté de l'argent pendant sa disgrâce auprès d'Ali, il disait : « Je resterai toujours fidèle à George parce qu'il m'a soigné au temps où j'avais les lèvres gercées. »

Norman et Bundini auraient pu devenir des amis. L'écrivain avait du respect pour le style avec lequel Bundini se tirait des ennuis. À un moment où les sbires de ses créanciers étaient prêts à lui casser les rotules, il était capable de perdre ses derniers quatre cents dollars en huit coups de dés et de quitter la table avec un sourire tristement philosophe. Ainsi que tant de mauvais garçons, il était foncièrement « gentil ». Il pouvait se mettre à pleurer comme un gosse, et c'est ce qu'il faisait quand Ali était au mieux de son art, reconnaissant par ses larmes la générosité du Seigneur dans toute cette beauté athlétique. À la moindre remarque susceptible d'éveiller ses dons métaphoriques, ses yeux s'illuminaient d'amour, et sa bonne bouille irradiait la joie simple d'une « Tante Jemima[1] », et sa grosse voix rauque roucoulait d'admiration devant de tels prodiges de sagesse.

Mais cela n'était qu'une moitié de lui-même et Bundini était également fier de son autre personnalité. Tout en émotion, il pouvait aussi se montrer de glace. Il avait de la classe et cependant il en était parfois complètement dépourvu. Il aurait sans doute donné sa vie pour un ami mais d'après l'un de ses critiques il était « capable de dévaliser un mort ». Guère surprenant, alors, qu'il ait eu une constitution physique à nulle autre pareille : dépassant le mètre quatre-vingt-dix avec l'énorme boule

1. Figure emblématique d'une ligne d'aliments préconditionnés — pâte à crêpe, notamment — très populaire aux États-Unis, « Aunt Jemima » est considérée comme l'archétype de la bonne mama noire, souriante et serviable, une image fortement connotée de racisme selon plusieurs observateurs de la société américaine, un peu l'équivalent du brave Noir qui ornait jadis les boîtes d'un chocolat en poudre français. *(N.d.T.)*

de cristal qui lui servait de crâne, des épaules étroites, un petit ventre saillant qui faisait comme un melon calé sous ses côtes et des jambes de faucheux, c'était là le corps d'un cosmonaute qui aurait grandi dans une capsule spatiale. Et pourtant il avait pris part à des compétitions de boxe de la Navy dans sa jeunesse, et même à son âge personne ne se serait risqué à le prendre trop à la légère, excepté Ali qui lui distribuait les claques comme s'il s'était agi d'un enfant turbulent à mater. Il était évident comme une bouche remplie de dents en or, et beau comme du velours noir. Il appelait sa jeune épouse « Mère » et pourtant il n'avait guère été plus paternel que ses semblables, en son temps : le portrait que lui avait consacré un magazine évoquait son ambition de devenir un « maquereau présentable ». Mais c'est qu'il vendait des interviews où tout était dit et distribuait les métaphores gratis, il n'aurait pu aligner deux mots sur une feuille et gardait cependant dans sa manche une bonne douzaine de scénarios de films qu'il cherchait à caser auprès des producteurs et qui étaient de sa plume, affirmait-il. Ce qui nous ramène au fameux « Flotte comme un papillon, attaque comme une guêpe » : Bundini était l'incarnation vivante du concept selon lequel chaque être naît avec deux âmes, deux personnes distinctes réunies dans la même enveloppe. Si les Africains ne l'avaient pas déjà eue, cette idée, il aurait fallu l'inventer. Le choc du Nommo et du n'golo, un si gros cerveau, un si gros zoizeau, et qui ne s'accordaient jamais...

Après un certain temps, Norman et lui ne s'étaient plus entendus. Leur différend était assez grave pour qu'ils ne s'adressent plus la parole des années durant. Mais le monde de la boxe secoue les préventions comme des maracas et puisqu'ils continuaient à se croiser par la force des choses dans les salles de combat, puisque Bundini s'entêtait à lui rendre de petits services sans lui demander son avis, ils avaient recommencé à se parler un peu, non sans réserve. Longtemps, il n'y avait eu que cela : ils se parlaient, mais juste un peu.

À Kinshasa, toutefois, Bundini était en train de changer d'attitude. Un après-midi, alors que Norman descendait sur la rive du Zaïre en sortant de chez Ali, on l'avait hélé de l'un des bungalows avoisinants :

« Hé, No'min, par ici ! »

C'était un ordre plus qu'une invite mais il avait cédé à la curiosité et s'était approché pour voir qui l'appelait. Trop tardivement, il avait découvert que c'était Bundini, entouré d'un groupe d'amis noirs dans le vestibule de la villa. Il avait bu. Il était saoul, pour tout dire. C'était facile à reconnaître, chez lui : le blanc de ses yeux tournait au jaune d'œuf et s'incendiait de filaments rougeâtres. Son haleine sentait la barrique.

« J'ai appris, avait-il annoncé à Norman, j'ai appris ce que mon nom signifiait en langue africaine, aujourd'hui. J'ai été béni. Toi, quelle bénédiction t'a été dispensée ?

— Te connaître.

— Tu parles comme si j'étais encore un nègre

Les nègres, c'est du passé ! J'ai été béni avec mes racines. Je nage dans l'harmonie. Toi, quelle bénédiction t'a été dispensée ? » Il s'échauffait en perspective d'une pinte de bon sang. « Dis-moi ta bénédiction, avait-il insisté. Montre-la-moi. » Oui, une pinte à ras bord. Ses compagnons, tout sourires, se préparaient à la suite.

« Je suis béni de t'entendre faire marcher ta langue.

— Ma langue noire, elle marche pour dire l'infortune et le miracle. Les diamants de l'oppression brillent sur ma langue noire, enfant de putain !

— Tu parles de ta langue noire de bar-mitsva, là ? »

Les sourires avaient disparu. Bundini gardait ses distances.

« J'ai appris mon nom africain, aujourd'hui. Je sais ce que veut dire "Bundini", maintenant.

— Et ça veut dire quoi ? »

Faible, la repartie. Dans des cas pareils, on ne tergiverse pas, ou bien on s'expose à l'assaut final.

« "Bundini", ça signifie que je suis de retour dans le fleuve de mon peuple. Je suis la flèche, je suis le compas. Mon cœur de Noir est magnifique ! "Bundini". "Comme qui dirait foncé", voilà ce qu'on m'a appris que c'était, "Bundini" ! "Comme qui dirait foncé", a-t-il répété en se délectant de cette traduction.

« Ou plutôt "Pas vraiment foncé"... »

Les Noirs qui l'entouraient s'étaient autorisés de petits rires.

« T'es rien que jaloux, s'était emporté Bundini,

parce que toi tu n'as pas de nom en Afrique, enfant de putain. Tu n'as rien de l'énergie noire, toi. Pâle est ton foie, pâle est ta foi. Ton sang végète en prison, enfant de putain. Tu marmonnes comme tu chies parce que tu as peur de la jungle. Oui, la jungle te fait peur, enfant de putain !

— Dommage que ma mère ne soit pas là, avait réussi à articuler Norman, parce que si elle avait été là elle t'aurait bien botté le train. »

Peut-être y avait-il eu des inflexions d'Ali dans sa voix, ou peut-être la scène avait-elle assez duré ; quoi qu'il en soit, tout le monde avait éclaté de rire et Bundini avait tapé dans la main de Norman comme s'il le consacrait Noir honoraire. Et dans cette démonstration de cordialité Norman avait senti une bonne part de sa rancœur envers Bundini commencer à se dissiper. C'est seulement après qu'il s'était rendu compte que malgré son état d'ivresse en plein après-midi Bundini avait été assez avisé pour choisir de rétablir le contact avec lui par le biais de cette joute verbale, et encore plus pour lui avoir donné l'impression de remporter la victoire alors qu'il lui avait forcé la main.

Et donc, lorsqu'il est passé ce soir-là devant la table de Bundini et de Shere, il lui aurait été impossible de refuser de s'asseoir prendre un verre comme il le lui demandait, et bientôt Norman acceptait également son invitation à partager leur dîner, tout en se demandant ce que Bundini avait en tête car celui-ci n'arrêtait pas de se lever pour aller parler affaires avec d'autres convives, affaires aussi multiples et variées qu'en mutation perpétuelle et à jamais confidentielles. Pendant ce temps, Shere lui faisait la conversation. Il a été question du marché de l'ivoire, du prix des appartements à New York, de ses enfants dont elle se languissait depuis toutes ces semaines, et enfin de l'absence de femmes blanches à Nselé. C'était pour cette raison, a-t-elle expliqué à Norman, qu'elle avait demandé à Bundini de venir s'installer à l'Inter-Continental : « C'en était arrivé au point que je ne pouvais plus me mettre en maillot de bain sans déclencher une émeute, quasiment. » Sa silhouette expliquait ce phénomène, certes, mais il y avait aussi quelque chose de déterminé et d'énergique dans son expression qui désapprouvait carrément un tel charivari. « Je finissais par passer mes journées dans ma chambre, là-bas. Drew avait son travail avec Ali et donc il ne voyait rien mais moi je devenais folle. Ça va beaucoup mieux, ici. »

Bundini a fini par venir se rasseoir. Avec son épouse, il se montrait tour à tour bourru et doux comme un agneau. Il était préoccupé, voilà. Comme Norman venait de passer l'après-midi avec Ali à Nselé, il l'a interrogé sur son humeur et ce sujet les a accaparés un moment.

Cela avait été une curieuse journée, ce dimanche. Ali avait perdu sa voix. Était-ce le refroidissement dont les premiers symptômes étaient apparus à la suite de leur jogging nocturne ou tout simplement une laryngite à force de tant parler, le fait est qu'il n'arrivait pas à produire plus qu'un chuchotement enroué. Si sa force était à la mesure de sa voix, il y avait de quoi appréhender le combat. D'un autre côté, il paraissait plutôt content de vivre. Au crépuscule, il était allé se promener le long du fleuve, très vite entouré de centaines de Zaïrois, hommes, femmes et enfants. Plantant des baisers sur les joues des bébés, il s'était laissé prendre en photo aux côtés d'une succession de mères de famille en tenue dominicale africaine et rayonnantes de jubilation, ou de timides adolescentes, ou de petits garçons qui fixaient l'objectif avec un machisme à la hauteur de cet événement historique. Et Ali continuait à embrasser les bébés, consciencieusement, posément, en prenant le temps de savourer leur peau comme s'il pouvait prédire lesquels d'entre eux allaient grandir en bonne santé. C'était l'un des rares personnages publics à aimer vraiment ça, bécoter les nourrissons.

De retour à la villa, entouré de parents et d'amis, il a recommencé à parler de sa petite voix cassée. « Ménagez un peu votre gorge, ne cessait de lui recommander Pat Patterson.

— Oh, mais je dois causer! a répliqué Ali avec un haussement d'épaules. Si je ne peux plus parler, je suis mort. Enfin, je vais essayer de ne pas abuser. »

Il s'est mis à regarder des cassettes vidéo de précédents combats de Foreman. Étrange début de soirée. Mme Clay mère était là, une très belle femme au teint clair, potelée, une vraie dame du Sud, comme une Julie Eisenhower en plus imposant, ou plutôt une occasion pour nous d'imaginer à quoi pourrait ressembler Julie Eisenhower lorsqu'elle aurait l'âge de la mère d'Ali. Pendant qu'il regardait la rencontre Frazier-Foreman à la télévision, elle s'est assise à l'autre bout de la pièce pour la suivre, elle aussi. À nouveau George est apparu dans son short rouge et s'est employé à anéantir Frazier, à nouveau ses coups de massue sont allés rebondir contre le cerveau de son adversaire. Une fois encore, le visage de Frazier se relevant au premier round a occupé l'écran. Il avait l'air de quelqu'un sur lequel un mur vient de s'écrouler. Il se remet sur ses pieds mais le ciel reste atrocement incliné.

Lorsqu'il est tombé pour la troisième fois et que Foreman s'est écarté, Mme Clay a observé : « C'est Ali qui va être en short rouge. »

Ali était étonnamment satisfait de regarder ces cassettes, comme s'il y voyait quelque chose qu'il était certain d'utiliser deux jours plus tard. Le combat suivant a été celui avec José Roman, à Tokyo. Pendant que Roman envoyait six punchs, Foreman n'en servait qu'un, sans qu'aucun des six ne fasse mouche. Puis Foreman en a donné vingt-quatre, une grêle de coups pour annihiler la défense des bras et atteindre le corps, dont plus de la moitié a atteint Roman pendant que ce dernier n'arrivait à frapper que trois fois, et ensuite Roman était étendu à terre avec dans les yeux la lueur glauque d'un animal à l'agonie. Après, Ali a visionné la rencontre Foreman-Norton. En tout, cela faisait trois combats menés par son futur adversaire, cinq rounds et douze knock-down. Il semblait content, Ali. Content d'un détail qu'il avait remarqué, d'un aspect de Foreman qu'il pourrait exploiter, mais allez savoir quoi... À chaque fois qu'il envoyait quelqu'un au tapis, l'insatisfaction se lisait sur le visage de George. Comme s'il avait voulu tuer ces hommes, pas seulement les allonger au sol.

Après avoir écouté le compte rendu de Norman, Bundini a hoché la tête d'un air sombre.

« Jésus n'a peur de rien, a-t-il édicté.

— Tu veux dire Allah ?

— J'appelle Allah Jésus, moi. Tout vient de Dieu, quel que soit le nom qu'on Lui donne. Mon gars, il est avec Jésus, il est avec Allah, il est avec Jéhovah. Il les a tous avec lui. »

La raison de son invitation à dîner s'est révélée peu à peu : il voulait que Norman jette un œil à ses scénarios et lui donne quelques conseils.

« Mais je croyais que tu ne savais ni lire ni écrire...

— C'est vrai. Mais je sais parler. Des gens ont noté ce que je disais. Je voudrais que tu notes ce que je raconte, toi aussi.

— Euh, Drew... Pourquoi tu n'apprends pas à écrire ? Tu en es capable. Il est plus que temps. »

Bundini est devenu très triste, très sérieux.

« Ça me fait peur, a-t-il chuchoté. Tout ce que je sais, je l'ai appris sans savoir lire ni écrire. Ma force, elle réside quelque part, comme celle de Samson dans ses cheveux. Lire, écrire, c'est du Dalila pour moi. Je ne veux pas perdre la puissance magique que Dieu seul m'a donnée. Faut que je me batte pour mon poulain. Il est là pour lutter et je dois être avec lui. » Puis il a confié un joli secret : « J'aiguise ma lance, là. Ce soir, je vais les piquer bien, la bande de Foreman.

— Ah oui ? Et comment ?

— Oh, je vais aller les trouver pour parier sur Ali. Mais je ne demande pas trois contre un, non : je mets deux mille dollars et ils m'en rendront trois. Ça va les chiffonner, ça. Ils vont se demander d'où je suis si confiant. Ils vont s'empresser de le dire à George Foreman.

— Tu as deux mille dollars pour de vrai ?

— Y a intérêt, que ce soit pour de vrai ! »

Ils ont éclaté de rire.

Et donc ce dimanche soir, au milieu du hall où le matin même Bundini avait été réduit au silence par la voix tonitruante d'Elmo Henderson, il est revenu à la charge. Elmo n'était pas en vue. Bundini avait dû choisir un moment où il ne serait pas là, c'était couru.

Après avoir attiré l'attention de quelques proches de Foreman, dont le sparring Stan Ward, il a commencé à les houspiller.

« Je veux pas de trois contre un, j'en ai pas besoin ! C'est "mon" gars qui est à trois contre un !

— Il paraît que c'est "nous", à trois contre un, a remarqué Ward.

— Et je les aurais donnés, moi aussi. Je les aurais donnés si Dieu était là. Mais Il n'y est pas. Il ne fréquente pas les sous-fifres au service de George Foreman, ce grand homme, ce grand homme blanc ! Je vous donne pas trois contre un parce que je donne pas l'avantage aux gens qui travaillent pour le Blanc.

— Alors pourquoi vous demandez trois contre deux au lieu de trois contre un ? a observé quelqu'un d'un ton soupçonneux.

— Parce que vous êtes des brutasses. Tous ceux qui bossent pour le Blanc sont des brutasses. Et comme les brutasses ont besoin d'être avantagées je vous donne un avantage, moi. Allez toujours au casino et essayez de placer votre pari. Vous aurez à aligner du trois contre un. Mais vous autres, vous avez trop la trouille pour faire ça. Vu que vous le connaissez, le Blanc qui est là-haut. Vous connaissez ses faiblesses. Vous savez que vous allez perdre, là !

— Il va jamais perdre, Foreman, a objecté Ward.

— Assez gémi, envoie ton pari !

— Combien tu mets, toi ?

— Mes deux mille dollars qui sont dans ma main ! a répliqué Bundini en sortant une liasse de billets. Et toi, le nègre, montre-moi où ils sont, tes trois mille !

— Je les ai pas tout de suite, comme ça. Mais demain matin, sans problème. On se retrouve ici à onze heures.

— Ouais ! a raillé Bundini. Suffit que le Blanc te dise O.K., vas-y, tu peux pisser, et alors tu pisses.

— C'est pas “le Blanc” !

— Tu parles ! Et qui c'était, aux J.O., ce gros macaque en train de danser avec un drapeau américain stupide dans sa grosse paluche stupide ? Il sait pas quoi en faire, de ses paluches ! Mon gars à moi, il sait. Mon gars, quand il gagne, il lève le poing en l'air. Le Pouvoir au Peuple ! C'est comme ça qu'il est, mon gars. Et il a des millions de bougres derrière lui. Qui c'est qui est derrière ton Foreman ? Y a personne pour le suivre, lui. C'est pour ça qu'il doit se contenter d'un... chien ! »

Soudain, les hommes de Foreman ont explose d'un rire joyeux. Pas de kuntu sans audace, et là ils rendaient hommage à l'esprit de la témérité tel que l'incarnait Bundini.

« Vous êtes prêts à mourir pour quoi, vous autres ? » a-t-il poursuivi, et il a répondu à leur place : « Pour rien. Vous êtes prêts à rien. Mais moi je suis capable de mourir pour Muhammad. Je risque mon pain sur lui, j'ai pas peur ! J'ai pas besoin d'aller prendre mes ordres et de revenir à onze heures du matin avec mon zoizeau à la main et la permission de pisser ! Je risque mon pain. Sans le pain je vais crever la faim, sans l'manger tête en bas je s'rai, a-t-il chantonné. Ça se résume à ça, présentement : Muhammad Ali a un Bundini qu'est prêt à mourir et le Blanc, qu'est-ce qu'il a pour se réjouir ? Vingt-deux nègres et un clebs ! »

Ils ont recommencé à s'esclaffer, tout heureux de savoir que Foreman allait gagner et que cependant l'audace n'était pas morte. Un énorme Noir avec une canne pour sa jambe infirme et de lourdes lunettes en écaille pour ses yeux déficients a laissé jaillir un geyser de rires perçants en tendant sa main ouverte, Bundini a frappé dedans, a offert sa paume que l'homme a frappée à son tour. Le bonheur.

Si les mots étaient des coups de poing, alors Bundini était le champion au royaume des sous-fifres. Et vive Nommo, l'esprit qui habite les mots !

N'GOLO

10

Sorciers

Le mardi soir, à quelques heures du combat — qui à Kinshasa allait en fait se dérouler mercredi matin à l'aube —, quelque deux cents journalistes dégoulinaient de sueur au centre de presse installé à l'Hôtel Memling, dans une salle sans âme au sol d'une propreté douteuse et aux murs d'un beige sale. Avec ses rangées de chaises en plastique orange pâle sur monture d'aluminium, l'endroit avait été aussitôt décrété par John Vinocur, le représentant d'AP, un équivalent africain d'un bureau de pointage pour chômeurs dans l'État de New York. Un climatiseur déficient ajoutait ses courants d'air moite à la touffeur ambiante.

Une fois rassemblés, les reporters ont dû patienter quatre-vingt-dix minutes. De sept heures du soir à huit heures et demie, deux cents représentants de la presse enfermés dans une pièce que les règlements de sécurité les plus tolérants auraient interdite à quatre-vingts personnes, sous la lumière blafarde des néons, dans une promiscuité digne d'une culture accélérée de bacilles. Qui peut entendre les piques meurtrières des bactéries? Celles des humains, ici, portaient essentiellement sur les faibles prédispositions de Mobutu en matière de relations publiques et pourtant personne n'aurait osé s'en aller : l'attaché de presse du président, Tshimpumpu, avait annoncé qu'il désirait s'adresser aux journalistes et tous savaient d'expérience que son discours risquait de contenir une information vitale pour arriver à entrer au stade, par exemple une mention de quelque porte secrète non indiquée sur les billets et cependant essentielle. Par ailleurs, il aurait été risqué de ne pas rester jusqu'à la distribution des cartons d'invitation car ceux qui en seraient démunis avaient de fortes chances de passer le reste de la nuit à supplier les adjoints de Tshimpumpu, lesquels seraient incapables de prendre la moindre décision sans lui. Non, par le sang du Christ, personne ne voulait repartir d'ici sans son billet!

Et cependant plus le temps passait plus l'instinct de conservation était mis à l'épreuve dans cette salle bondée. Au bout d'un moment, on en venait à se dire qu'il y avait des buts plus importants dans la vie qu'une entrée à un combat de boxe. Ne pas mourir étouffé en était certainement un. Dans de telles conditions, une heure à la salle de presse du Memling devenait une soirée de gala pour les cellules cancérigènes. L'impatience est parfois grosse de maladie galopante. Norman Mailer et George Plimpton se sont donc esquivés pour aller boire une bière.

Après avoir trouvé une table à la guinguette

située à l'autre bout du parc du Memling, ce qui leur permettait de garder un œil sur l'entrée du centre de presse, ils ont été en mesure de décompresser suffisamment pour examiner les raisons profondes de cette façon si particulière de distribuer les sièges à la presse. Rien n'aurait été plus simple que d'installer un fonctionnaire dans un bureau avec pour tâche de remettre son carton à chaque journaliste qui passerait le prendre muni de son accréditation, une méthode modestement raisonnable qui avait déjà fait ses preuves lors d'événements sportifs mieux organisés. Et ainsi on était bien obligé de méditer les motifs ici à l'œuvre : était-ce le goût bureaucratique pour les punitions aussi gratuites que collectives ? Ou bien Tshimpumpu avait-il l'intention de mettre en pratique les œuvres complètes de Franz Kafka ? Si la première hypothèse paraissait la plus probable, c'est la seconde qui s'est finalement imposée, puisque ledit Tshimpumpu n'est jamais apparu, laissant à Murray Goodman, le directeur de publicité représentant les éléments américains et britanniques de la promotion (Helmdale, Video Techniques, Don King Productions, etc.), la lourde charge de se présenter devant la presse.

Réfugiés à l'air libre, Plimpton et Mailer ne pouvaient évidemment pas savoir à quel point ils avaient été bien inspirés de prendre la tangente, mais ils devaient en avoir déjà l'intuition car ils ont savouré avec délices leur bière, une Primus, ainsi que la brise fraîche d'un soir africain. Ils se sont mis à évoquer un projet avancé par Plimpton la veille : trouver un féticheur. Selon lui, il pourrait être intéressant de rendre visite à un sorcier et de lui acheter quelque équivalent exotique de la patte de lapin, sur lequel l'homme de l'art aurait jeté un sort. « Tous les riches font ça, à Kinshasa, avait-il affirmé. Ils ont tous un guérisseur attitré. Ils disent que c'est très cher. Je me demandais si tu voudrais venir avec moi.

— On l'achèterait pour Ali, bien sûr? avait demandé Norman.

— Euh, oui, c'est ce que j'avais prévu... »

Son visage s'était toutefois altéré d'une manière à peine perceptible, un raidissement typiquement yankee, cette subtile contraction de la bouche qui se produit lorsqu'on s'apprête à moucher une bougie avec les doigts. Norman avait cru deviner ce qu'il y avait derrière : rapportée noir sur blanc, l'anecdote pourrait paraître navrante. Si Ali perdait, ils passeraient pour des imbéciles; s'il gagnait, ils auraient l'air quelque peu prétentieux. De plus, Plimpton se demandait sans doute quel rôle Norman Mailer lui donnerait en relatant l'histoire...

« À la réflexion », avait poursuivi George de son agréable voix, tellement évocatrice de la propension maîtrisée aux transitions bouffonnes et aux incorrections bon enfant que nous entendions jadis dans celle de Cary Grant, « à la réflexion, on ferait peut-être aussi bien de demander au féticheur d'appliquer ses pouvoirs magiques pour qu'on ait un bon combat, simplement.

— Ça me paraît raisonnable, en effet, avait concédé Mailer.

— Je crois que ça l'est », avait tranché George.

Mais là, à la table du café, il avait de mauvaises nouvelles : le sorcier avait réclamé trop d'argent. « Ce qui a fait monter les prix, à mon sens, a-t-il avoué, c'est qu'il était atterré qu'on lui demande non pas de jeter un sort à l'un des boxeurs mais de donner du ressort aux deux. Ça aurait trop entamé son stock. »

Plus tard, alors que leur billet les avait placés côte à côte sur le même banc de presse et qu'un formidable premier round venait de s'achever, Mailer allait lui décocher un coup de coude en lui glissant : « Si on avait vraiment payé pour avoir un beau combat, ce serait la gloire pour nous, maintenant ! »

Mais pour l'heure ils étaient encore devant leur bière et avaient entrepris de se rapporter mutuellement quelques histoires. Entre journalistes, les échanges sont régis par une soigneuse économie. À des collègues de niveau similaire ou approchant, on est prêt à confier une partie substantielle des informations récoltées. Deux reporters soumis au même deadline, par contre, ne s'échangeront rien de rien, à moins que l'un d'eux risque de perdre son job, et encore ! Mais les chroniqueurs de magazines ont plus de temps devant eux, et une façon particulière de développer la même histoire dans des styles différents, si bien qu'il leur arrive de partager toutes les bonnes notations qu'ils ont dans leur manche, convaincus qu'ils en recevront autant en retour. Sur ce plan, personne n'était plus scrupuleux que Plimpton. Il ne manquait d'ailleurs jamais de rapporter verbalement quelque événement avec une telle richesse narrative que la littérature avait déjà fait son œuvre, que son histoire « s'écrivait » pour vous tandis qu'il parlait, que vous pouviez presque la vivre avec vos propres perceptions. Et quand il n'avait pas une anecdote à échanger avec vous il pouvait offrir un éclair d'inspiration qui remettait les comptes à égalité, comme ce soir-là, lorsqu'il a soudain proposé à Norman de filer à Nselé afin de rendre visite à Ali juste avant le combat, une expédition qui leur permettrait aussi de se trouver tous deux dans le vestiaire de Muhammad pendant la demi-heure qui s'écoulerait avant qu'Ali n'enfile son peignoir et marche vers le ring.

Le problème, avec George, c'était qu'il fallait lui rendre autant que ce qu'il vous donnait. Et s'il ne tenait pas les comptes heure par heure il devait le faire à peu près une fois par jour, à coup sûr... Et c'est pourquoi Mailer, se sentant probablement endetté envers lui tandis qu'ils sirotaient leur bière, s'est jugé obligé de lui fournir un compte rendu détaillé de la conférence de presse que Foreman avait tenue à Nselé la veille. À sa grande surprise, a-t-il confessé, il découvrait qu'il aimait de plus en plus Foreman.

Exprimer un tel sentiment envers le Champion, c'était certes revenir à la théorie d'Ogotemmêli sur les deux âmes habitant un seul corps car le Foreman du ring, le Foreman exécuteur de la haute justice, n'était tout bonnement pas « aimable ». Il pouvait inspirer crainte et respect par son évident désir d'anéantir l'adversaire, son entêtement à frapper encore après la fin du combat, à tel point que même le plus autoritaire des arbitres devait choisir prudemment le bon moment pour s'interposer et le faire reculer de ses bras levés, mais il n'atteindrait sans doute jamais une immense popularité en continuant à cogner ses victimes pendant qu'elles s'effondraient au tapis. Personne n'aurait pu pardonner non plus le swing féroce qu'il avait décoché dans la nuque de Frazier alors que celui-ci, complètement groggy, s'éloignait en chancelant, sans doute le pire coup remarqué dans un championnat des lourds depuis le jour où Ingemar Johansson avait envoyé l'un de ses boulets de canon à l'arrière du cou de Floyd Patterson. Non, on ne pouvait pas « aimer » Foreman dans le feu du combat.

Lors de ses apparitions devant la presse, en revanche, il irradiait un charme considérable. Elles étaient rares mais toujours excellentes, et il était meilleur encore ce lundi après-midi, quand il avait reçu les journalistes dans son vestiaire après sa dernière séance d'entraînement. C'était peut-être celle-ci qui l'avait mis de si bonne humeur. Elle s'était résumée à quelques rounds avec Elmo Henderson, mais menés dans un tel silence et une telle finesse de mouvements qu'on aurait cru avoir Marcel Marceau sous les yeux. Comme pour rendre hommage à toute l'intelligence qui avait présidé à sa préparation, Foreman avait consacré cette ultime séance au thème central de son travail : interdire le ring à Ali, le pousser dans les cordes, l'acculer dans les coins, l'étouffer, l'éteindre. Et

Elmo incarnait le rôle de celui sur qui « le froid tombe en trois », Muhammad Ali, un clown dégingandé à l'agonie qui prêtait un visage tragique à cette incarnation d'Ali, un regard lugubre posé sur le long chemin qui avait conduit Muhammad jusqu'à cette fin, une tristesse navrée devant la profondeur de sa destruction. Oui, tandis qu'il dansait autour de Foreman, Elmo avait offert une poignante imitation de toutes les feintes et les ruses qu'Ali allait devoir employer, mais George, de plus en plus rapide, de plus en plus heureux, restait le maître de ballet. Trois très jolis rounds, sans punchs appuyés, une boxe du bout des gants, en petites passes où ils se contentaient de montrer ce qu'ils auraient pu faire s'ils l'avaient voulu, et Foreman enchanté par le travail de son sparring. Ils boxaient dans un silence d'asile, la quiétude des mouvements d'Henderson aussi frappante que le brusque éclat de ses « *Oyé!* » à d'autres moments, alors que Foreman était baigné de silence, résonnait de silence. Il n'avait encore jamais autant ressemblé à un boxeur.

Et donc ensuite, au vestiaire, ses bonnes dispositions se sont épanouies avec la fin du confinement imposé par la préparation. Il avait terminé son entraînement, il n'avait plus à penser à rien d'autre qu'au combat du lendemain. Aucun pugiliste n'avait encore paru plus détendu, plus confiant, à la veille d'une rencontre. Assis sur la table de massage dans la petite pièce aux murs nus, il ne semblait aucunement importuné par les vingt-cinq ou trente journalistes qui se pressaient autour de lui.

« Est-ce que ça vous inquiète, qu'Ali puisse être plus rapide que vous ? avait demandé l'un d'eux.

— Tout dépend de ce que vous appelez “rapide”. Moi je ne suis pas pressé parce que j'en ai pas besoin. Je peux cogner quelqu'un dans la mâchoire toujours assez vite ! » Les rires qu'avait provoqués sa remarque l'avaient renforcé dans son calme et sa patience, non entamés par la question suivante, qu'il avait pourtant si souvent entendue : se battre à quatre heures du matin, qu'est-ce qu'il en pensait ?

Il n'avait pas repris sa réponse habituelle, en proposant une autre :

« Quand j'étais jeunot à Houston, je me suis battu des tas de fois à trois, à quatre heures du matin.

— Avec des adversaires difficiles ?

— Un peu ! » Il avait eu un petit rire. « Jamais eu de défaite, à l'époque », avait-il poursuivi d'un ton mesuré, puis il avait secoué la tête. « J'en ai fait, du chemin, depuis le temps où je me mettais au coin de Lyons Avenue, prêt à tomber sur le premier qui arriverait. Je les frappais et je leur prenais leurs cigarettes. Une longue, longue route de là jusqu'à combattre à Kinshasa, en Afrique... » Il s'était repris : « ... au Zaïre, pour cinq millions de dollars.

— Vous croyez que ça va être une belle rencontre ? »

Il avait réfléchi un instant, comme s'il était en train d'affiner sa toute dernière évaluation d'Ali.

« Je crois que ça va être un combat juste », avait-il finalement répondu avec une grande dignité dans sa voix toute douce.

« Vous avez l'air détendu, George », avait lancé un reporter.

Là, il était carrément aux anges. L'admiration des hommes venus l'interroger devait lui être physiquement palpable. Son calme était presque sensuel.

« C'est vous qui me détendez, les gars.

— Pourquoi ?

— Parce que vous m'aimez. »

Ce qui ne l'aurait pas empêché de cogner « toujours assez vite » n'importe lequel d'entre eux...

La question suivante manifestait le sens de la repartie aussi aigu qu'inimitable qui caractérise les journalistes britanniques.

« En tout cas Ali ne vous aime pas, lui, avait observé une voix aux intonations bien anglaises. Que pensez-vous de ce qu'il a déclaré, à savoir que juste avant le début de la rencontre il allait vous dire quelque chose qui affecterait votre état d'esprit ? »

Foreman avait haussé les épaules.

« S'il veut le dire, il le dira.

— Est-ce que ça vous plaît, de parler pendant un combat ?

— Euh, en réalité j'ai jamais eu l'occasion de trop discuter, sur le ring. Le temps que j'aie fait un peu connaissance avec le bonhomme, tout est déjà terminé... »

Ainsi s'était déroulé l'entretien, bref, savoureux, sans punchs appuyés, rayonnant d'assurance. Il s'était achevé quelques minutes plus tard par un échange à propos des rêves. Un journaliste (Plimpton, en fait) avait déjà rapporté que Foreman lui avait confié un rêve plutôt compliqué, dans lequel il apprenait à un chien à faire du patin à glace. Comme il s'était écoulé un mois entre-temps, quelqu'un lui en avait demandé un plus récent et Foreman avait avoué qu'il rêvait parfois d'être en train de manger un cornet de glace, et qu'il se réveillait alors avec des maux d'estomac. À la réflexion, on pouvait se demander si ce trait ne suggérait pas une certaine réticence devant l'abondance et les plaisirs matériels. En matière de cachets exigés, George avait été jusqu'ici un champion empreint de modestie, laquelle était allée, le soir de sa victoire sur Norton, jusqu'à demander à un ami d'inviter quelques filles à une petite fête dans sa suite d'hôtel et de prendre rapidement congé pour aller dormir seul dans une autre chambre. C'était du moins ainsi que la soirée avait été rapportée.

Mais les rêves étaient un sujet de conversation qui semblait irriter Dick Sadler. Près de quarante ans passés à s'occuper de boxeurs lui avaient appris qu'ils n'avaient rien à gagner à rêver de crème glacée et à se réveiller avec le ventre en révolution. Et donc il avait mis fin à la conférence de presse. Par ces mots :

« Hé, George, je réalisais pas quel grand homme t'étais devenu jusqu'à ce qu'ils se mettent à vouloir connaître tes rêves ! »

Le lundi soir, le moral dans le camp de Foreman atteignait un niveau record. Jim Brown venait d'arriver à Kinshasa, où on lui avait demandé de participer aux commentaires télévisés. Jim Brown, légende vivante du football américain, avait encore l'allure de ce qu'il avait été auparavant : un gladiateur professionnel. Un dur. Et là, à trente heures du début de la rencontre, il était convaincu de la victoire de Foreman, il en était persuadé corps et âme mais sans une once de charme. Sa description du combat à venir était péremptoire, implacable, dénuée de tout humour. Ou plutôt non : il s'y glissait un humour froid, au rabais. « Si Ali gagne, vous chuchotait-il à l'oreille, c'est que le match a été truqué. »

Pour tout partisan de Muhammad, se retrouver à côté de Brown était une épreuve. Mais comme il avait le magnétisme des héros on se forçait à rester l'écouter. De sa sombre et compacte présence montait une force coupante, la certitude de son savoir : ce que Jim Brown savait, il le savait. Et puisque personne n'avait été capable d'accumuler ces connaissances de la même façon, on se sentait obligé de lui prêter attention, de réfléchir à son aplomb et d'essayer de le disqualifier avec l'idée qu'il était peut-être en proie à une jalousie peu commune. Car s'il n'y avait pas eu Ali, Jim aurait dû être le principal sportif noir d'Amérique.

Mais il y avait d'autres voix à entendre ce soir-là dans le hall de l'Inter-Continental. Celle de Marcellus Clay, ainsi. Le père d'Ali aurait pu être aussi bien celui de Brown, si l'on observait ses traits, car il semblait avoir du sang indien et avalait l'alcool comme de l'eau de feu. Un point commun que fils et père partageaient sans conteste, cependant, c'était que personne ne se serait risqué à leur marcher sur les pieds. M. Clay père, toujours prêt à prendre un verre avec n'importe qui, non sans jurer, lancer des paris et cligner de l'œil au premier venu — surtout s'il portait jupon —, était fort populaire parmi les journalistes, même s'il était peu aisé de suivre sa conversation à cause de son jargon de Louisville, qu'il débitait à vive allure en l'entrecoupant de sons indistincts et de formules de slang élaborées, ancré comme il l'était dans la culture noire du Sud commune aux peintres d'enseigne, aux barbiers, aux cireurs de chaussures et aux cuistots de snack-bar. Il n'empêche que les reporters adoraient ce qu'ils pouvaient saisir de son élocution à la fois sardonique, plaintive, hachée, nasale, cocasse, intarissable ou hésitante mais toujours pleine de sel et entre deux whiskys. « Y a plus de belles femmes à Louisville qu'il s'en montre de par ici. » Clay Senior avait existé bien avant Cassius Clay. C'était le père de boxeur typique : peut-être que le fils ne pourrait pas faire le poids mais le paternel, attention !

À l'autre bout du hall se tenait Mme Clay, dont Muhammad avait hérité le beau visage, en train de faire la causette avec Dick Sadler. Ils semblaient y prendre tous deux le plus grand plaisir, à tel point qu'on était forcé de se demander de quoi ils pouvaient bien parler, et qu'il a fallu conjurer ses dernières bonnes manières pour résister à l'envie journalistique d'aller pointer une oreille par là.

Et puis c'était John Frazier dans un ascenseur, occupé à échanger avec Big Black des tuyaux sur la façon de calculer sa largeur d'épaules quand on achetait un costume. Corps et âme pour Foreman, Frazier : il était possible qu'il ne pardonnerait jamais à Ali de l'avoir traité d'ignorant.

Et John Daly ! Lui aussi dans le hall, Daly, le premier à avoir placé une grosse somme d'argent dans le projet de Don King, deux millions de dollars pris sur le budget de la société Helmdale Leisure. C'était un homme jeune, aux traits vifs et joyeux de Londonien, menu, bien charpenté, séduisant, aussi alerte qu'un jockey en vogue ou un footballeur célèbre. Et son père, Tom Daly, en visite à l'Inter-Continental, un vétéran du ring britannique avec quelque trois cents combats à son actif, un petit monsieur intelligent qui présentait un nez bosselé et certains dégâts aux oreilles mais rien au cerveau, non, un vrai gentleman qui parlait avec respect de Muhammad Ali même quand il remarquait en secouant la tête d'un air navré : « Il fait tout de travers et il s'en sort quand même ! » Dans la bouche de Tom Daly, directeur d'une école de boxe à Londres, les boxeurs semblaient des artisans ou des travailleurs de force. Il vous mettait dans la déplorable confidence : tous ses jeunes poulains essayaient d'imiter Ali. « Ce qui est impossible ! s'exclamait-il. Ils n'ont même pas les bases. »

Et Bundini, en train de s'adresser à une foule autour de lui : « Aujourd'hui, je suis entré à la Maison-Noire. Aujourd'hui, j'ai croisé le bougre et je l'ai embrassé sur la joue. T'as la Maison-Blanche, je lui ai dit, mais moi j'ai la Maison-Noire. »

Mais plus tard, au dîner, après toute la joyeuse pagaille du lobby, Clarence Jones, un brillant avocat noir de New York, était porteur de nouvelles effrayantes : Leroy Jackson, l'avoué de Foreman, était parti à Londres dans l'espoir de trouver encore cinq cent mille dollars pour le combat; il soutenait que Foreman ne monterait pas sur le ring tant qu'il n'aurait pas obtenu cette rallonge. Visiblement, ses cinq millions étaient déjà en bonne partie engagés et il avait l'impression qu'il ne lui resterait plus rien. Si Foreman ne se présentait pas au combat, la boxe n'était pas près de se relever de ce coup.

« Vous pensez qu'il va les avoir?

— S'il lui donne encore un seul dollar, je n'adresse plus la parole à John Daly! s'est indigné Clarence Jones. Foreman est "le Champion"! Il ne devrait pas se conduire de cette manière. »

Le soir suivant, leur invitation désormais bien en poche, Plimpton et Mailer évoquent encore l'incroyable et piteux moment que Foreman a choisi pour formuler son exigence. Ce sujet les occupe pendant presque toute la route jusqu'à Nselé, un trajet qui leur paraît encore plus long tant ils l'ont fait souvent. Quand leur voiture passe devant le stade, en tout cas, celui-ci est éclairé : la nuit du combat est venue. Ils ruminent l'étrange bonne humeur de Foreman pendant sa conférence de presse de la veille : était-elle stimulée par la perspective alléchante d'un demi-million de dollars ? Plimpton donne une version de la manière dont Daly doit traiter cet épineux problème, d'après certaines sources : « Visiblement, il lui fait miroiter des contrats pour de prochains combats. Comme ça, ce sera bientôt l'heure de monter sur le ring et Foreman n'aura plus qu'à y aller. Il paraît que c'est un maître dans ce genre de trucs, Daly. » Quoi qu'il en soit, quelle drôle de mise en condition pour un boxeur professionnel à l'orée d'une rencontre importante ! Que peut-il y avoir de positif pour Foreman de se demander à chaque minute si son ultimatum ne se réduira pas finalement à un bluff sans conséquence ? La manœuvre n'est pas seulement inélégante, elle est absurde, également, et jette des doutes sérieux sur la confiance qu'il a réellement en lui. Car pourquoi un homme convaincu qu'il va ressortir champion de la rencontre se préoccuperait-il d'un tel bonus ? Oui, il doit exister deux âmes dans le corps de Foreman, dont l'une se donne moins à voir durant ses rencontres avec la presse. Et donc ils roulent dans la nuit africaine sur l'interminable quatre-voies qui conduit à Nselé, une nuit historique pour le Zaïre mais une route aussi vide que les prévisions quant à l'issue du combat.

11
Cortège

Avant de prendre l'autoroute, cependant, ils étaient passés au casino où ils avaient perdu un peu d'argent au black jack, l'un et l'autre. C'était ainsi que Norman l'avait plus ou moins voulu, d'ailleurs. Il se sentait vidé : tout ce temps enfermé dans la salle de presse du Memling n'avait pas eu un bon effet sur le n'golo et ses pertes venaient donc confirmer ses théories sur la relation entre l'énergie vitale et le succès au jeu. Puisque la déveine était dans l'air, autant la dilapider rapidement au casino plutôt que de l'apporter chez Ali. Ces derniers jours, la tentation avait été présente de répéter l'exercice sur son balcon, cette fois sans alcool dans les veines. Il l'avait résolument rejetée tout en sachant le prix qu'il aurait à payer : la conscience des forces qui l'habitaient allait diminuer. Il éprouvait même une certaine honte à désirer la victoire d'Ali alors qu'il n'était pas prêt à prendre un risque aussi minime...

À leur arrivée, Muhammad dormait encore, ou du moins n'était pas prêt à recevoir de visiteurs. Ils se sont donc rendus à la villa d'Angelo Dundee et un moment de calme ennui s'est écoulé, cette quiétude besogneuse d'un groupe d'hommes qui s'obligent à ne pas basculer trop tôt dans la tension. Dundee était l'hôte idéal pour s'immerger dans un tel état d'esprit puisque cela faisait six semaines qu'il vivait dans le kuntu de la morosité. Comme un poisson dans l'eau à Miami, Angelo n'était pas fait pour les rives du fleuve Zaïre. « Je m'ennuyais tellement, là », devait-il confier un jour à Bud Collins, du *Boston Globe*, « que j'apprenais aux lézards à faire des pompes. » Tenu pour l'un des meilleurs spécialistes de la profession, il avait été l'entraîneur de plusieurs champions — on pense à Carmen Basilio, à Willie Pastrano, à Jimmy Ellis, à Luis Rodriquez, à Ralph Dupas... — ainsi que d'une flopée impressionnante de challengers et de vedettes médiatiques comme Mike De John ou Florentino Fernandez. Ce n'était pourtant pas ce rôle qu'il occupait auprès d'Ali mais celui d'entraîneur honoraire, plutôt. Ses rapports avec Muhammad, bien que régis par une longue intimité sur le plan professionnel, n'auraient pu être qualifiés d'autoritaires : Ali l'écoutait, d'accord, mais d'une oreille critique. Depuis des années, c'était Ali qui définissait son entraînement. Travailler pour lui était certes lucratif mais peu enrichissant. Dundee avait l'habitude de prendre en charge ses boxeurs, de bons éléments si possible, et d'essayer de tirer le meilleur d'eux-mêmes. C'était lui, par exemple, qui avait appris à Jimmy Ellis comment s'économiser face à Jerry Quarry. « Ils ne vont pas aimer ça, l'avait-il prévenu la veille du combat, ils vont te siffler. Mais c'est toi qui vas gagner. » Dundee avait remporté plus d'une victoire de cette manière, évité plus d'une déroute fracassante. L'espace d'une rencontre, il avait connu la célébrité. C'était le moment, passé dans la légende, où il avait renvoyé Cassius Clay au milieu du ring au début du cinquième round de son premier match de championnat contre Liston. Clay ne voyait plus : comme on allait s'en rendre compte par la suite, le produit cicatrisant — et irritant — que Liston avait sur une blessure au front s'était collé à ses gants et lui était entré accidentellement dans les yeux pendant une pause. Pratiquement aveuglé, Cassius n'était guère décidé à reprendre le combat pour ne retrouver la vue que dans l'éclair aveuglant d'un punch de Liston. Mais Dundee, lui, avait des sujets de préoccupation plus élevés : connu pour son entregent — et quel manager italien venu de Miami n'aurait pas eu une telle réputation? —, il se doutait du scandale qui se produirait si Clay arrêtait la lutte alors qu'il menait aux points, et des hurlements que le monde de la boxe ne manquerait pas de pousser en apprenant que sa vue s'était troublée juste après que Dundee lui eut essuyé le visage. Et donc, à la sonnerie, Angelo avait poussé son poulain en avant et le miracle s'était produit. Non seulement Cassius avait réussi à tenir pendant tout le round mais il avait remporté le championnat à la reprise suivante. C'était la première fois que sa sidérante aptitude à récupérer au plus vite se révélait. Mais sans l'intervention d'Angelo sa carrière aurait été sérieusement compromise, ce soir-là. Depuis, Dundee ne l'avait pas quitté.

Il était installé dans un fauteuil, face au poste de télévision sur lequel passait une interview d'Ali vieille de trois mois. Il paraissait aussi captivé que si l'écran avait été éteint. Petit, les cheveux noirs, un teint olivâtre et des lunettes à monture argentée, il était d'apparence discrète, aurait pu être facilement pris pour un homme d'affaires italien et présentait la personnalité concentrique du typique Sicilien : lui-même dans le premier cercle, la famille dans le second, les amis et les relations dans le troisième.

En sa compagnie se trouvait Ferdie Pacheco, le médecin d'Ali. Un visage charnu et plaisant, l'accent de La Nouvelle-Orléans, c'était un pessimiste convaincu qui n'était jamais vraiment satisfait de la condition physique de Muhammad mais se forçait à tenir des propos optimistes devant les journalistes. La dernière fois qu'il avait abordé un combat sûr de la victoire, disait-on, c'était lors de la rencontre qui avait opposé Jimmy Ellis et Joe Frazier afin de départager la World Boxing Association et la New York State Boxing Commission pour le titre de champion poids lourds. Alors que Frazier était donné vainqueur à quatre contre un, Pacheco n'imaginait pas Ellis perdre mais c'était pourtant ce qui s'était produit au cinquième round, et depuis son pessimisme naturel n'avait plus cédé un pouce de terrain. Il avait lui aussi les yeux braqués sur la télévision, visiblement l'objet de méditation rêvé lorsque le thème choisi était la monotonie.

Dans la pièce, il y avait également un vieux Noir rabougri, un ancien entraîneur peut-être, dont les mains aux jointures démesurées trahissaient les effets de l'arthrose. Leur peau, exceptionnellement squameuse, pelait par endroits. Ambiance générale : morosité absolue. On aurait cru que la rencontre avait déjà eu lieu, qu'Ali avait été mis en déroute et qu'ils étaient revenus dans cette villa désertés par l'espoir. Ils semblaient aussi contents de vivre que Patterson en montant sur le ring pour son second combat contre Liston.

« Où est Bundini ? s'est enquis Norman.

— La star fera son entrée attendue au vestiaire, a répondu Angelo. Nous, la piétaille, on y va en bus. »

Impossible de dire s'il s'agissait d'une rivalité de longue date ou si le ressentiment de Dundee était ponctuel : Bundini avait le droit de vivre à l'Inter-Continental alors que lui était resté dans l'ombre du monument élevé par Mobutu à la rectitude phallique des masses, finalement...

Comme ils lui demandaient en bons journalistes à quoi Ali avait occupé sa journée, ils ont eu la surprise d'apprendre qu'il avait couru jusqu'à la pagode à trois heures et demie de l'après-midi : comment, un jogging si près du match ? Était-ce un signe d'anxiété ? Ensuite, il avait déjeuné, fait une sieste puis passé un moment à signer des billets d'entrée apportés par des amis et des visiteurs. Puis il avait regardé un film d'horreur : *Le Baron vampire*, avec Joseph Cotten[1].

1. Film de Mario Bava, 1972. *(N.d.T.)*

« Il a aimé ?
— Il a dit que oui. Il a eu l'air. »

Et Dundee, pendant ce temps ?

« Je me suis occupé du ring. Il était dans un état épouvantable. Ils n'avaient pas prévu assez de résine et il a fallu consolider les poteaux, aussi. On a même dû mettre des traverses sous le tapis pour retendre la toile, Bob Goodman et moi. »

De tels détails étaient parlants à une oreille avertie : une toile bien tendue favoriserait le jeu de jambes d'Ali. Dundee avait la réputation de mettre tous les avantages de son côté, même les plus minimes. Était-ce une philosophie innée ou acquise, en tout cas son credo voulait qu'aucun atout ne soit négligé. À un journaliste qui venait d'arriver, il avait même changé de l'argent au taux officiel de cinquante zaïres contre cent dollars alors qu'on pouvait en obtenir quatre-vingts au marché noir. C'était une philosophie qui concernait également les poteaux de ring et la résine.

À deux heures du matin, on est venu les prévenir qu'Ali était prêt au départ. Plimpton et Mailer se sont levés avec les autres et se sont rendus à leur autobus. Une petite caravane était en train de se former, environ cinq voitures et deux bus qui allaient rejoindre le stade en convoi. Vêtu d'une chemise et d'un pantalon noirs, Muhammad allait et venait sur l'herbe en scrutant chaque véhicule du regard. Il n'avait pas encore décidé dans lequel il allait faire le voyage. Il est monté dans l'un des autocars, en est ressorti d'un bond et s'est dirigé vers une Citroën noire où il a pris place avec son frère Rakhman. Il semblait bien remonté, enfin disposé à combattre. Sa circonspection à choisir sa voiture n'a pas étonné Norman, qui depuis longtemps soupçonnait que certaines portaient plus bonheur que d'autres. Que suggère la pensée bantoue sinon cela, d'ailleurs ? La chance est le premier des kuntus.

Le convoi s'est ébranlé, a parcouru un kilomètre environ et s'est arrêté. L'explication est passée d'un véhicule à l'autre : Ali avait oublié son peignoir. Ils ont donc patienté devant l'entrée du centre de presse de Nselé le temps qu'on aille rechercher ce précieux accessoire, puis tout le monde est reparti.

Mailer et Plimpton étaient dans le plus grand des deux bus, avec Dundee et une douzaine d'autres passagers. Ils étaient pour la plupart essaimés à travers la cabine, un seul par rangée. L'impression de solitude qui régnait dans le camp d'Ali était à nouveau palpable. Tant de ses proches étaient blancs ou métissés... C'était le paradoxe insistant de la carrière d'Ali. Au contraire de l'équipe de Foreman, en très grande majorité noire — Dick Sadler, Sandy Saddler, Henry Clark, Elmo... —, à l'état d'esprit réellement noir, le plus « black » des proches de Muhammad devait être Bundini, et encore était-il aussi un juif converti, et encore ne se trouvait-il même pas dans la caravane. Une distance était perceptible entre tous les membres de son entourage présents. Et comment aurait-il pu en être autrement ? Les amis et les collaborateurs d'Ali étaient les rayons et Muhammad leur moyeu ; enlevez le pivot et vous avez une jante dont les rayons partent en tous sens.

Il y avait de l'appréhension, dans cet autobus. L'atmosphère était celle d'une route forestière par une journée d'hiver pluvieuse. La seule à paraître gaie était Tante Coretta, la cuisinière d'Ali qu'il avait emmenée avec lui au Zaïre. Veillant sans cesse sur son estomac, c'était elle qui détenait les clés de son assurance, une femme imposante qui aurait pu être la sœur de la mère d'Ali, car il y avait une certaine ressemblance entre elles, mais qui était en réalité celle de son père. Et cette nuit-là, dans ses plus beaux atours, fière et très notablement attentive à sa chevelure qui avait dû être raidie, permanentée et sculptée par un figaro d'un rang équivalent à celui de chef pâtissier en cuisine — oui, la coiffure de Tante Coretta prouvait une véritable collaboration entre le créateur et son sujet —, elle avait précisément conscience de la valeur de sa présence physique, de la même manière que toutes les femmes noires habituées à une vie de labeur lorsqu'elles s'habillent pour se rendre à une soirée. Elle travaillait assez dur pour savoir profiter d'un bon moment quand il se présentait à elle, c'était pour elle aussi simple que cela, de temps à autre, et elle attendait le combat avec impatience. Et elle avait confiance.

Belinda, l'épouse d'Ali, était assise à l'avant. Habillée à la musulmane avec une robe qui lui descendait aux chevilles et la tête prise dans un ruban, c'était une femme « statuesque » au sens propre du terme : elle dépassait le mètre quatre-vingts, était aussi bien proportionnée que son mari et présentait des traits d'une facture assez classique pour être ceux d'une statue grecque. En fait, s'ils n'avaient pas été ciselés un rien plus délicatement que ceux d'Ali, elle aurait pu être sa sœur en apparence ou, mieux encore, son alter ego féminin. Ils n'avaient pas besoin de vivre ensemble pendant quarante ans pour se ressembler. Elle était également ceinture noire de karaté, et timide devant les étrangers. Elle avait cette raideur que les musulmans noirs adoptent en présence des Blancs. De tout le voyage, elle n'a parlé qu'une fois, sans s'adresser à quiconque en particulier : « Il y a un voyant extra-lucide à Vegas qui a dit que Foreman allait gagner : il va avoir des problèmes de vue, ce soir. » Elle a marqué une pause, pendant laquelle elle a peut-être senti l'hésitation du silence qui avait accueilli sa remarque car elle a ajouté : « J'espère... » Oui, telle était l'ambiance : c'est en vain, mais je suis néanmoins là pour garder l'espoir.

Certes, Belinda était de retour au Zaïre depuis peu. Arrivée avec Ali un mois et demi plus tôt, elle était repartie en Amérique quand le combat avait été reporté. Et il n'était pas difficile d'entrevoir le problème qu'Ali avait avec son entraînement, si problème il y avait. Depuis que Joe Namath avait passé la nuit avec une fille avant de mettre en déroute les Colts de Baltimore le lendemain et d'annoncer *urbi et orbi* quelle avait été sa « Méthode », les règles de la préparation sportive avaient été titillées à la racine. L'impact de la trouvaille de Namath n'avait eu d'égal que le coup subi par le triomphalisme américain à la Henry Luce[1] lorsque le premier Spoutnik était monté dans les airs. Tous les athlètes se retrouvaient confrontés à la vieille question : est-ce que l'aiguisement des meilleurs réflexes que permet l'acte sexuel vaut de risquer la moindre agressivité qu'il peut aussi induire ?

Au début de sa carrière, Ali était si vertueux dans son entraînement qu'avant leur premier match l'entourage de Sonny Liston avait cherché à faire courir le bruit qu'il était encore puceau. Depuis, il y avait sans doute eu du changement. Alors qu'il s'apprêtait à rencontrer Frazier, Ali attendait la fin de sa journée d'entraînement avec une impatience non dissimulée et il était connu pour souper au champagne plutôt qu'aux eaux pétillantes. La veille de son premier combat contre Norton, il avait passé une nuit blanche en se promettant certainement de récupérer pendant la journée, mais le soir suivant il s'était retrouvé sur le ring avec la mâchoire cassée, des réflexes défaillants et la nécessité de mobiliser toutes ses forces pour continuer à danser jusqu'à surmonter l'hébétude. Il avait une mine pitoyable, cette fois-là, il avait pris des années en quelques heures et cependant sa condition physique était telle que d'aucuns avaient estimé qu'il avait fait son plus beau combat. Quelques jours plus

1. Henry Robinson Luce, fondateur de plusieurs grands magazines américains encore très populaires aujourd'hui, comme *Time* (1923), *Fortune* (1930), *Life* (1936), ou *Sports Illustrated* (1954). *(N.d.T.)*

tard, tout en sirotant du jus d'orange à l'aide d'une paille coincée entre ses maxillaires immobilisés, il avait dû décider de modifier son rythme de vie. Depuis, il avait pris moins de plaisir à l'entraînement mais ses méthodes n'appartenaient qu'à lui. Et Belinda était revenue.

Des semaines plus tôt, alors qu'il se faisait fort de vaincre Foreman devant des amis réunis à Kinshasa, il avait promis :

« Il va se retrouver par terre sur une fesse.

— Et toi, avait murmuré Belinda, tu ferais bien d'apprendre à tomber sur les deux.

— Qu'est-ce que tu dis?

— Je dis que tu ferais bien d'apprendre à tomber sur les deux, toi.

— Ah..., avait fait Ali, je croyais que tu avais dit "à tomber amoureux". »

Derrière le gyrophare bleu d'une voiture de police, le cortège a poursuivi son chemin à une lenteur exaspérante. D'habitude, la longue ligne droite d'autoroute toujours déserte qui s'étendait de Nselé à l'aéroport se franchissait à cent cinquante kilomètres heure. Là, ils roulaient deux fois moins vite et dans l'obscurité le paysage déjà vide n'offrait guère de distraction. Il leur arrivait de passer devant quelques Noirs qui daignaient réagir à la vue de la caravane mais l'ambiance était aussi pesante que leur allure.

Même quand ils sont entrés dans les faubourgs de Kinshasa, il n'y avait pas foule sur les trottoirs. Il est vrai qu'il était près de trois heures du matin :

ceux qui étaient restés debout pour voir le combat étaient déjà au stade depuis longtemps. On avait donc tout loisir de méditer son implication personnelle dans l'événement, l'étrangeté de cette passion pour la boxe qui était capable de distraire quelqu'un de son travail pendant des mois et plus. Norman en était venu à interroger sa loyauté vis-à-vis d'Ali. Sa victoire, se disait-il, serait aussi un triomphe pour l'Islam. Il était loin d'être sioniste, il n'était jamais allé en Israël mais il avait connu Le Caire, par contre, où le contraste brutal entre l'arrogance des nouveaux riches et une misère choquante, complété par l'inefficacité chronique, la circulation frénétique et les mendiants infirmes se traînant sur leurs moignons l'avaient incliné à la sympathie envers la cause israélienne. Des pays aussi gargantuesques, aussi fascinants et aussi déglingués que l'Égypte ne méritaient pas de dicter leur condition à une vision hébraïque née dans le désert et assiégée de toutes parts. Peu versé dans les complexités moyen-orientales comme il l'était, ses conceptions politiques étaient aussi simples et directes que cela. Et elles entraient en conflit avec sa fidélité envers Ali. Il n'était pas seul à se retrouver dans ce paradoxe, bien sûr. Il était frappé de constater l'affection que nombre de journalistes juifs à Nselé portaient à Ali, un véritable tropisme sentimental, et c'était comme s'il avait été l'un d'eux, finalement, juif au sens de s'assumer en tant que résultat de sa propre création. Or, peu de choses inspirent plus d'amour aux juifs que le génie d'être incomparable.

Cela expliquait beaucoup de ses réactions, sans doute, et notamment le fait que sa sympathie pour Foreman, elle, ne le faisait pas douter un seul instant de son attachement à Ali. La victoire de ce dernier dissiperait les contradictions. Elle serait le triomphe de tout ce que l'ordinateur ne peut gérer : l'audace, l'inventivité, et même l'art. Car s'il y avait un pugiliste capable de démontrer que la boxe était un art du XXe siècle, c'était bien lui. Et elle donnerait aussi la preuve éclatante du pouvoir de régénérescence d'un artiste. Bref, quoi de plus important pour Norman ? Il savait qu'une part de lui-même ne pourrait que détester Ali s'il perdait dans l'indignité ou sans se battre vraiment, de même qu'elle n'arrivait pas à pardonner à Hemingway l'ambiguïté de son suicide : si seulement il avait laissé un mot, une lettre... Ce silence creusait un vide en tous ceux qui avaient aimé et l'homme et son œuvre.

Mais enfin il avait lui-même bien renoncé à retourner sur le balcon sans garde-fou et à répéter l'expérience sans avoir le cerveau embrumé par l'alcool... Parce qu'il était inquiet des tours pendables que lui jouait la magie. Il n'arrivait jamais à savoir quelles forces il aidait. Pendant des années, trop de boxeurs qu'il avait ardemment soutenus avaient perdu, et lamentablement perdu. Ainsi de Patterson, vaincu à deux reprises par Liston, et de Sonny lui aussi défait deux fois par Ali. Norman en était même venu à conclure que s'il était l'une des dizaines ou des centaines de forces à l'œuvre au pied du ring, alors ses effets étaient pervers, ou inappropriés, ou scandaleusement limités. Le soir où son ami José Torres avait emporté le championnat des lourds-légers sur Willie Pastrano, il s'était abstenu de l'encourager par crainte d'attirer la malchance sur lui. Et à l'issue du combat il aimait encore plus Torres, puisque celui-ci avait vaincu tout en étant affligé d'un admirateur qui portait autant la poisse que Norman Mailer. C'est une vision de soi-même assez effrayante, en fait : de la vanité à rebours, plus empoisonnée que la vanité tout court. Être l'agent du mauvais sort... À cause d'elle, il était allé jusqu'à se demander s'il avait le droit de courir avec Ali. Et donc une victoire de Muhammad viendrait comme un signe libérateur pour lui, une preuve qu'il s'était peut-être enfin débarrassé de cette malédiction.

Ils étaient arrivés au stade. Cela faisait le même effet que d'entrer dans l'arène à la suite d'un torero. Dehors, la foule se pressait, criait. Des policiers les ont conduits à travers les portes étroites et en moins d'une minute les hommes qui avaient pris part au convoi se sont retrouvés dans le vestiaire d'Ali. Après avoir dit au revoir à Belinda et échangé un dernier baiser avec elle, le boxeur a entrepris de se préparer au combat.

12

Le vestiaire

L'endroit était lugubre. Les toilettes d'une station de métro moscovite, peut-être. Non, cela suggérait plutôt une salle d'opération : vaste, avec des piliers ronds carrelés de blanc, comme le sol, comme le papier peint au mur. Une morgue où toutes les plaintes seraient étouffées. Quel environnement pour se concentrer !

L'assistance n'était pas plus enjouée que le décor. Il y avait là Dundee, Pacheco, Plimpton, Mailer, Walter Youngblood, Pat Patterson, Howard Bingham, Rakhman, le frère d'Ali, Herbert Muhammad, son manager technique, Gene Kilroy, le manager financier, Bundini, un petit Turc grassouillet nommé Hassan, et Roy Williams, son sparring, mais personne n'avait rien à dire. « Hé, qu'est-ce qui se passe, ici ? a lancé Ali en entrant dans la pièce. Pourquoi vous avez tous cet air constipé ? Qu'est-ce qui vous prend ? » Il s'est dépouillé de ses habits et bientôt il gambadait de-ci de-là en boxant à vide, seulement vêtu de sa coquille.

En tenue de ring pour la demi-finale qu'il devait

disputer avec Henry Clark, Roy Williams était assis sur la table de massage. À cause d'un mauvais calcul qui n'était pas de son fait, il était arrivé au stade avec le convoi, trop tard pour disputer un match de dix rounds. Ils le prévoyaient maintenant après le grand événement et ce contretemps n'avait rien de facile, pour un boxeur.

« T'as peur, Roy? a demandé Ali en bondissant autour de lui.

— Pas une seconde », a répondu Williams d'une voix calme et profonde.

Personne n'était plus noir que lui ici, ni plus aimable.

« On va danser ! » a crié Ali, et il a fusé à travers la pièce, savourant toutes les fois où son dos évitait de justesse un des piliers. Tel un enfant, il avait la perception des objets situés derrière lui, comme s'il pointait des antennes bien au-delà de son enveloppe charnelle. « Oh oui ! a-t-il clamé, on va l'enfoncer ! » Et il fendait l'air de ses jabs. À part Roy Williams, il était la seule présence encourageante dans ce vestiaire.

« Je crois que j'ai plus la trouille que vous, lui a glissé Norman quand il a interrompu sa danse.

— Pas de quoi, a répondu le boxeur. Ce n'est qu'un jour de plus dans l'incroyable vie de Muhammad Ali. Rien qu'une séance d'entraînement de plus, pour moi. » Puis, s'adressant à Plimpton : « Les films d'horreur, ça me fait peur. Ou le tonnerre. En avion, j'ai la trouille. Mais craindre quelque chose que tu peux dominer avec ton savoir, ça ne sert à rien. Voilà pourquoi Allah est le

Seul à m'inspirer de la terreur. Il n'y a que Lui dont la rencontre est indépendante de ta volonté. Il est Unique, et il n'a pas d'associés! » Sa voix n'avait cessé d'augmenter en volume et en piété. Comme pour se protéger de la trop grande déperdition d'énergie qu'aurait occasionnée un sermon, il a repris plus posément : « Il n'y a pas de quoi avoir peur. Elijah Muhammad, il est passé par des choses à côté desquelles cette nuit n'est rien du tout. Et à mon petit niveau j'y suis passé, moi aussi. Se retrouver la première fois sur le ring face à Liston, ça relativise tout ce que George Foreman a dû faire ou tout ce que j'ai eu à faire par la suite. À part les menaces de mort contre moi après l'assassinat de Malcolm X. Des menaces sérieuses. Non, je n'ai pas peur, maintenant. »

Il s'est brusquement écarté des journalistes comme si sa minute de repos venait de se terminer et il a repris sa boxe à vide, allant narguer quelques amis en leur décochant des directs qui à nouveau s'arrêtaient à un centimètre de leurs yeux. Lorsqu'il est passé devant Hassan, le petit Turc enrobé, il a tendu son pouce et son index déliés pour lui pincer la fesse.

Mais tous ces assauts de bonne volonté n'ont guère détendu l'atmosphère. On se serait cru parmi un groupe de parents attendant des nouvelles de l'opération à l'entrée des urgences. Ali a mis fin à sa danse. Il a déplié le peignoir qu'il voulait porter en montant sur le ring et l'a enfilé. C'était une longue parure en soie blanche, décorée d'un motif noir recherché, et son premier commentaire a été : « Une vraie tenue africaine, ça! » Il s'adressait à Bundini, qui en réponse lui a décoché le pesant regard d'un gosse auquel on vient de refuser la récompense promise depuis des semaines déjà.

« D'accord, a fini par soupirer Ali. Montre un peu le tien. »

Et Bundini a déployé le peignoir qu'il lui avait spécialement acheté pour l'occasion, blanc aussi mais orné de passepoils vert, rouge et blanc aux ourlets, les couleurs du Zaïre. Une carte du pays, tricolore également, était cousue sur le revers, à la place du cœur. Le blouson blanc que portait Bundini était pareillement décoré. Après l'avoir enfilé, Ali s'est contemplé dans la glace. Il l'a enlevé, le lui a rendu, a remis le premier : « Celui-là est plus beau, a-t-il constaté. Vraiment plus joli que celui que tu as trouvé. Franchement, Drew, regarde, c'est bien mieux! » En effet. Le peignoir de Bundini avait l'air un tantinet défraîchi.

Mais Bundini ne prêtait aucune attention au miroir. Ses yeux étaient fixés sur Ali et ils lançaient des flammes, et pendant une minute entière ils se sont mutuellement fusillés du regard, en silence. *Écoute,* protestait en silence Bundini, *prends un peu en compte la sagesse de ton protecteur, de ton bras droit! J'ai acheté un peignoir qui est assorti à mon blouson. « Ta » puissance et « ma » puissance sont en phase. Tu veux m'affaiblir? Tu t'affaiblis toi-même. Porte les couleurs que j'ai choisies!* Pas mal de cette puissance devait bouillonner dans ses pupilles, ainsi qu'une menace tacite qu'Ali était le seul à pouvoir décoder, sans doute, car il lui a soudain balancé une gifle aussi sonore qu'une détonation de fusil. « T'avise jamais de recommencer un truc pareil ! » a-t-il vociféré. Puis, d'un ton péremptoire : « Regarde-moi dans cette glace, maintenant ! » Mais comme Bundini s'y refusait toujours, Ali l'a frappé à nouveau.

Il y avait quelque chose de si rituel dans cette deuxième gifle qu'on ne pouvait s'empêcher de se demander s'il ne s'agissait pas là d'une cérémonie soigneusement organisée, voire d'un exorcisme. Difficile à dire, en fait. Bundini semblait trop indigné pour être en mesure de parler mais ce qu'il pensait se lisait clairement sur son visage : *Tu peux me tuer de coups mais mes yeux ne se poseront pas sur ce miroir. Le peignoir que tu dis être beau n'est pas celui-là !* Ali a fini par lui tourner le dos.

Le temps était venu de choisir le short. Il en a essayé plusieurs. L'un d'eux était d'un blanc immaculé, sans aucun ajout, aussi pur et resplendissant qu'un habit de saint musulman. « Mets celui-là, Ali ! s'est écrié son frère Rakhman, mets ce blanc, là, il est superbe, Ali, mets-le ! » Après maintes hésitations et poses devant le miroir, cependant, Muhammad s'est décidé pour un short blanc orné d'une bande noire verticale. Et sur les photographies du combat, d'ailleurs, elle est toujours là, trait d'union entre chaque mouvement de son torse et ses jambes.

Assis sur la table de massage au milieu de la pièce, il a ensuite enfilé de hautes chaussures de boxe blanches puis il a levé tour à tour ses deux pieds en l'air afin que Dundee puisse passer un couteau sur les semelles pour améliorer l'adhérence. Pendant ce temps, il parcourait énergiquement sa chevelure avec un peigne que quelqu'un lui avait tendu, un de ces peignes en Y aux dents d'acier que les Noirs utilisent pour leur coiffure afro. Obéissant à un seul signe de son doigt, un autre fidèle lui a apporté un hebdomadaire zaïrois en langue française dans lequel se trouvait une liste complète des combats menés par Foreman et par lui. À l'intention de Plimpton et de Mailer, il a une nouvelle fois lu à voix haute tous ces noms et souligné comme à son habitude le nombre de « riens du tout » que Foreman avait affrontés en comparaison des grands boxeurs qui s'étaient frottés à lui. On avait l'impression qu'il avait besoin de considérer encore l'essence de son existence avant de monter sur le ring. Et après tous ces mois de réserve il semblait enfin prêt à assumer en public la terreur qui devait visiter ses rêves. C'était comme si personne ne se trouvait autour de lui, d'un coup, comme s'il parlait dans son sommeil. « Flotte comme un papillon, attaque comme une guêpe, tu peux pas frapper ça que t'as pas regardé », a-t-il répété à plusieurs reprises, paraissant convoquer des mots depuis longtemps enfuis avant d'enchaîner dans un murmure : « J'ai eu mes hauts, j'ai eu mes bas, j'en ai bavé vous savez... » Il a secoué la tête d'un air incrédule : « Ça doit être sombre, quand tu te fais éteindre. » Le regard perdu, contemplant le démon de minuit. « Bon, K.-O. je l'ai jamais été. Je suis allé en bas mais j'y suis pas resté. » Puis, tel un homme tiré de son rêve par la révélation que ces images n'étaient que le camouflage sous lequel la mort l'attendait, il a laissé échapper : « Plus pouvoir bouger. C'est... bizarre. » Il s'est ébroué, à nouveau. « Ouais, ça c'est les idées chagrines qui attendent la nuit pour te tomber dessus. » Et il a observé les deux reporters avec les yeux vides d'un patient qui, dans les méandres complexes de sa maladie, vient de discerner une indication qu'aucun médecin ne pourra jamais assimiler.

À ce point, il devait avoir atteint le dénouement de cet affrontement avec des pensées qui l'environnaient comme un brouillard tenace car il a employé une formule que l'on n'avait pas entendue dans sa bouche depuis des mois, une formule qui avait plongé tous les hauts fonctionnaires zaïrois dans la plus grande des désolations lorsqu'il l'avait utilisée la dernière fois : « Bon, a-t-il annoncé à la cantonade, on y va pour "les Géants de la jungle" ! » Et il s'est mis à interpeller les gens autour de lui.

« Hé Bundini ! On va danser, hé ? »

Mais Bundini est resté coi. L'affliction pesait sur la salle.

« Hé, quelqu'un m'entend, là? a crié Ali de plus belle. Alors, est-ce qu'on va danser?

— Pour danser, on va danser, a concédé tristement Gene Kilroy.

— Oui on va danser, a repris Ali. Dan-ser ! »

Dundee s'est approché pour lui bander les mains, et à son tour Doc Broadus, le représentant de Foreman chargé d'observer la procédure. Ce

Noir courtaud et ramassé, d'une soixantaine d'années, était celui qui avait découvert George dans le « Job Corps » et qui depuis l'avait accompagné durant pratiquement toute sa carrière. Dans le petit monde de l'Inter-Continental, Broadus était célèbre pour ses rêves prophétiques. N'avait-il pas eu, en plein sommeil, la prémonition des rounds au cours desquels Frazier et Norton allaient être mis knock-out? En ce qui concernait Ali, ses talents divinatoires avaient semblé indiquer que George allait l'emporter à la seconde reprise mais il était moins sûr qu'à son habitude : il avait dû se produire un flottement, dans ce rêve.

Ali a consacré un moment à s'adresser à Doc Broadus, comme s'il était l'interlocuteur le plus estimable dans son vestiaire, lui qui était susceptible de décrire par le menu à Foreman dans quel état il se trouvait à quelques minutes de l'instant décisif.

Sous son regard insistant, Broadus s'est dandiné sur place. Devant Ali, il était timide. Peut-être admirait-il sa carrière depuis trop longtemps pour être capable de se retrouver face à lui, maintenant.

« Dites à votre gars, lui a-t-il glissé sur le ton de la confidence, qu'il a intérêt à être prêt pour la danse.

À nouveau, Broadus a cherché une contenance, mal à l'aise. Et là Ferdie Pacheco est revenu en trombe dans la pièce. Il fulminait.

« Ils me laissent pas entrer voir Foreman! a-t-il crié à Broadus. C'est quoi, ce merdier? C'est quoi? » L'appréhension se mêlait à une considérable fureur dans sa voix. « On se prépare à quoi, ce soir ? À un combat de boxe ou à la Troisième Guerre mondiale ? » L'animosité qu'il avait rencontrée dans l'autre vestiaire semblait l'avoir ébranlé. Sans tarder, Broadus est reparti avec lui.

Ali a reporté son attention sur Bundini.

« Alors, dis, toi : ça va danser ? » Silence. « Je répète, Bundini : on va danser ? » Silence. « Mais pourquoi tu me parles pas, Drew ? » a tonné Ali, comme si le seul moyen de sortir Bundini de son mutisme était de forcer la note. Puis, sur un ton à la fois cajoleur et cabotin : « Hein, Bundini, ça va danser ? Tu sais que je peux pas danser sans Bundini...

— Vous n'avez pas voulu de mon peignoir. »

Il l'avait dit de sa voix la plus caverneuse, la plus vibrante, la plus émotive.

« Oh, mec, le Champion, c'est moi... Faut bien que tu me laisses un peu faire ce que je veux ! Faut bien que tu me laisses le droit de choisir mon peignoir. Sans ça, comment je pourrais redevenir champion ? Tu vas me dire ce qu'il faut que je mange ? Tu vas me dire comment il faut que je marche ? Je suis scié, là. J'ai jamais vécu un moment pareil sans que tu m'encourages, "toi"... »

Bundini résistait mais un sourire a commencé à lui chatouiller les lèvres.

« On va danser, Bundini ? a recommencé Ali.

— Toute la nuit.

— Ouais, on va danser. On va danser et danser ! »

Ayant réussi à imposer l'entrée de Pacheco dans le vestiaire de Foreman, Broadus était de retour et Ali a donc entrepris de lui donner encore une petite représentation.

« Qu'est-ce qu'on va faire, alors ? a-t-il demandé à Bundini, à Dundee et à Kilroy.

— On va danser », a répondu Gene Kilroy avec un sourire à la fois triste et attendri, « on va danser toute la nuit.

— Oui ! On va dan-ser ! » s'est écrié Ali avant de répéter à Broadus : « Vous lui dites qu'il se prépare.

— Je lui dis rien du tout, a bredouillé le représentant de Foreman.

— Vous lui dites qu'il a intérêt à savoir danser.

— Il danse pas ! » a réussi à produire Broadus, ce qui sonnait comme une mise garde : Mon gars a des trucs plus sérieux à faire que de danser.

« Il quoi pas ? s'est étonné Ali.

— Il danse pas.

— Hé ! s'est exclamé Ali. L'homme de George Foreman, présentement, il dit que George peut pas danser ! George peut pas venir dan-ser !

— Cinq minutes ! » a hurlé quelqu'un, et Youngblood a tendu au boxeur une bouteille de jus d'orange.

Ali en a pris une gorgée, l'équivalent d'un demi-verre, puis il a contemplé Broadus d'un regard amusé.

« Vous lui dites de me taper dans le ventre. »

13

Droite, droite et droite

Il n'allait pas y manquer, George, de le frapper dans le ventre. Quelle bataille se préparait ! Les cinq ultimes minutes qui venaient d'être annoncées sont passées en un éclair. Il y avait une salle de bains à l'entrée du vestiaire, dans laquelle Ali s'est retiré en compagnie de son manager, Herbert Muhammad, le fils d'Elijah. Son visage rond, amène, ne donnait absolument aucune prise : on avait l'impression qu'il faudrait beaucoup de temps à quiconque pour trouver la faille en lui. Il avait revêtu une robe blanche d'aspect sacerdotal, qui le couvrait des épaules jusqu'aux pieds, une parure très appropriée à ses fonctions de prêtre musulman puisqu'ils étaient allés dans l'autre pièce pour prier et qu'on les entendait réciter des versets du Coran... Oui, cette langue arabe qui leur parvenait ne pouvait qu'être coranique. Dans la vaste pièce maintenant privée de la présence d'Ali, tout le monde se regardait sans rien trouver à dire.

Ferdie Pacheco est revenu des quartiers de Foreman. « Tout va bien, a-t-il annoncé, on y va. » Une minute plus tard, Ali est ressorti avec Herbert Muhammad. Il boxait à vide pendant que le manager poursuivait ses prières.

« Comment ça se passe, chez Foreman? » a demandé quelqu'un à Pacheco, qui a haussé les épaules.

« Il dit rien. Ils l'ont couvert de serviettes. »

Puis la consigne est arrivée du stade, passant de bouche en bouche : « Ali sur le ring. Ali sur le ring. »

Avec solennité, Bundini a tendu à Ali le peignoir immaculé que ce dernier avait choisi et toute l'assistance s'est mise en marche, un long chapelet d'une vingtaine d'hommes qui se bousculaient pour se faufiler entre un peloton de soldats massés devant le vestiaire, puis la meute encore renforcée d'autres militaires s'est jetée à travers les couloirs en béton gris et leurs vagues échos de détonations et de mort.

Ils ont surgi au grand air, dans l'atmosphère surréaliste de vert et de fraîcheur que produit un gazon de stade sous la lumière des projecteurs, et une clameur qui n'avait rien d'assourdissant est montée quand Ali est apparu, mais il est vrai que la foule venait de passer une heure à regarder un ring vide, sans la demi-finale annoncée, et auparavant d'autres heures à contempler des danseurs, d'autres danses de tribu, encore d'autres danses d'autres tribus, et que les minutes s'étaient lourdement accumulées entre minuit et quatre heures du matin. Il avait attendu l'événement depuis des mois, le peuple du Zaïre, et maintenant il était là, soixante mille âmes dans un gigantesque ovale de gradins loin, très loin du ring édifié au milieu du terrain de football. Il devait être déçu, ce peuple : suivre le combat à une telle distance, cela équivalait à s'installer devant la fenêtre d'une pièce de HLM et de regarder les gens aller et venir derrière les vitres d'un autre immeuble séparé du premier par un échangeur routier de douze voies. Les boxeurs allaient évoluer sous un grand auvent de tôle ondulée soutenu par des poutrelles, destiné à protéger le ring et les deux mille cinq cents places privilégiées des averses tropicales qui pouvaient éclater à tout moment alors que la saison des pluies était attendue depuis déjà deux semaines ou plus. Il pluviotait presque chaque après-midi et le ciel restait constamment chargé. En Amérique, ces gros nuages noirs auraient annoncé de brefs orages d'été mais ici, en Afrique, ils étaient aussi patients que les humains et leurs sombres fumerolles pouvaient dériver au-dessus des têtes pendant des jours avant d'ouvrir les vannes.

Le poids de la pluie imminente se faisait sentir, cette nuit-là. La soirée avait été oppressante et il faisait encore chaud pour une heure aussi matinale, près de la trentaine de degrés. Et pourtant la perspective du combat donnait presque des frissons glacés à Norman. Il était installé à côté de Plimpton au deuxième rang, une place qui valait la peine d'avoir parcouru des milliers de kilomètres pour l'occuper. Encore qu'en comptant deux allers-retours le total approchait les quarante mille, soit une bonne mesure de jet lag. Devant eux, un alignement de journalistes d'agence et de photographes se pressaient au pied du ring. Et derrière les cordes c'était Ali, en train d'imprégner de résine ses semelles, de proposer des aperçus éclair de son jeu de jambes à l'attention de la foule et de pirouetter de temps à autre pour lancer un kaléidoscope de punchs dans l'air, une douzaine en deux secondes, pas plus, ping, pang, douze coups étaient partis et l'éclat à peine distinct de ses gants soulevait les cris des gradins. Il était seul sur le ring, le Challenger prêt pour le Champion, le Prince attendant le Prétendant, mais contrairement aux autres boxeurs, pendant ces longues minutes avant que le tenant du titre ne daigne apparaître, il semblait prendre un plaisir royal à occuper l'espace laissé à sa seule convenance. Sans peur visible, il n'avait pas l'air loin du bonheur, comme si la discipline de ces deux mille nuits à dormir sans son titre depuis qu'il lui avait été retiré — mais non qu'il l'eût perdu au combat, expérience au moins aussi frustrante pour un boxeur que celle d'avoir écrit *L'Adieu aux armes* et de ne pas arriver à lui trouver un éditeur... — avait constitué sept années d'une mise à l'épreuve biblique dont il était ressorti avec l'essentiel de son honneur, de son talent et de son désir de grandeur encore intact, et dont la lumière l'envahissait maintenant. Son corps luisait comme les flancs d'un pur-sang, il paraissait prêt à affronter le plus fort, le plus brutal des poids lourds que le monde de la boxe ait eu depuis des années, peut-être le pire de ces titans, et tandis que le Prince attendait sans attendre, seul sur le ring, plongé dans ses pensées, quelles qu'elles aient pu être, et dans sa communion intime avec Allah, quel que soit l'effet que cela puisse produire, tandis qu'il se tenait là, qu'il esquissait ses pas et qu'il boxait le vide, le Garde du Petit Sceau princier, Angelo Dundee, Italien de Miami, allait de poteau en poteau, sans hâte, et là, à la vue de tous, desserrait tout aussi méthodiquement les tendeurs à l'extrémité de chacune des quatre cordes, et cela avec une clé et une tige de fer qu'il avait dû glisser auparavant dans sa mallette à Nselé, transporter avec lui dans l'autobus et emporter du vestiaire jusqu'ici. Et lorsque les cordes ont eu la tension qu'il recherchait, assez lâches pour que son poulain puisse bien se laisser aller en arrière dessus, il a quitté le ring pour revenir à son corner, sans que personne n'ait fait particulièrement attention à son manège.

Foreman était toujours dans son vestiaire. Plimpton devait par la suite apprendre un détail de la bouche de son vieil ami Archie Moore : « Juste avant de partir au combat, Foreman et ses conseillers techniques — Dick Sadler, Sandy Saddler et Archie — ont joint leurs mains en une sorte de rituel qu'ils pratiquent à chaque rencontre depuis qu'il a remporté le titre en Jamaïque », allait écrire Plimpton dans son compte rendu. « Et ils étaient à nouveau dans cette attitude, au Zaïre, quand Archie Moore, qui se tenait la tête baissée, a eu soudain l'idée qu'il devrait prier pour le salut de Muhammad Ali. Selon ses propres termes, "j'ai prié, et très sincèrement, pour que George ne *tue* pas Ali. Je sentais vraiment que c'était une possibilité". » Il n'était pas le seul.

Foreman est finalement apparu sur le ring. Il portait un short en velours rouge à bandes latérales blanches et à ceinture bleue — les trois couleurs du drapeau américain — et des chaussures blanches. Il avait l'air grave, presque impressionné, comme un garçon taillé en hercule qui, pour reprendre l'expression d'Archie, « ne connaît pas sa force, littéralement ». Sur le velours rouge se détachaient deux lettres en tissu blanc : « GF ». Initiales ou « Great Fighter », Grand Boxeur ?

Zack Clayton, un arbitre noir très respecté dans la profession, s'était armé de patience. George n'a eu que le temps de rejoindre son corner, de remuer un peu des jambes, de se réunir une dernière fois en groupe chuchotant avec ses trois conseillers, de passer ses semelles dans la résine, puis les boxeurs se sont rencontrés au milieu du ring pour entendre le rappel du règlement. Pour chacun, c'était le moment de se soutirer mutuellement une mesure de peur. Liston avait ainsi glacé tous ses opposants jusqu'à ce qu'il rencontre Ali, encore Cassius Clay à l'époque, qui avait soutenu son regard du haut de ses vingt-deux ans et de la hardiesse que lui donnait sa certitude d'avoir un grand avenir. Et Foreman en avait fait de même avec Frazier, puis avec Norton : un regard lourd comme la mort, aussi oppressant que le bruit d'une porte de caveau qui se referme.

À ce moment, comme tout le monde devait ensuite l'apprendre, Ali a déclaré à Foreman : « Tu as entendu parler de moi quand tu étais encore tout petit. Tu as suivi mes pas depuis que tu étais gosse. Maintenant tu dois me rencontrer, moi, ton maître ! » Ces mots, la presse ne pouvait les entendre, sur le coup, mais les lèvres d'Ali remuaient, sa tête se trouvait à trente centimètres de celle de Foreman, ses yeux étaient braqués dans ceux de son adversaire. Foreman a tiqué, il a paru surpris, comme s'il avait été un peu plus impressionné qu'il ne s'y attendait, puis il a frappé son gant contre celui d'Ali dans un geste qui voulait dire : « Bon, c'est *ton* round, là. Maintenant *on* commence. »

Les boxeurs sont retournés à leur coin. Les coudes serrés contre les flancs, Ali a fermé les yeux pour prier. Foreman lui tournait le dos. Oui, pendant les trente secondes précédant le début du combat il s'est penché au-dessus des cordes qu'il tenait des deux mains, la taille pliée, de sorte que seules ses vastes fesses musclées faisaient face à Ali, et il est resté si longtemps dans cette position qu'elle finissait par prendre une allure de sarcasme, de proclamation narquoise : « Tiens, mes pets sont pour toi ! » Il se tenait encore ainsi quand le gong a sonné.

Le gong ! Dans un long et muet soupir de soulagement collectif, Ali s'est jeté en avant. Il paraissait aussi massif et déterminé que Foreman et c'était ce que son attitude voulait exprimer, que c'était lui, et non l'autre, qui constituait la vraie menace. Le choc s'est produit sans préliminaire, alors que leurs corps se trouvaient encore à un mètre cinquante l'un de l'autre, puis chacun est reparti en arrière, tels deux pôles magnétiques de même signe se repoussant mutuellement. Ali est revenu en avant, Foreman aussi, ils se sont rapprochés en cercles, en feintes, évoluant sur un ring électrique, et là Muhammad a décoché le premier coup, un gauche incertain, trop court, puis un direct du droit a jailli en éclair, raide comme un bâton assené en plein milieu du front tétanisé de Foreman, et il y a eu ce « thoomp ! » qui n'appartient qu'aux punchs les plus puissants. Un cri s'est élevé : quelle que soit la suite, Foreman avait été touché. Aucun adversaire ne l'avait cogné aussi durement depuis des années, et aucun sparring n'aurait osé.

Foreman a chargé, rageusement. Ali a contenu sa fureur en attrapant le Champion par le cou et en l'obligeant à baisser la tête, une clé brutalement autoritaire, destinée à montrer à Foreman qu'il était encore bien plus intraitable que quiconque avait pu l'en aviser, et que le corps à corps avait commencé. À nouveau, ils se sont tournés autour en feintant, en se provoquant et en se retirant. On aurait cru qu'ils avaient chacun une arme : que l'un d'eux tire le premier sans faire mouche et l'autre était certain de l'abattre. Si vous balancez un coup de poing auquel votre ennemi s'attendait, le sien ne ratera pas votre tête. Et alors, quelle décharge ! Le même effet que d'attraper une ligne à haute tension entre les mains. Vous vous retrouvez par terrc sans avoir rien compris.

Il ne dansait pas, Ali. Il bondissait d'un côté à l'autre, plutôt, à la recherche d'une ouverture pour attaquer. Et Foreman en faisait autant. Quinze secondes, peut-être, se sont écoulées ainsi et soudain Muhammad a frappé une nouvelle fois. Du droit, encore, et tout aussi fort. Le son d'une batte explosant une pastèque, qui a retenti sur tout le ring. À nouveau Foreman a chargé après avoir encaissé et à nouveau Ali l'a colleté de son bras droit avant de pilonner de son gant gauche l'aisselle droite de George. Ce dernier ne pouvait plus pivoter. Un petit aperçu de l'art complexe d'immobiliser un boxeur. L'arbitre les a séparés. Ils ont recommencé à se mouvoir dans des courants invisibles d'attraction et de répulsion, se lançant brusquement en avant, glissant de côté, dressant la tête, chacun essayant d'éveiller la panique en l'autre, deux armoires à glace rapides comme des pumas, souples comme des tigres, dont les mouvements produisaient des étincelles imperceptibles à l'œil humain. Ali l'a encore frappé, un direct du gauche, puis du droit. Foreman a réagi tel un taureau, un taureau dangereux aux gants pointés en avant comme des cornes. Pas le temps ni la place pour Ali d'esquiver en dansant, de le piquer de côté et de dégager, de le blesser et de se mettre à l'abri. Alors il a reculé, feinté, reculé encore et voilà, il était dans les cordes. Foreman lui avait coupé le terrain. Trente secondes de combat et Foreman l'avait mis dans les cordes. Ali n'avait même pas essayé de contourner ces gants tendus pour le sonner, le secouer, le priver de sa grâce. Mais tout en battant en retraite il récoltait son tribut, assenant un nouveau gauche, une nouvelle droite.

Un gémissement collectif a empli le stade, pourtant. Ils avaient vu Ali dans les cordes. Alors qu'il n'avait été question de rien d'autre que de l'endurance avec laquelle il pouvait garder son espace ! Et il s'était fait coincer, si vite... Mais attention, Foreman n'arrivait pas à ajuster ses coups. Les derniers directs d'Ali l'avaient refroidi. Il n'était pas prêt à frapper vraiment, et Ali esquivait, Ali bloquait, Ali l'agrippait. L'arbitre a rompu l'accrochage et soudain Ali s'était dégagé des cordes, sans effort.

Pour fêter sa libération, un autre direct du droit. À travers les bancs de presse, une exclamation courait : « Mais il le frappe avec des droites ! » En sept ans, son punch n'avait jamais été aussi déterminé. Or un champion ne se confronte pas à un égal en attaquant du droit. Pas au premier round, du moins. C'est le plus difficile et le plus dangereux des coups. Difficile à réussir et dangereux pour sa garde. Dans pratiquement toutes les positions, le poing droit doit accomplir un trajet plus long que le gauche, de trente centimètres au moins alors que chez les boxeurs deux centimètres, voire un, constituent déjà une distance appréciable. Pendant le temps qu'il faut à la main droite pour parcourir cet espace supplémentaire, les signaux d'alarme se sont déjà déclenchés chez l'adversaire, les contre-attaques se préparent. Il plongera sous votre direct du droit et vous arrachera la tête avec sa gauche, par exemple. Voilà pourquoi un bon pugiliste n'engagera pas souvent du droit face à quelqu'un de son niveau. Et certainement pas au premier round. Il attendra, il conservera ses directs du droit, par lesquels il lui appartient de manifester son autorité, ou de faire payer un gauche qui arrive trop lentement. On envoie une droite pour contrer un jab. Ou bien on peut bloquer un crochet du gauche avec son avant-bras droit et répliquer du même côté. Tels sont les préceptes éternels de la boxe, que tous les chroniqueurs sportifs connaissent et à partir desquels ils dérivent leurs analyses. Ce sont des ingénieurs consciencieux sur le plancher des vaches mais Ali, lui, est en route vers la lune. Il attaque du droit ! Mon Dieu !

Au cours de la minute suivante, il s'est employé à châtier Foreman avec un enchaînement aussi rare que le plutonium : direct appuyé du droit suivi d'un long crochet du gauche. « Pffuui ! Dzzing ! » faisaient ces doubles impacts sur la tête de George et à chaque fois celui-ci s'élançait en avant dans une rage meurtrière et se retrouvait pris au collet. Plus il recevait de coups, plus il paraissait menaçant. Ce traitement le rendait peut-être fou de colère mais il ne l'affaiblissait pas. À sa place, un autre boxeur aurait déjà titubé ; lui, il n'en avait l'air que plus féroce. Ses poings restaient rapides, aussi rapides que ceux d'Ali visiblement, sauf quand il était touché, tandis que la soif du sang se lisait de plus en plus nettement sur son visage. Personne ne lui avait manqué de respect à ce point, en des années de carrière ! Disparue, l'aménité de ses conférences de presse. Il n'avait plus qu'un but dans la vie : mettre Ali en pièces. Et pendant qu'il continuait à être frappé et accroché, encore frappé et encore accroché, une appréhension nouvelle s'est répandue dans le parterre autour du ring. Il y avait quelque chose d'effrayant en Foreman. Ali lui avait assené déjà une bonne quinzaine de punchs solides à la tête et il n'en avait pas reçu un seul en retour : que se passerait-il quand il frapperait finalement Muhammad ? Aucun poids lourd ne pouvait tenir un rythme aussi effréné, pas sur quatorze rounds en tout cas...

Et le premier n'était même pas terminé, d'ailleurs. Dans la dernière minute, Foreman a acculé son adversaire dans les cordes et s'est déchaîné sur lui. Un uppercut du droit imposé entre les gants d'Ali, un autre qui faisait l'effet d'une lance capable de lui traverser le sommet du crâne de part en part. Les yeux écarquillés par la consternation, Ali a attrapé le bras droit de Foreman avec son bras gauche, l'a serré, s'est accroché à lui. Ainsi importuné, Foreman se sentait encore d'humeur à matraquer du poing droit et c'est ce qu'il a fait, quatre coups ralentis mais puissants à la tête, en rafale comme s'il travaillait au sac, puis deux au corps, Ali pouvait bien le gêner, cela ne l'empêchait pas de le harponner. Et de lui faire mal, visiblement. Alors Muhammad est sorti des cordes pour une étreinte décidée, la plus convaincue de son existence, ses deux gants verrouillés sur la nuque de Foreman. Ses globes oculaires étaient devenus aussi ternes que ceux d'un soldat qui vient de voir un bras déchiqueté voler dans les airs juste après avoir entendu une explosion. À quel genre de monstre était-il en train de se confronter ?

Foreman lui a décoché un gauche terrible,

encore un gauche, une droite, un gauche, un gauche, une droite. Certains allaient à la tête, d'autres au thorax, certains étaient bloqués, d'autres ne portaient pas, l'un d'eux a cogné le bas des côtes, c'était des punchs brutaux et désaccordés, aussi confus qu'un carambolage à petite vitesse contre un camion en travers de la route.

Dans la clameur générale, Ali a répliqué d'une droite, Foreman a répondu d'un une-deux. Ils faisaient mouche tous les deux, maintenant. Quand la cloche a retenti, tout le monde avait l'air éberlué. Quel round !

Aussitôt, les bancs de la presse ont vibré de commentaires à propos de ces directs du droit. Comment ose-t-il, cet Ali ? Enfin, superbe reprise, en tout cas. Les réserves de vanité de Norman sont au plus bas mais il pense ne pas être totalement ignare, en matière de boxe. Et il est prêt à servir d'ingénieur de vol à Ali dans son voyage vers la lune. Car Muhammad est un artiste qui ne boxe pas en termes de « contrage d'un crochet du gauche par une droite ». Il se bat contre celui qui est en face de lui en tant qu'être complet. Il vit dans une sphère de concentration où il est capable de détecter le moindre vacillement de l'attention. Or Foreman avait lui-même démontré une impassibilité qui suggérait la possibilité d'une attaque du droit. Et qui, d'ailleurs, avait jusqu'ici osé l'assaillir de telle manière ? Tous ses derniers adversaires craignaient ne serait-ce que de l'effleurer d'un jab ! Rapides comme ils l'étaient, les poings de Foreman ne révélaient pas moins une équanimité, une complaisance vis-à-vis du direct du droit. En bref, il n'était pas préparé à un homme qui monterait sur le ring sans le craindre. D'où la beauté intrinsèque de ce qui venait de se passer, mais une beauté effrayante car Ali ne pourrait pas mener chaque reprise à cette cadence, c'était clair. Elle l'épuiserait en cinq rounds. Et c'est pourquoi il a de quoi être inquiet, maintenant qu'il est assis à sa place. Il a mené l'action, certes, mais quelle force il y a dans les coups de Foreman ! C'était donc vrai : Foreman frappe plus dur que les autres. Et encaisse remarquablement bien. Ali paraît songeur.

Il y a une caisse de résonance dans les parages. Un petit haut-parleur branché sur le circuit de télévision, grâce auquel Norman peut entendre David Frost, Jim Brown et Joe Frazier échanger leurs commentaires pendant la pause, lui procurant ainsi une agréable sensation de détachement puisqu'ils sont installés de l'autre côté de l'aire réservée à la presse. À les écouter, en fait, vous vous sentez dans la position de celui qui contemple une tempête de neige installé devant un bon feu de bois. La veille au soir, Jim Brown avait proclamé qu'Ali n'avait aucune chance mais c'est aussi un sportif qui admet ce qu'il a vu de ses propres yeux :

« Un magnifique round pour Muhammad Ali, constate-t-il. Il a fantastiquement travaillé, bien que je doute qu'il puisse continuer à un rythme pareil. »

D'une voix bougonne, Joe Frazier manifeste son désaccord :

« À égalité, ils ont été... Très serré, quoi. »

David Frost : « Vous ne diriez pas que cette reprise revient à Ali, donc ? »

Joe n'est pas là pour encenser Muhammad, évidemment. Pas le Muhammad qui l'a traité d'ignorant.

« Ça a été très serré, je dirais. Ali a réalisé deux ou trois bonnes frappes à la face, tandis que George l'attaquait bien au corps. »

Assis sur son tabouret, Foreman écoute ce que lui dit Sadler. Il a une expression incrédule, comme s'il venait d'apprendre en quelques minutes plus que ce dont il a l'habitude, et que cette impression n'était qu'à moitié agréable. Ce qu'il a assimilé, sans nul doute, c'est qu'Ali peut faire mal : bosses et marques constellent déjà son visage. Et qu'au contact il lutte mieux qu'aucun autre boxeur croisé dans sa carrière : mieux vaut le faire bouger, si possible. Il se détend pour dissiper la pénible brûlure que sa fureur bouillonnante lui a laissée dans les poumons après ce premier round. Il arrive à sourire à quelqu'un assis au parterre, mais c'est un sourire contraint. De l'autre côté du ring, Ali crache dans le bol qu'on lui tend. Il paraît totalement alerte, l'œil aussi vif que celui d'un adolescent du ghetto qui s'aventure dans un quartier hostile. Juste avant que le gong ne sonne, il se lève pour appeler les acclamations de la foule de ses bras jetés en l'air, en prenant soin de jeter des regards mauvais à Foreman. Et puis, brusquement, son humeur change quand s'ouvre la seconde reprise.

Foreman surgit sur le ring mais Ali revient dans les cordes, non, pire encore, il se laisse entraîner au coin, ce qu'il y a de pire pour un boxeur, ce qui est le plus mauvais cas de figure selon les règles du genre. Dans cette posture, impossible d'esquiver sur le côté, ni de reculer : vous êtes contraint de vous battre pour sortir de là.

Au milieu des glapissements qui surgissent généralement du public d'une course automobile quand un coureur essaie d'en doubler un autre, Foreman a fondu sur Ali, qui s'est battu avec l'énergie du rat pris dans le filet. Ses gants contraient ceux de Foreman à une allure frénétique, on se serait cru à un concours de gifles, lorsque deux gosses déjà grands rivalisent de vitesse pour être le premier à atteindre l'autre en pleine face. On était loin des évolutions orthodoxes lorsqu'un boxeur est acculé dans le coin : gagner de vitesse l'adversaire pour se tirer de là, se faufiler sous son tir de barrage ou sortir en force. Mais comme Ali n'arrêtait pas de faire mouche, au contraire de Foreman, celui-ci a battu en retraite de façon brouillonne, comme s'il était soudain replongé dans des bagarres de son enfance et qu'il prenait peur. Oui, il devait y avoir une dimension psychologique dans le choix inattendu d'Ali, et elle était avisée puisqu'il est sorti de ce piège apparent et qu'à nouveau la tête de Foreman s'est retrouvée coincée dans une prise si efficace qu'il avait l'air pensif du bouvillon cloué au sol par un cow-boy.

À nouveau, l'arbitre est venu les séparer et Ali a commencé à reculer à travers le ring, Foreman à sa poursuite. « Montre-lui, George », devait être alors le conseil émis par son équipe, « montre-lui que tes gants vont aussi vite que les siens! » Soudain, il a atteint Ali d'un direct du droit percutant et pour continuer à tenir le temps que l'impact se diffuse Ali s'est collé à lui. Après le combat, il devait confier qu'il avait ressenti certains punchs de Foreman jusque dans les doigts de pieds : celui-ci était de cette catégorie, visiblement. Après une nouvelle intervention de l'arbitre, Foreman a poussé dans les cordes son adversaire qui a sorti alors son arme pas si secrète, à savoir les quatre centimètres qu'il lui rendait en allonge. Ali les a tendus droit dans le visage de Foreman, ses bras, afin de le tenir en respect, et la première minute de la seconde reprise était presque achevée lorsqu'il a placé enfin un bon punch, du droit encore. Mais Foreman n'en a pas moins continué à charger, à le pressurer, à rabattre sa garde, à le défier encore et encore, à balayer de côté les poings d'Ali lorsqu'il n'appréciait pas la tournure que prenaient leurs échanges. On en était à ce point, exactement : Foreman avait commencé à imposer sa conception de la rencontre. « Brutasse » peut-être, mais alors expert en brutalité. Il n'était pas prêt à écrire sous la dictée d'autrui. Il n'aimait que sa propre loi. La puissance qu'il recherchait dans la sérénité l'avait assigné à un chemin en sens unique sur lequel il avançait maintenant, et bien. Ali a continué à faire machine arrière et Foreman l'a atteint encore, fort! De nouveau Ali s'est accroché à lui des deux mains, une sur la nuque, une derrière le biceps, à moitié châtié et à moitié soutenu par les coups quelque peu assourdis que Foreman continuait à lui assener. Il était devenu tellement maître de la situation, Foreman, qu'Ali ne semblait plus avoir d'autre choix que d'encaisser ce qui restait de ces punchs après tous ses efforts pour les atténuer. Et d'essayer de pousser le corps à corps jusqu'à obtenir une pause.

À ce moment, toutefois, Ali a dû parvenir à un premier bilan des ressources et des faiblesses car il a pris une décision. Cela s'est passé vers le milieu du round, sans indication notable, mais c'est certainement à ce stade qu'il a choisi la manière dont il devait concevoir la suite de la rencontre. Un, toutes ces attaques du droit n'avaient pas infligé de dommage majeur à Foreman ; deux, il n'avait dominé son adversaire qu'en lui pesant sur le cou, et trois il était clair qu'il ne pouvait plus se permettre de continuer à s'agripper à Foreman pendant que l'autre le frappait, moments pénibles qui lui coûtaient des points et ne lui rapportaient rien. D'un autre côté, il était trop tôt pour qu'il se mette à danser, ses réserves d'énergie n'y résisteraient pas. Conclusion, le temps était venu de voir s'il pouvait surpasser Foreman tout en restant le dos dans les cordes. C'était l'option qu'il avait retenue depuis le début, la plus périlleuse aussi car tant qu'il resterait des forces à Foreman cette position reviendrait grosso modo à pédaler sur un monocycle le long d'un toit. Mais après tout qu'est-ce qu'avoir du génie, sinon garder l'équilibre au bord de l'impossible ? Et donc il a amorcé le leitmotiv de sa composition à cet instant, à mi-course du second round : il s'est laissé aller dans les cordes et s'est battu dans cette position jusqu'à la fin du match, penché en arrière à un angle de dix ou de vingt degrés, parfois plus encore, une inclinaison qui confine à la torture lorsqu'il s'agit de boxer.

Il se préparait à ce moment précis depuis dix ans, certes, dix années d'entraînement à se laisser matraquer le ventre en restant dans les cordes. Et ainsi a-t-il adopté ce maintien avec assurance, les épaules parallèles à la bordure du ring, ce qui réduisait l'impact de son coup droit à celui d'un direct du gauche mais lui permettait de protéger sa tête de ses deux gants si besoin était, et son ventre avec les coudes, et d'onduler, de se balancer, de se rejeter si loin en arrière que Foreman était obligé de se jeter contre lui. Dès que Foreman devait marquer une pause dans son avalanche de punchs, Ali était en mesure de se propulser en avant et de l'aiguillonner, de le faire sursauter, de le narguer, de le tourner en dérision, d'exciter sa fureur, peut-être la pire ennemie de l'endurance de George. Et même dans les cordes Ali pouvait lui faire mal : un simple jab peut provoquer des dégâts si l'on se précipite à ses devants et c'est ce qui arrivait à Foreman, sans cesse contraint de venir au contact.

Il n'empêche qu'Ali est dans la situation du type qui esquive et fait le gros dos coincé dans une embrasure de porte pendant qu'un autre lui tombe dessus avec deux gourdins. Et Foreman s'en sert, de ses gourdins ! Lors de leur premier échange, il atteint Ali environ six fois quand celui-ci n'arrive à répliquer qu'un seul coup. Les punchs à la tête ne paraissent pas le gêner, cependant : il encaisse les impacts de tout son corps, il se sert de l'élasticité des cordes et il est lui-même un ressort, le choc semble passer à travers lui comme à travers un amortisseur, sans que son moral ne reste en partie coincé dans l'une des spires. Animé par le constat qu'il peut survivre aux boulets de canon de Foreman, il se met à le provoquer : « Tu peux pas frapper ? s'exclame-t-il. Tu frappes pas, là, tu pousses ! » Comme sa tête est alors à la portée des gants de Foreman, celui-ci arme son coup mais la tête est déjà partie en arrière, comme dans ces jeux de fête foraine où il s'agit d'esquiver les balles. Tiens, attrape, paraît dire Ali quand il se catapulte en avant, et tchac ! bang !, maintenant c'est Foreman qui rate ses coups et c'est Ali qui fait mouche.

C'est en train de devenir un style de boxe, et même un style de vie, mais pour le camp d'Ali le spectacle a de quoi donner des sueurs froides. Dans les trente dernières secondes de cette deuxième reprise, toujours dans les cordes, Ali assène à Foreman une succession de directs du droit aussi rapides que des jabs. La tête de George doit passer par ce que connaît un rivet sous le marteau pneumatique. Et la cloche va sonner quand Foreman sert son plus formidable coup de toute la rencontre, un crochet du gauche qui donne un spasme à la nuit en fonçant à travers elle comme un train express. Juste un petit peu trop lent, tout de même : Ali le laisse passer avec la placidité presque languide d'un Archie Moore regardant un uppercut à tuer un bœuf rater son menton d'un demi-centimètre. L'inanité de cet effort l'a tellement déséquilibré qu'Ali pourrait le jeter à travers les cordes. « Rien du tout, grommelle-t-il dans son dentier. T'as pas le bras assez long. » La cloche retentit, Foreman a l'air déprimé. Il y avait un désespoir prématuré dans ce crochet du gauche. Ali secoue la tête, narquois. C'est l'un de ses trucs de base, bien sûr : tout au long de son premier combat contre Frazier, il n'avait pas arrêté de signifier à la foule que Joe n'arrivait pas à l'impressionner. Et pendant tout ce temps il allait de déconvenue en déconvenue...

14

Un marin dans les haubans

Deux rounds seulement mais on dirait qu'il s'en est écoulé huit. Est-ce parce que nous essayons de regarder le combat avec la notion du temps propre aux boxeurs? Avant que l'épuisement ne les conduise dans les soutes des damnés, ils évoluent dans un état de conscience et avec un sens du détail qu'ils ne retrouvent nulle part ailleurs. C'est seulement dans le long effort sur soi-même qu'ils fournissent sur le ring que leur intelligence atteint sa pleine dimension, que leur rapport au temps peut prendre toute sa cohérence. Alors, trente minutes passent comme trois heures. Assumons donc la possibilité que notre description de la rencontre soit plus longue à lire que la rencontre à se dérouler : pour les boxeurs, elle l'était plus encore, soyons rassurés.

Observez-les assis dans leur coin entre la seconde et la troisième reprise. L'issue de la bataille est encore loin d'être décidée, pour l'un comme pour l'autre.

Ali a un gros problème, aussi gigantesque que la

confiance qu'il a en lui. Avant le match, tout le monde se demandait s'il pourrait endurer les premiers rounds et encaisser le punch de Foreman. La question se pose différemment, désormais : va-t-il pouvoir saper la puissance de son adversaire avant d'avoir épuisé toutes les ressources de son intelligence de la boxe ?

Foreman en a un autre, dont il n'est peut-être pas aussi conscient que son équipe. La peur de ne pas parvenir à emporter la victoire n'effleure pas son esprit. Il ne pense pas plus à cette éventualité qu'un lion pourrait douter qu'il est capable d'anéantir un guépard. Non, c'est seulement l'affaire d'arriver à attraper Ali... Et c'est une exaspérante frustration. Or la rage ainsi provoquée en lui a de quoi inquiéter son entourage. Ils ne peuvent guère lui dire d'oublier sa colère, évidemment : n'est-ce pas elle qui l'a inspiré à envoyer tant de boxeurs au tapis, après tout ? Qu'il la refoule et le lion devient bœuf. Mais il doit la contenir, le temps de trouver sa prise sur Ali. Ou bien elle finira par l'exténuer.

Et donc Sadler s'active sur lui. Il frotte sa poitrine et son ventre, il envoie ses doigts partout où la rage a formé un caillot, dans la chair des pectoraux et sur le blindage musculaire qui s'étend en contrebas de sa cage thoracique. Le toucher de Sadler recèle la sagesse infinie de trente-cinq années de doigts noirs découvrant des réconforts pour un corps de Noir, il y a de la sensualité dans ses doigts tandis qu'ils fouillent et modèlent et stimulent et apaisent, sous les éclairs de son bracelet d'argent à son poignet noir. Et lorsqu'il sent que le boxeur est soulagé il se met à parler, et le visage de Foreman acquiert l'expression de quelqu'un dont le cerveau a du mal à fonctionner. Il a trop à penser, là. Il crache dans le bol tendu devant lui, opine du bonnet avec respect. On dirait qu'il est en train d'écouter son dentiste.

Dans l'autre coin, aussi silencieusement attentionné qu'un sommelier, Dundee est en train de porter aux lèvres d'Ali le goulot — entouré de sparadrap — d'une bouteille d'eau minérale, s'assurant d'un index passé par en dessous que le liquide ne s'écoule pas trop vite dans sa bouche. Ali se gargarise et recrache, les yeux absents, perdus dans les graves supputations de celui qui se prépare à des choix douloureux mais inévitables.

Joe Frazier : « George matraque ce corps, il lui inflige des dégâts. Ali ne devrait pas rester dans les cordes comme ça... S'il ne se met pas à bouger ou à bloquer, George va le mettre hors du ring. Il faut qu'il bouge. Il n'a pas besoin de rester dans les cordes. Qu'est-ce qu'il cherche, sur cette *corde*? » Frazier semble tellement irrité que le mot seul lui hérisse le poil. Joe Frazier se trouverait lui-même « complètement frappé » s'il se mettait à boxer dans cette position. La corde est un affreux, un pitoyable kuntu.

Jim Brown n'est pas d'accord : « Ali fait mal à Foreman *tout en* restant dans les cordes. Il est en train de placer des coups terribles et à un moment » — là, c'est l'expérience du footballeur professionnel qui parle —, « à un moment ça finit par compter. »

La cloche. Une nouvelle fois, Ali quitte le coin avec une mine formidablement menaçante, comme si l'attaque décisive était pour ce round et puis non, encore une fois il décèle le point faible dans cette idée, l'erreur absolue, et aussitôt il change ses plans, il recule et s'installe dans les cordes, et Foreman arrive sur lui. Le combat a repris sa configuration fondamentale : Ali sera volontairement dans les cordes et Foreman le poursuivra. Désormais, à chaque reprise, Ali va boxer trente ou quarante secondes, ou à peine une minute, avec le dos à cinquante, soixante centimètres de la corde, et le reste du temps dessus. Quand son humeur ou la logique de l'accrochage lui suggèrent que telle longueur de cordes lui a donné toutes ses ressources, il recule à travers le ring pour en utiliser une autre, et ainsi va-t-il passer en moyenne un quart de chaque round sur chacun des quatre côtés du ring. Il ne s'y prendrait pas autrement s'il cherchait à conjurer une force consciente auprès des dieux funèbres du Nord, de l'Ouest, de l'Est et du Sud. Jamais une rencontre de haut niveau n'a obéi à une organisation aussi immuable. On croirait que celle-ci a été définie par un chorégraphe qui ignore tout du jeu de jambes mais dont l'inventivité en matière de mouvement des bras est infinie. L'affrontement se poursuit exactement de cette manière round après round et cependant il n'a rien d'ennuyeux car Ali semble perpétuellement en danger, ce qu'il est et n'est pas. Il est en train de mettre le monde de la boxe tête en bas. De démontrer que ce qui est une faiblesse chez d'autres peut constituer une force chez lui. Foreman s'est entraîné dans l'optique de barrer instinctivement le ring à chaque trajectoire, d'interdire à Ali le déploiement de ses capacités d'encerclement, il a appris à « forcer » sa retraite dans les cordes et voici qu'Ali ne cherche pas à s'éloigner, ni à lui tourner autour, ni à inverser le sens de sa rotation, non, il se tient tranquille à sa place. Les bras tendus de Foreman deviennent un handicap. Au lieu de donner des coups de patte à une cible dansante, il doit tenter des punchs en s'exposant et pendant ce temps Ali lui envoie des directs du gauche et du droit aussi vifs que des manchettes de karaté. Mais son épouse n'est-elle pas ceinture noire dans cette discipline ?

Tôt ou tard, cependant, Foreman revient sur lui, se courbe sur lui, le martèle avec la même fureur qu'il sait décharger contre son sac d'entraînement. Ali se sert des cordes pour amortir ce matraquage. Quand on est debout sur un pied, il devient douloureux d'absorber l'impact d'un rude punch au corps, même si on arrive à interposer son bras. Le choc se transmet au torse, aux jambes, à la colonne vertébrale. C'est un ébranlement général mais dans sa position Ali est en mesure de ne pas le garder pour lui, il le transmet aux cordes, elles encaissent à sa place, en partie. Lorsqu'il ne peut pas attraper le punch de Foreman entre ses gants, ou le détourner, ou le désamorcer en gênant l'épaule de George, ou écarter sa tête, ou lui échapper de côté, ou surgir pour emprisonner le crâne de Foreman dans ses bras, bref lorsqu'il n'a pas d'autre solution que d'encaisser, il contracte tout son corps et répercute l'impact dans la corde, si bien que Foreman doit avoir l'impression de s'acharner sur un tronc d'arbre qui oscille contre des filins. La puissance de ses coups semble parcourir toute la ligne pour aller secouer les poteaux du ring. Ce qui encourage Ali à se détendre encore, puisqu'il dispose toujours du dernier recours de se préparer au choc. Et si de temps à autre un des punchs de Foreman fait vraiment mal, Ali réplique, du tac au tac, par des jabs du gauche et du droit, peu importe quel côté puisqu'il a les épaules contre la corde. Avec son sens du rythme, c'est toujours un fantastique jab : il a le don de frapper Foreman quand celui-ci se jette en avant, ce qui double ou triple l'impact. À un moment, il décoche tellement de jabs du droit que Foreman doit se demander s'il n'est pas en train de combattre un gaucher. Mais voilà les jabs du gauche qui reviennent : un gaucher converti, alors ? C'est aussi déstabilisant que de faire l'amour avec une blonde et de découvrir que c'est une brune qui porte perruque. Et Ali en a aussi des rousses, bien entendu ! À la fin du round, il inflige à Foreman un des plus rudes coups de la rencontre, une droite, un gauche et encore une droite, un enchaînement qui sidère visiblement George. Il est possible qu'il n'ait rien vu de tel depuis sa dernière bagarre de gamin des rues. Ali lui lance un regard méprisant, ils sont dans un bref corps à corps et le gong sonne. Pendant les quelques secondes qu'il faut à Foreman pour regagner son coin, il a la démarche d'un malade qui quitte le lit pour la première fois depuis une semaine et se risque à un petit tour dans sa chambre. Il a failli chanceler en marchant à son tabouret.

Au pied du ring, Rakhman Ali entreprend de houspiller Henry Clark. « C'est un abruti, ton gars ! Ali va le chopper ! » Clark a de quoi paraître préoccupé. Ce n'est pas vraiment sa nuit : d'abord son propre match retardé, puis annulé, et maintenant il suit le combat assis sur une caisse dans la travée, et comme il a parié gros sur George la dernière reprise a dû être éprouvante...

Pendant que Sadler lui massait l'épaule droite, Foreman avait la bouche entrouverte. On avait un choc en découvrant à l'intérieur de ses lèvres une mousse blanche, comme l'écume d'un cheval qui a trop galopé. Et pourtant il semblait alerte quand la reprise a sonné. Il est passé droit à travers le milieu du ring pour offrir à Ali une feinte d'un nouveau genre, un long tâtonnement des mains accompagné de brefs coups de tête, un rythme différent qui paraissait proclamer : « Je n'ai même pas encore commencé à montrer tout ce que je sais. »

Un peu crâneur, donc, mais la fatigue devait être en partie à l'origine de cette insouciance car il gardait son poing droit à la taille. Immédiatement, Ali a répondu par une droite agressive, un crochet en accélération et encore une droite à la face de Foreman, si percutant que George, pour la première fois de la rencontre, l'a accroché. Et là, agrippé à Ali tandis que le vertige et la nausée se livraient bataille en lui et que la bile échauffait son souffle, il a dû accéder à un autre niveau de conscience car soudain il a paru en meilleure forme. Ali est allé dans les cordes, George l'a entrepris, faisant parfois mouche mais surtout ne recevant pas autant de coups qu'auparavant. Il commençait même à contrer plusieurs des enchaînements d'Ali. Jusqu'alors, en effet, Ali était sorti des cordes dès qu'il recevait un punch et avait riposté aussitôt. À quelques occasions dans ce round, Foreman ne lui a pas laissé le temps d'entamer son retour, le bloquant de son avant-bras enfoncé sous le menton d'Ali ou l'accrochant jusqu'à l'immobilisation complète.

Et pendant ce temps Ali parlait, parlait sans cesse. « Allez, George, montre-moi un peu ! commençait-il. Tu peux pas te battre vraiment ? C'est rien, ça. Je croyais que t'étais le Champion ! Je croyais que t'avais du punch ? » Et Foreman, tel un maçon grimpant la pyramide pour y poser de nouvelles briques, soufflait dans son nez, et lançait brusquement ses bras dans des directions inattendues, et tentait d'attraper Ali dans ses rebonds sur la corde, Ali qui à chaque minute vérifiait qu'elle était une sinécure, la corde, jusqu'au moment où Foreman lui a infligé son meilleur coup depuis longtemps, juste avant le gong, et s'est retourné pour rejoindre son coin en disant très distinctement : « Et celui-là ? »

« Celui-là » avait dû l'encourager car au cours du round suivant, le cinquième, il a essayé de mettre Ali K.-O. Alors même qu'Ali s'en remettait de plus en plus aux cordes, Foreman en arrivait à se convaincre qu'il allait pouvoir trouver une faille dans sa défense. Quand les deux camps sont également sûrs d'eux, c'est la guerre ouverte, et certes cette reprise allait entrer dans l'histoire comme l'un des plus grands moments de la boxe poids lourds. Elle était si remarquable, en fait, qu'elle devenait légendaire alors même qu'ils la disputaient, qu'on la voyait déjà annoncée en lettres de feu pour la postérité : « Le Formidable Cinquième Round de la Rencontre Ali-Foreman ! »

Comme c'est souvent le cas, pourtant, cette page historique a eu un début anodin. Foreman avait bien terminé la quatrième reprise, d'accord, mais le parterre était maintenant électrisé par l'idée qu'une monumentale surprise soit en train de prendre forme. Même Joe Frazier admettait que George « n'était pas calme ». John Daly en arrivait à babiller joyeusement à l'intention de David Frost : « Pour moi Ali est gagnant sur toute la ligne et à mon avis c'est joué d'ici quatre rounds ! »

Ce n'était pas l'avis de Foreman. Il venait de humer un parfum de victoire, ce punch si satisfaisant : « Et celui-là ? » Il a entamé le cinquième round avec la conviction que si la force n'avait pas eu raison d'Ali jusqu'alors c'était qu'il en fallait plus encore, beaucoup plus qu'Ali n'en avait jamais vu. Son visage avait beau être meurtri de bosses, ses jambes se mouvoir comme des roues à la jante cabossée, ses bras commencer à crépiter sous la lave de l'épuisement et l'air sortir de ses poumons avec le rugissement d'un soufflet de forge, Foreman restait un prodige de puissance, « le » prodige capable de survivre à de terribles épreuves et à poursuivre sa canonnade quand d'autres n'auraient plus eu l'énergie de lever le poing, entraîné à durer plus encore qu'à tuer, lui qui au début de sa préparation à ce combat, à Pendleton, avait un jour disputé quinze rounds d'affilée avec une demi-douzaine de sparrings se succédant toutes les deux reprises, entre lesquelles il n'avait eu droit qu'à trente secondes de répit. Il pouvait continuer, continuer encore, ses bras ne connaissaient pas la fatigue, oui, il aurait pu abattre une forêt entière à lui seul et là, au cinquième round, il se disposait à tailler Ali en rondins.

Les premières trente secondes n'ont rien eu de décisif, puis le tir de barrage a commencé. Ali était ramassé dans sa position habituelle, aussi reculé dans les cordes qu'un pêcheur au gros se colle à son dossier quand il sent une touche sérieuse, prêt à ce qui allait suivre, en l'occurrence un bombardement qui faisait penser aux échanges d'artillerie de la Première Guerre mondiale. Au cours des quatre-vingt-dix secondes qui allaient s'écouler, ni l'un ni l'autre n'a bougé de plus d'un mètre et sur ce champ de bataille exigu Foreman a pilonné en salves de quatre et de six, de huit et de neuf, des coups furieusement assenés, sonores comme le claquement de portes en chêne, bombes dans le corps, missiles dans la tête, jusqu'à en perdre la respiration, puis se reculer, reprendre son souffle et revenir canarder encore, bombarder et enfoncer et aplatir le torse en face de lui, briser ces bras qui lui faisaient obstacle, percer à travers eux pour atteindre les côtes, plus loin, plus profond, enfouir la dynamite dans la terre, le soulever, le cogner, l'envoyer au ciel, le sonner, l'ébranler, oh bulldozer, devait-il sangloter en lui-même, écrase-moi ce bouc dément qui continue à rebondir !

Gants à la tête, coudes au corps, Ali était balancé, secoué, malmené comme une sauterelle tout en haut d'un roseau fouetté par le vent, et les cordes vibraient et claquaient tels des draps dans une tempête, et Foreman précipitait son poing droit contre son menton mais Ali volait en arrière et l'évitait d'un centimètre, à moitié hors du ring, puis il revenait repousser le coude de Foreman en protégeant ses côtes et il se balançait, juste un peu plus en avant, repartait dans les cordes, en ressortait pour glisser un punch et à nouveau dans les cordes, tout cela avec le calme parfait d'un marin dans les haubans. Ses yeux, surtout : il s'en servait tout le temps. On aurait dit des étoiles avec lesquelles il entraînait Foreman dans la mauvaise direction. Il roulait des yeux blancs d'une panique qu'il n'éprouvait pas et à cause d'eux Foreman était tenté de se pencher en avant quand il ne l'aurait pas fallu, il lançait un regard trompeur dans un sens tout en basculant la tête dans l'autre, et soudain il le fixait face à face, les yeux dans les yeux, volonté contre volonté, muntu contre muntu, il lui serrait la tête en l'observant entre ses gants, fourrait son poing dans l'aisselle de Foreman, venait le défier au bord des cordes et repartait en arrière quand Foreman se jetait en avant, le provoquait, l'enrageait, aussi à l'aise visiblement que s'il était en train de s'entraîner en peignoir de bain, repoussait la tête de Foreman avec le geste du torero qui s'écarte du taureau après avoir exécuté cinq belles passes sur lui, mais à un moment il a paru hésiter une fraction de seconde de trop, narguer Foreman un tout petit peu trop longtemps car George s'est tendu soudain, tel le taureau qui de l'autre bout de l'arène vient de comprendre qu'il est enfin prêt à massacrer l'homme et non la cape, et comme quelqu'un de la cuadrilla un des proches d'Ali a hurlé : « Attention, attention, attention ! » Ali s'est rejeté dans les cordes et juste au moment où il revenait Foreman lui a envoyé six crochets du gauche d'affilée, les plus énergiques de son combat, puis une droite, c'était le point culminant de sa rencontre et l'épicentre de sa meilleure attaque, un gauche au ventre, un à la tête, un au ventre, un à la tête, un autre au ventre, un autre à la tête, mais Ali les a tous parés, tous, du coude pour protéger le ventre, du gant pour protéger la tête, et les cordes sifflaient comme des serpents. Il était prêt à ces gauches, Ali, mais non à la droite qui les a suivis, un punch terrible sous lequel les tendeurs des cordes ont gémi. « J'ai rien senti ! » a-t-il crié. Était-ce le coup le plus rude qu'il ait eu à encaisser de toute la nuit ? Il devait en prendre encore dix, après. Foreman a continué à bander ses muscles en puisant dans le désespoir qui bouillait en lui, à envoyer des punchs en approchant maintenant de la conclusion d'un pilonnage qui s'était déchaîné à la cadence de quarante ou cinquante coups à la minute, peut-être, chacun d'eux capable de liquéfier la colonne vertébrale et de la faire tomber dans les genoux. Quelque chose était finalement en train de quitter son n'golo, apparemment, une perte de substance de sa rage absolue, et par-dessus le barrage Ali lui décochait maintenant des piques dans le cou, de-ci de-là, de même qu'une cuisinière plante une fourchette dans son gâteau pour voir s'il est assez cuit, les punchs de Foreman allaient s'affaiblissant, Ali est sorti des cordes et il s'est mis à frapper à son tour dans les trente dernières secondes du round, vingt coups au moins dont presque tous ont atteint leur cible, parmi les plus durs de toute la rencontre. Quatre droites, un crochet du gauche et une droite encore ont fait mouche en une stupéfiante combinaison, puis un punch qui a fait pivoter la tête de Foreman à quatre-vingt-dix degrés, un cross du droit dans lequel le poing et l'avant-bras sont venus percuter toute la longueur de sa mâchoire, un double impact qui a dû se faire sentir, d'abord le poing, ensuite le bras nu, de quoi craqueler les murs de volonté dans le cerveau de George qui a chancelé, s'est écarté en jetant un regard indigné à Muhammad et s'est fait cogner à nouveau, tchac! bang!, deux encore. Et à la fin Ali l'a pris par le cou, tel un grand frère punissant son gigantesque et stupide cadet, et il a fixé quelqu'un dans l'assistance, quelque ennemi ou peut-être un ami perfide qui avait prédit la victoire de Foreman car sans lâcher sa prise il a tiré la langue, une longue langue couverte d'écume blanche. De l'autre côté des cordes, Bundini considérait le gong d'un air extasié.

« Je n'arrive pas à y croire, devait constater Jim Brown. Je n'arrive tout bonnement pas à y croire Je pensais qu'il avait été touché. Je pensais qu'il avait très mal dans son corps. Mais non, il revient, il inflige à Foreman tous les coups possibles et imaginables et... Et il me lance un clin d'œil, à moi ! » Lui avait-il cligné de l'œil ou tiré la langue, Ali ?

Dans la travée, Rakhman accable Henry Clark de sarcasmes : « Ton mec est un abruti ! hurle-t-il. Un amateur, qu'il est ! Mon frère est en train de le tuer. Il lui donne sa leçon, mon frère ! »

15

Le chant du bourreau[1]

Ainsi débutait le troisième acte du combat. Le deuxième s'était conclu de manière assez grandiose, quand Foreman avait échoué à anéantir Ali dans les cordes. Mais les dernières scènes offraient une nouvelle question : comment trouver une conclusion sur laquelle faire tomber le rideau final ? Si Foreman était épuisé, en effet, Ali était abattu. Quoi, il avait frappé cet homme plus durement que jamais, il avait fait mouche, et souvent, sa tête aurait dû ressembler à un bout de caoutchouc vulcanisé, maintenant... Il pouvait continuer à le cogner toute la nuit et rien d'autre n'arriverait, qui sait ? Pour atteindre le knock-out, il y a un seuil à franchir : lorsqu'on s'en approche mais qu'on ne passe pas de l'autre côté, votre adversaire peut continuer à tituber sans fin autour du ring. Il a reçu son terrible message mais il est encore debout.

1. *The Executioner's Song.* C'est également le titre d'un livre que Norman Mailer allait publier en 1979 et avec lequel il devait remporter le prix Pulitzer en 1980. *(N.d.T.)*

Vous pouvez toujours ajouter à sa détresse, elle ne le détruira pas. Il ressemble à la victime d'un mariage catastrophique auquel ni l'un ni l'autre des partenaires ne sait comment mettre un point final. Ainsi, Ali se retrouvait dans l'obligation de créer encore une autre surprise. Sinon, le pire des dénouements le menaçait : que Foreman et lui subissent les rounds restants dans une hébétude partagée. Élucider ne serait-ce qu'une partie des arcanes de l'esthétique en boxant demande une incommensurable souffrance. Alors pour un artiste tel qu'Ali, quel révoltant gâchis que de perdre la perfection de ce combat en errant trente longues et accablantes minutes jusqu'à la morne unanimité du verdict ?

Une belle conclusion porterait la rencontre dans la légende mais une médiocre victoire, cet anticlimax irréversible, le laisserait à moitié légendaire seulement, excessivement encensé par ses partisans sans avoir pu convaincre ses ennemis, ce qui est justement le triste sort que tant de héros ont connu. Et la boxe, pour Ali, n'était qu'un moyen d'envoyer d'autres messages : c'était ce qu'il répétait, en tout cas. Il devait donc se défaire de Foreman dans les tout prochains rounds, et en beauté. Formidable problème, comparable à celui du torero qui après une splendide faena doit encore se confronter au spectre d'une mise à mort aussi interminable que scandaleusement décevante. Et puisqu'il n'y a pas de plus grand plaisir pour un athlète que de reprendre à son compte le style de son adversaire, il allait chercher à ravir à Foreman son ultime orgueil : George était un bourreau, Ali en serait un meilleur encore. Mais comment exécute-t-on un exécuteur ?

Le dilemme s'est révélé dans toute son apathique complexité au cours des trois reprises suivantes. Foreman a abordé le sixième round avec l'allure d'un chat de gouttière dont les vibrisses ont été arrachées. Bosses et contusions colonisaient tout son visage, son épiderme évoquait le goudron qui a cuit sous le soleil. À la sonnerie, toutefois, il paraissait à nouveau dangereux, non plus un chat mais un taureau. Tête baissée, il a chargé à travers le ring, exemple archétypique de la force que conserve une idée même quand elle ne peut plus s'appliquer. Aussitôt, il a été saisi au collet et ainsi ramené à plus de calme pendant quelques précieuses secondes, le temps que Zack Clayton les sépare. Ensuite, Foreman a entrepris d'expédier de nouveaux punchs mais sa puissance semblait l'avoir abandonné. Lents, hésitants, ses coups n'atteignaient pas Ali. Il luttait maintenant avec une certaine réticence, ses mouvements les plus rapides consistant en défenses pleines de nervosité afin de détourner de sa face les punchs d'Ali.

À ce moment, Ali a résolu de déployer le classique jab du gauche que tout le monde avait attendu de lui au premier round et dans la demi-minute suivante il lui a expédié à la tête dix de ces coups à faire tinter les oreilles, aussi véloces que la botte d'un bon escrimeur. Foreman les a encaissés avec une apathie égale à l'engourdissement de ses espoirs. À chaque fois que sa tête était projetée en arrière, une nouvelle connexion entre son cerveau et ses muscles devait sauter. L'attaque d'Ali était d'ordre chirurgical.

Quelque chose dans la réaction de Foreman l'a cependant décidé à ne pas poursuivre. Ou bien était-ce sa propre modération ? Continuer à lui décocher des jabs *ad nauseam* risquait de paraître absurde, finalement. Et puis il avait besoin de se reposer, Ali. Les deux minutes qui ont suivi se sont révélées les moins trépidantes de la rencontre. Foreman a continué à pousser Ali dans les cordes, par habitude, par un mouvement obstiné qui lui permettait de souffler un peu à sa manière, la seule manière qu'il connaisse : en se laissant aller sur son adversaire. Ali était désormais tellement ravi par l'avantage des cordes qu'il tombait dessus de même qu'on rentre à la maison bien content de soi, oui, il s'installait dessus avec le contentement fatigué du travailleur qui retrouve son lit après une dure journée de labeur afin que sa travailleuse d'épouse lui dispense un peu de joie divine. Il se montrait presque tendre devant les avances laborieuses de Foreman, le retenant gentiment par le cou mais soudain le criblant de coups de karaté partis de l'épaule, du droit et du gauche. Et Foreman était maintenant exténué au point de ne pouvoir lancer un punch qu'en titubant en avant jusqu'à ce que la force de gravité encourage un mouvement de son bras. On aurait dit un ivrogne, ou plutôt un somnambule, qui prend part à un marathon de danse. Et il aurait été sage de lui donner le coup de grâce sans même le réveiller, car si l'envoyer au tapis n'avait plus rien de compliqué il ne restait peut-être plus assez de violence sur ce ring pour lui infliger un knock-out, et la stupeur de se retrouver au sol pouvait se transformer en stimulant. Un retour de quant-à-soi : une fois par terre, il devenait un champion dramatiquement menacé de perdre son titre et dans ce constat il y avait une formidable source d'énergie. Ali tenait maintenant compte des réactions de la tête de Foreman de la même façon qu'un torero aligne peu à peu celle d'un taureau avant de plonger par-dessus ses cornes pour lui porter l'estocade. Il s'est penché sur sa gauche et, toujours voûté, a basculé son corps à droite sous les poings de Foreman, sans cesser un instant de surveiller la tête, le cou et les épaules de George. Et comme ce dernier finissait par charger il était normal de conclure que le taureau avait encore des sursauts d'énergie qui interdisaient pour l'instant la mise à mort.

Les punchs de Foreman étaient néanmoins guère plus que des coups de patte, assez mous pour que n'importe qui disposant d'une condition physique raisonnable puisse les encaisser. Mais il attaquait encore. Haletant, incliné en avant, boitant presque, tapotant en tous sens, il était pratiquement couché sur Ali, lui-même dans les cordes. La force de son entêtement était un terrible problème en soi. Son infini pouvoir de détermination s'était édifié pendant une saison entière de silence, puis une autre encore. Quand le gong a sonné la fin du sixième round, l'un et l'autre n'ont pu réprimer un sourire de soulagement.

En revenant dans son coin, Foreman paraissait prêt à s'en aller dans les airs. Sandy Saddler n'arrivait pas à le regarder. La tristesse du camp de George était maintenant plus lourde que celle qui avait régné avant le combat dans le vestiaire d'Ali. Lequel semblait plongé dans ses pensées. Il s'est levé d'un air absent avant le signal de la reprise et sans conviction il a appelé les acclamations du stade, un bras levé au ciel.

La clameur a réveillé Foreman, d'un coup. Il a fusé au milieu du ring alors que la cloche n'avait même pas retenti. Les yeux écarquillés, Ali l'a observé avec une moqueuse stupéfaction d'abord, puis une résignation dédaigneuse, comme pour dire : « Alors ça y est, maintenant tu l'auras cherché ! » Il s'est avancé à son tour, et l'arbitre était très occupé à les repousser tous deux à leur place quand la reprise a sonné.

Le round a pourtant été lent, presque autant que le précédent. Foreman n'avait plus de rapidité et pour sa part Ali ne boxait pas plus vite que nécessaire. Il n'avait accéléré que sur un point : ses passages d'un côté du ring à l'autre, tant Foreman se montrait apathique. À un moment, vers le milieu de la reprise, il a dépassé Ali en chancelant et pour la première fois depuis le début du combat il s'est retrouvé plus près des cordes que lui. Saisissant constat : après les cinq secondes initiales, Ali n'avait jamais traversé le centre du ring dans ses allers et venues. Sept rounds durant, sa fuyante silhouette avait constamment été entre Foreman et les cordes, à l'exception des moments où il marchait à reculons pour aller rejoindre un autre côté. Et là, en découvrant Foreman à la place qu'il avait lui-même occupée, Ali a aussitôt reculé et George l'a suivi d'un pas aussi lourd qu'un fantassin qui avance les yeux braqués au sol. À ce stade, le meilleur choix de Foreman eût été de se planter au milieu du ring et d'y convier Ali. Que celui-ci décline l'invitation et sa prestation perdrait de son brio, qu'il avance et ce serait au tour de George de chercher ses points faibles. En plus, il aurait le temps de se reposer en l'attendant. Mais il devait y avoir en lui une peur non exprimée de la catastrophe au cas où il changerait de méthode : pour aller dans la tombe qu'il se serait lui-même creusée, non merci ! Et puis il n'avait pas abandonné tout espoir, bien sûr. Il caressait toujours l'idée qu'un seul punch pourrait arrêter Ali. Alors, à moins d'une minute de la fin, il s'est arrangé pour lui loger dans le ventre un crochet de gauche qui en effet lui a coupé le souffle, et ensuite il y a eu un uppercut du droit assez dévastateur pour qu'Ali aille à l'accrochage. Non, Foreman n'était pas prêt à lever le pouce. Il se penchait maintenant sur Ali avec un bras tendu, essayant de le harponner de l'autre. On aurait dit qu'il était en train de battre un tapis. Foreman avait désormais les gestes désordonnés d'un gamin des rues à la fin d'une interminable bagarre. Il était en train de régresser. C'est un retournement qui peut se produire chez les plus sophistiqués des boxeurs lorsqu'ils abordent la conclusion d'un long et terrible combat. Peu à peu, ils abandonnent l'élégance de leur meilleur style pour s'abaisser jusqu'au coup de genou dans le bas-ventre ou à la grosse beigne sur le crâne — avec une pierre cachée dans le poing — de rixes depuis longtemps oubliées...

Au moins à moitié aussi vanné que lui, Ali s'économisait et pourtant chacun de ses gestes restait empreint de grâce. Vers la fin du round, il tenait à nouveau la tête de Foreman dans son gant, tendrement. Celui-ci faisait de plus en plus penser à Hal, l'ordinateur de *2001 : l'Odyssée de l'espace* dont les batteries s'éteignent une à une et qui va de comportement erratique en absences spasmodiques. Et pendant tout ce temps un peu de l'ancienne superbe que Sadler, Saddler et Moore avaient distillée au cours de ses milliers d'heures d'entraînement continuait à se manifester dans certaines évolutions, certaines attitudes. Les plus désenchantés de ses coups de poing avaient commencé à ressembler à des supplications mais ses bras persistaient dans l'attaque. À la fin du septième round, il tenait à peine debout et néanmoins il a dû décocher encore soixante-dix punchs, la plupart en vain, tandis qu'Ali se contentait de vingt-cinq, dont plus de la moitié ont atteint leur cible. Foreman boxait aussi lentement qu'un concurrent aux « Gants d'or » arrivé au bout du rouleau, aussi lentement qu'un homme en train de gravir une montagne d'oreillers, aussi lentement qu'il serait apparu si l'on avait projeté maintenant leur premier round au ralenti, c'était dans cette même lourdeur qu'il évoluait désormais, aussi discernable que sur la pellicule repassée à petite vitesse, avec cette indolence enveloppante de l'arrière qui tente d'arrêter dans ses mains et ses bras la percée fulgurante d'un attaquant quand on revoit l'action au ralenti, et du coup la boxe avait changé de registre, elle n'était plus vitesse et choc mais avait acquis la douce intimité du mouvement. Et c'est avec délicatesse qu'Ali berçait la tête de Foreman dans son bras gauche avant de lui écraser son poing droit dans la figure.

Foreman semblait prêt à s'effondrer d'épuisement. Son visage avait la texture un peu irritée de la frimousse d'un gosse qui vient de se faire débarbouiller, mais il est vrai qu'ils avaient tous deux cette apparence bon enfant qui vient aux boxeurs lorsqu'ils sont très fatigués à force de s'être tant malmenés.

À la pause, Moore a entrepris de masser les épaules de George, Sandy Saddler s'est occupé de ses pieds et Dick Sadler lui parlait, lui parlait.

Jim Brown était en train de soupirer : « Ce Muhammad Ali, il est... Il est irréel. » Dans sa bouche, c'était un compliment, un vrai compliment. Tout ce qui était réel, Brown pouvait le dominer. Et Frazier est venu ajouter sa pincée d'humour : « Là, tout de suite présentement, je dirais que mon gars n'a pas l'avantage. J'ai comme l'impression que George ne va pas y arriver. »

Et dans la travée Rakhman continuait à chercher Clark : « Allez, Henry, admets, quoi ! Ton mec est fini, c'est un abruti, c'est une brutasse. Admets-le, Henry ! J'suis peut-être pas boxeur, d'accord, mais reconnais ! Muhammad il l'a liquidé, ton George. »

Sauf que non. Pas encore, du moins. Deux

rounds s'étaient écoulés, les plus mornes de la rencontre. La nuit, déjà étouffante, allait devenir plus tropicale à chaque reprise. Dans son coin, Ali semblait avoir du mal à respirer : les reins, les côtes? Dundee était en train de lui parler et il secouait la tête, pas d'accord. Comparé à Foreman, il semblait plein d'allant, les yeux aussi vifs que, oui, ceux d'un écureuil. Le gong a appelé la huitième reprise.

Sans hâte, réfléchi, à nouveau en attente, il a matraqué Foreman avec des punchs soigneusement calculés et minutés, six en tout, droites et gauches. C'était comme s'il avait une réserve de bonnes frappes aussi comptées que les balles d'un soldat en état de siège et qui donc devaient toutes assumer une part prédéterminée du travail.

Les jambes de Foreman avaient maintenant le sautillement heurté et malgracieux d'un cheval qui lève haut les pattes sur un chemin hérissé de rochers. Atteint pour la centième fois par un punch cruel, il a répliqué en envoyant un crochet du gauche tellement sauvage qu'il a manqué de se catapulter à travers les cordes. Et à ce moment il exposait son dos et son cou à Ali, qui lui a décoché un coup sans le matraquer, comme pour démontrer au monde entier, en passant, qu'il n'avait pas l'intention de ternir ce combat par des pratiques rappelant la manière dont Foreman s'était vengé sur la nuque de Norton, et de Roman, et de Frazier. Un punch pour le principe, donc, puis il s'est écarté. C'était maintenant la seconde fois qu'il avait trouvé Foreman entre les cordes et lui, et il n'avait rien fait.

Mais George, lui, s'est dégagé et s'est mis à poursuivre Ali de même qu'on court après un chat. Son crochet délirant paraissait l'avoir revigoré, en ce qu'il suggérait qu'un peu de sa puissance lui était revenue. Si les plus énergiques de ses coups rataient leur cible, ils avaient au moins le mérite d'être énergiques. À nouveau, il ressemblait au prodige de force que l'on savait en lui, et la vibration des cordes réveillait l'écho du formidable bombardement qu'il avait déclenché au cinquième round. Et Ali continuait à le narguer, railleries contre efforts acharnés. « Mais bats-toi ! Je croyais que tu avais quand même du punch ! Tu es faible, tu es au bout du rouleau ! » Après un moment, les poings de Foreman sifflaient moins dans l'air que ses poumons. Pour la énième fois, les équipiers d'Ali hurlaient : « Mais sors des cordes ! Mets-le K.-O. ! Renvoie-le chez sa mère ! » George avait épuisé les réserves d'énergie qu'il avait transférées de la septième reprise à la huitième. Avec ses coups de patte, il faisait penser à un nourrisson d'un mètre quatre-vingts qui agite un bras agressif mais dénué de coordination.

Et alors, à vingt secondes de la fin, Ali est passé à l'attaque. Selon des critères bien à lui, forgés en deux décennies de pratique, avec le savoir et l'expérience de ce qui peut être tenté ou non à un moment précis d'un combat, il a saisi cette occasion précise. Encore dans les cordes, il a placé un une-deux, puis il s'est dégagé et un gauche, une droite, ce dernier coup exécuté à nouveau avec le poing et l'avant-bras, à assommer un bœuf, a envoyé Foreman vaciller en avant. Au passage, il l'a frappé sur le côté de la mâchoire, du droit encore, et il s'est écarté d'un bond afin d'acculer George près des cordes. Pour la première fois depuis le début de la rencontre, il lui interdisait le ring. Et là il lui a infligé un enchaînement de punchs aussi rapides qu'au tout début du match mais plus appuyés, plus rapprochés, trois droites époustouflantes à la suite puis un gauche. L'expression que Foreman a eue révélait qu'il se savait en danger, maintenant, et qu'il devait commencer à chercher une dernière parade. Son adversaire attaquait sans avoir les cordes derrière lui... Quel bouleversement ! Les lignes directrices de son existence s'inversaient ! C'était lui, maintenant, le boxeur dans les cordes ! Et puis un projectile qui avait exactement la taille d'un poing dans un gant a fusé au milieu de l'esprit de Foreman, le meilleur punch de cette nuit effarée, le coup qu'Ali gardait pour cet instant depuis le début de sa carrière. Les bras de Foreman ont volé sur les côtés, comme ceux d'un parachutiste qui vient de sauter de l'avion. Cassé en deux, il a tenté de chanceler jusqu'au centre du ring, sans quitter Ali des yeux, levant vers lui un regard dépourvu de toute colère qui semblait exprimer qu'Ali était celui qu'il connaissait le mieux au monde et qu'il serait avec lui pour recueillir son dernier souffle. Le vertige s'est emparé de George Foreman, l'a fait tourner sur lui-même. Toujours penché en avant dans cette attitude stupéfiée, les yeux sur Ali, il a commencé à s'effondrer, à tomber alors qu'il n'avait pas l'intention d'aller au sol. Sa volonté était retenue en l'air par des aimants tandis que son titre de champion et son corps voulaient le tapis. Il s'est écroulé tel un robuste majordome sexagénaire qui vient d'apprendre une terrible nouvelle, oui, sa chute a duré deux interminables secondes, le Champion est allé à terre en séquences successives et pendant ce temps Ali tournait avec lui en cercles rapprochés, les mains prêtes à frapper encore sans en avoir jamais besoin, une intime escorte dans la descente au tapis.

L'arbitre a conduit Ali dans un coin et il est resté là, apparemment perdu dans ses pensées. Puis il a fait bouger ses pieds à une cadence rapide mais discrète, comme s'il s'excusait de ne pas avoir invité une seule fois ses jambes à danser, et il a observé Foreman qui tentait de se relever.

Tel un soûlard qui cherche à sortir du lit pour aller au travail, Foreman a roulé sur lui. Il a entrepris le lent, torturant effort de soulever cette masse effondrée que Dieu avait eu le caprice de lui donner. Entendait-il le décompte ou non, en tout cas il a été sur ses pieds une fraction de seconde après dix, maté car lorsque Zack Clayton l'a guidé avec une main dans le dos vers son coin il s'y est rendu d'un pas docile, sans résister. Moore l'a accueilli, et Sadler. Par la suite, on allait apprendre l'échange qu'ils ont eu alors.

« Ça va?

— Ouais.

— Bon, t'en fais pas. C'est fini, maintenant.

— Ouais.

— Tu vas bien », là, c'était Sadler, « t'inquiète pas du reste. »

Sur le ring, Ali était étreint par Rakhman, Gene Kilroy, Bundini, par une nuée de vieux ou moins vieux ou tout nouveaux amis noirs qui se précipitaient dans les travées, se faufilaient dans les cordes et sautaient en l'air pour arriver à le toucher. Du ton à la fois émerveillé et abasourdi du parent qui comprend soudain que son enfant est désormais marié, Norman a glissé à Plimpton : « Mon Dieu, il est de nouveau champion ! » On aurait cru qu'il s'était entraîné pendant des années à ne pas attendre une aussi bonne nouvelle.

Sur le ring, Ali s'est évanoui.

Cela s'est passé brusquement, sans signes précurseurs, et presque personne ne l'a remarqué. Penché sur les cordes pour lancer joyeusement quelques mots aux journalistes, Angelo Dundee n'avait pas conscience de ce qui était en train d'arriver, pas plus que cette marée de visages souriants. Il n'y a eu que les huit ou dix hommes qui l'entouraient au plus près pour se rendre compte. Ces huit ou dix bouches qui venaient de s'ouvrir pour les félicitations se sont tordues d'horreur. En cinq secondes, Bundini est passé du rire aux larmes.

Pourquoi Ali a perdu connaissance à ce moment, on ne le saura peut-être jamais. Était-ce un avertissement de ne pas céder à une fierté excessive dans les années à venir, un coup de tonnerre qu'Allah lui avait personnellement réservé, ou tout simplement une faiblesse due à la fatigue accumulée, allez décider... Ou bien c'était peut-être le spasme d'un réflexe qu'il avait dû développer depuis des mois dans son inconscient : la capacité à revenir en quelques secondes de l'oubli le plus profond. Avait-il été contraint de la mettre au moins une fois à l'épreuve cette nuit-là? Quoi qu'il en soit, il était trop un vrai champion pour laisser se développer l'émoi autour de lui et dix secondes ne s'étaient pas écoulées qu'il était à nouveau sur ses pieds. Ceux qui le soutenaient venaient de passer par l'exaltation, la stupéfaction, la frayeur, l'allégresse encore, et ils l'observaient maintenant avec une expression de victoire et de knock-down, le masque éternellement souriant de la comédie et la bouche à jamais hurlante de la tragédie réunis en cet instant sur le ring africain.

David Frost était en train de crier : « Muhammad Ali a tenu parole. Il y est arrivé, cet homme exceptionnel! Dans l'histoire de la boxe, on n'avait encore jamais vu une scène de joie pareille. C'est incroyable, vraiment! C'est la folie, ici. Muhammad Ali a gagné ! » Mais le commentateur sportif installé devant lui avait pris le décompte en retard, il en était à huit lorsque l'arbitre avait atteint les dix et donc sur tous les écrans en circuit fermé à travers la planète il apparaissait que Foreman s'était relevé avant l'instant fatidique, et donc la confusion était totale. Comment aurait-il pu en être autrement, d'ailleurs? La presse est là pour semer la graine de la confusion. « Muhammad Ali a gagné par knock-down, a répété Frost de bonne foi. Par knock-down ! »

Là-bas, en Amérique, tout le monde était déjà en train de hurler que le combat avait été truqué. Bien sûr. Tout comme Rembrandt n'a jamais peint *La Ronde de nuit* ni Joyce écrit *Dedalus.*

16

Les pluies arrivent

Pour les journalistes, la bataille ne faisait que commencer : il fallait entrer dans le vestiaire d'Ali. Cela allait donner une exclusivité à Norman, la première de sa vie. Comment il s'est arrangé pour se glisser là-dedans, il n'a jamais été en mesure de le calculer par la suite, mais les tentatives répétées pour repousser les soldats massés devant la porte y ont été pour quelque chose, certainement. Il fallait pousser au bon moment et assez fort pour avancer, mais pas au point de se retrouver avec une crosse de fusil dans les côtes. Son ultime et concluant effort a consisté à forcer le passage de l'une de ses jambes derrière un gros bonhomme qu'il n'avait encore jamais vu.

Comme ceux de l'intérieur tentaient de claquer la porte afin de protéger Ali d'une marée humaine, il y a eu une minute pendant laquelle Norman s'est félicité des ressources du moindre de ses muscles. Lorsque quelqu'un a essayé de se faufiler à sa suite, l'offensive s'est transformée en mêlée de membres appartenant à trois corps différents qui essayaient de franchir la porte ensemble. Il était au milieu, les deux autres torses étaient rembourrés, et il s'est trouvé ainsi calé dans une interminable pression.

Un pistolet chromé à la hanche, et avec la hargne d'un policier qui voit son bastion envahi, Pat Patterson est finalement venu l'aider en repoussant dehors ses deux involontaires compagnons et en le tirant à l'intérieur. C'est là qu'il a découvert, à sa grande surprise, qu'il était le seul journaliste présent. Mais personne n'a jamais tiré aussi peu parti d'un tel scoop. Évidemment, il aurait été inutile de se précipiter sur un téléphone dans les dix minutes suivantes puisqu'il avait des mois devant lui pour écrire son reportage, et un semestre avant de le voir publié. En tout cas, il a aussi peu profité de la situation que s'il avait été assis à un desk à des milliers de kilomètres de là. Il n'avait pas envie de harceler Ali de questions, en fait. Il voulait seulement lui présenter ses respects. Après tout, rares sont les moments de l'existence où l'ironie s'est manifestement absentée.

Assis sur la table de massage avec les mains posées sur les genoux, Ali avait l'air d'un maître de maison fatigué mais heureux après une brillante réception. À l'exception d'une petite contusion rougeâtre sur une pommette, son visage était intact. Jamais peut-être n'avait-il paru aussi beau. Il avait les yeux fixes d'un enfant, des yeux qui disaient : « J'ai volé le pot de confiture, oui, et qu'est-ce qu'elle est bonne ! » Une lumière scintillait en eux qui parcourait le chemin jusqu'à ses débuts. Sans exagération, il ressemblait à un château tout illuminé.

« Vous avez fait exactement ce que vous aviez dit que vous feriez, a proposé Norman en modeste hommage.

— Ouais. Ça a été une belle soirée. »

Pas de mention du fait qu'il n'y avait pas dansé. Ce devait être la fameuse surprise dont il avait parlé...

« Un combat fantastique, a poursuivi Norman. Vous allez adorer le regarder en film. »

Ali a pris sa respiration.

« Peut-être qu'ils vont admettre, a-t-il dit doucement, peut-être qu'ils vont admettre je suis le Professeur de la boxe, maintenant. »

La porte a été rouverte afin de laisser entrer Belinda. Épouse et mari se sont regardés en silence, comme si une question restée longtemps en suspens venait enfin d'être résolue. Ils se sont embrassés. Pour une fois, l'objet de l'amour s'en révélait digne. Il lui a adressé un sourire aussi franc que la douceur de son émotion. Il y avait une telle tendresse dans le regard d'Ali, à la fois calme et taquine, que ses yeux semblaient dire : « Ma façon de faire doit te paraître bizarre, chérie, et on sait tous les deux que je suis cinglé, mais s'il te plaît, mon amour, il faut que tu me croies quand j'essaie de te montrer, et de te prouver scientifiquement, que je suis un gars sérieux. » Ou bien était-ce le discours que Norman aurait tenu s'il avait aussi bien remporté une victoire quelconque?

Belinda se déplaçait maintenant dans la pièce

pour échanger des félicitations avec les autres. Elle a tenu à aller vers Roy Williams, qui avait enduré cette longue nuit sans combattre. « Je veux te remercier pour tout ce que tu as fait, Roy, a-t-elle déclaré. On n'aurait pas gagné si tu n'avais pas aidé Ali à se préparer comme tu l'as fait.

— Merci, a-t-il répondu avec cœur. Ça a été une belle soirée, sûr.

— Je suis désolée que tu n'aies pas eu ta rencontre.

— Oh..., a fait Roy de sa voix grave. Ali a gagné, c'est "ça" qui compte. »

Si Norman avait raisonné en journaliste, il se serait rendu dans l'autre vestiaire, à ce moment, mais il voulait commenter le combat avec Ali. L'idée n'était guère praticable : d'autres journalistes avaient réussi à entrer pour voir le nouveau champion, il y avait une telle cohue autour de la table de massage et Ali parlait si bas qu'il était impossible d'apporter encore quelque récolte au moulin de la littérature.

Le temps de se décider, Norman allait découvrir à son grand chagrin que Foreman avait déjà quitté son vestiaire. C'était une cuisante déception car George avait des choses à dire. Certains de ses collègues lui ont donné ce qu'ils avaient recueilli, notamment Plimpton et Bob Ottum, le reporter de *Sports Illustrated.* Avec cette générosité intrinsèque des journalistes de terrain, il devenait décidément trop facile de se forger de scandaleuses habitudes, qui finiraient en couvrant un événement dans sa baignoire, avec le téléphone à portée de main... Et cependant, oui, même de seconde main les remarques de Foreman étaient importantes. Quel dommage, aussi, de n'avoir pu ressentir l'aura contusionnée de l'ex-champion ! Chaque blessure parle d'elle-même.

Le vestiaire, qu'il découvrait maintenant, était peint en rouge. Après le match, le boxeur avait été couvert de serviettes en lamé or. « Je peux pas faire autrement que de vaincre ce type, avait remarqué Ali un jour. Quand je l'ai vu à Salt Lake City, il avait des chaussures rose et orange, avec des talons hauts. Moi, je porte des grolles de prolo. J'ai vu ces tatanes de chochotte et je me suis dit : "Je vais gagner !" »

Pourpre et or pour les rois déchus. Foreman était étendu sous des sacs de glace. D'après Plimpton, il avait d'abord demandé à Dick Sadler s'il avait subi un knock-out, puis il s'était mis à compter à rebours, cent, quatre-vingt-dix-neuf, quatre-vingt-dix-huit, un truc destiné à vérifier l'état de son cerveau, et il avait appelé par leur nom une vingtaine de ses équipiers, un par un. « Je me sentais sûr de moi, allait-il observer plus tard. J'avais vraiment l'impression que je la contrôlais, cette rencontre. J'ai eu un choc en voyant tous ces gens sauter sur le ring. » Une voix calme, posée. « J'ai été compté out, mais je n'ai pas été mis knock-out. »

Citons le récit de Plimpton :

> Il a répété, parfois si lentement qu'il avait l'air de déchiffrer péniblement un discours écrit, ce qu'il avait dit si souvent au vestiaire après ses victoires .

« Il n'y a pas de perdant, jamais. Aucun des deux boxeurs ne devrait être déclaré vainqueur. Il faudrait applaudir l'un et l'autre. » Les journalistes autour de lui ont attendu, mal à l'aise. Ils savaient qu'il allait finir par se rendre compte que pour la première fois de sa carrière ces paroles de générosité envers le perdant s'adressaient à lui-même.

Puis Foreman a parlé d'Ali : « Un grand Américain, a-t-il affirmé, un vrai gentleman. Un homme merveilleusement dévoué à sa famille. » Par-devers eux, les reporters recomptaient le nombre de fois où il avait été atteint à la tête pendant le combat.

Il continuait à s'exprimer en vainqueur. C'est là toute la démence momentanée qu'apporte l'échec : on sait qu'il y a une réalité à laquelle on pourra revenir, qu'il y a en tout cas de fortes chances qu'elle soit toujours là, mais elle ne paraît pas réelle. Elle est trop évanescente. Elle a été imposée par d'autres dans son esprit. Elle n'est pas aussi naturelle qu'elle en a l'air. George Foreman continuait à se sentir le Champion.

Il a retiré la poche de glace de son visage. « J'ai une déclaration à faire. Ce soir, j'ai découvert une véritable amitié, a-t-il dit. J'ai découvert un vrai ami en Bill Caplan. »

Le Bill Caplan qui lui avait infligé une raclée quotidienne au ping-pong ! L'énergique Bill Caplan avec sa bouille ronde, ses grosses lunettes, et une centaine de reporters sans cesse à ses basques, fous de rage contre lui parce que Foreman était réticent à accepter les interviews. Quelle compassion juive devait-il y avoir dans ses yeux lorsqu'il avait regardé Foreman après le combat ! Les semblables de George n'étaient pas enclins à une telle sollicitude. Dans la mentalité noire, la défaite est aussi mauvaise que la maladie.

« J'imagine, a dit George, que le punch qui envoie un boxeur au tapis, on ne le "voit" pas vraiment. J'ai comme l'impression qu'on ne s'en rend pas compte. »

Dans les rues autour du stade, des foules noires fêtaient la victoire avec le jour naissant. On aurait dit qu'elles n'avaient pas osé caresser des espoirs démesurés pour Ali avant la conclusion de la rencontre. Tout comme certains n'atteignent la stature historique qu'ils méritent qu'à l'heure de leur assassinat, d'autres y parviennent à l'aube de leur triomphe. Et donc, à six heures du matin, une atmosphère de libération exaltée avait envahi les boulevards et les ruelles de Kinshasa. On s'enivrait, on s'échangeait des révérences, on étirait bras et jambes en de longues évolutions dignes d'un terrain de basket. C'était ainsi qu'il fallait avancer, sans doute. Il y avait des éclats de rire, les gens se faisaient signe à des mètres de distance, et des huées narquoises se sont élevées à son passage. Un Blanc. Un supporter de Foreman, à tous les coups. L'esprit bon enfant de la révolution était de retour, pas si bon enfant, alors disons l'esprit du changement qui tenait en éveil lions, cafards et philosophes. « Nommo », si nous ne l'avons pas oublié, est le Mot, et le mot réside dans l'eau, et la vie habite l'air, l'air moite de l'aube, chargé du n'golo des vivants et de la soif des morts. Étrange lever du jour que celui-ci : sous les nuages lourds, il y a une aube qui ne se lève pas. Une lumière blême comme la terre pendant une éclipse.

Sur son chemin, Norman a croisé un compagnon de jeu du casino. Ensemble, ils envisagent de retourner chez eux à pied, mais c'est une affaire de quinze kilomètres ou plus, alors ils arrêtent un taxi, à l'initiative de cet ami. À ce moment, celui-ci voit passer dans un autre taxi une fille de joie qu'il connaît. Il la hèle, lui propose de payer la course si elle les accueille dans son véhicule. C'est une jeune et charmante catin à la peau de bronze, au corps souple comme une vigne grimpante, avec une toison de poils mordorés aux aisselles. À cette heure, elle est folle d'amour pour Muhammad Ali — on ne voudrait pas être à la place de son maquereau, tout de suite... Elle ne réapparaîtra plus dans notre récit et puisque selon ce bon père Tempels les Africains sont persuadés que « le nom n'est pas qu'une simple mondanité, il est la réalité même de l'individu », laissons apparaître en toutes lettres la pleine réalité qu'elle a choisie pour elle : Marcelline. Ils la laissent bientôt chez elle, un taudis au toit de tôle ondulée sur un sentier constellé de taches d'huile, de flaques tropicales et de branches mortes. Pendant ce moment, Marcelline a été belle comme une vedette de cinéma.

À l'Inter-Continental, en cette aube interminable, tout le monde est en train de boire. Au bar, sur la terrasse, on fait la fête, on trinque au champagne en l'honneur du matin. Tombant sur Jim Brown, Norman ne peut s'empêcher de lui demander :

« Alors, il était truqué, ce combat ? »

Avec un sourire piteux, il fait non de la tête, heureux d'avoir eu tort.

« Mon vieux, je me suis jamais autant planté de ma vie ! »

Un par un, les proches de Foreman se joignent à l'assistance. Que la défaite ne laisse dans la bouche qu'une bonne parole, c'est peut-être la marque de l'homme de bien. Henry Clark, qui a perdu son gros pari, constate sobrement : « Le meilleur des deux a gagné. » Doc Broadus, triste mais convaincu, a cette appréciation énigmatique : « Ça lui a fait du bien. » Et Oncle Fayward, le parent de Foreman, un grand vieux Noir doté d'un considérable entregent et d'une énorme panse en forme de timbale digne de l'archétypique politicien blanc du sud des États-Unis, en réponse à quelqu'un qui exprimait le souhait que George ne soit pas traité de bon à rien : « Il mérite ça, qu'on le traite de bon à rien ! »

Croisé dans le hall, Elmo n'articule pas un mot. Norman finit par dire :

« George a eu devant lui l'homme au mieux de sa forme. »

Elmo opine du bonnet, sourit.

« On étudie ça. *Oyé !* »

Archie Moore consent à quelques mots : « La boxe, c'est comme les syllabes. Ça s'apprend au fur et à mesure. » Mais il y a une lumière dans ses yeux :

il a beau être fidèle à George, Ali représente le couronnement de sa tradition.

Dick Sadler, lui, était beaucoup plus disert. À certains hommes de bien, la déroute donnait de l'éloquence, visiblement. « Ce n'est pas ce que Muhammad Ali a donné, c'est ce que George n'a "pas" fait, a-t-il commenté. Il ne bougeait pas. Il n'écoutait pas. Je ne comprends pas ce qui lui est arrivé. Il ne laisse personne l'attraper, George, mais là il ne l'a pas empêché. On lui avait dit qu'il allait faire ça, Muhammad. Il savait d'avance ce que Muhammad allait essayer. Et résultat, il s'est épuisé à cogner. Il peut cogner une journée entière, George ! Comment il s'est crevé à force de taper ? Ah, je deviens dingue ! George Foreman la terreur, il est réputé faire très mal, il frappe dans la nuque, il frappe le mec dans les cordes, il frappe le mec au tapis, il leur explose les reins, il est méchant comme tout et il laisse Muhammad l'attraper ! Je lui avais pourtant montré comment faire : si Muhammad se protège la tête avec les gants, alors il peut pas voir, hein, alors frappe-le là où il peut rien voir, George ! Et s'il baisse la garde pour se couvrir le bide, fais-lui tinter les oreilles ! Corrige-le avec le gauche, George, et après donne-lui du droit ! Il l'a pas fait. Il pouvait pas le faire. »

« C'est peut-être qu'Ali n'est pas comme les autres boxeurs... » Norman était tenté de broder une idée qui lui était chère, celle que le combat de la nuit était le premier dans l'histoire de la boxe à présenter une analogie notable avec une partie d'échecs. D'accord, de telles comparaisons ne sont que des spéculations romantiques, plutôt hors de propos en ce moment, et pourtant !

Il a été bien avisé de tenir sa langue car Sadler a ajouté : « Cette rencontre, elle me laisse aussi bouche bée que vous. Faut que j'y réfléchisse. »

Descendue pour un petit déjeuner décidément très matinal, une fillette de six ans est passée par là. Sadler est allée la prendre dans ses bras. « *Bonjour, ma petite ! Bonjour* !* »

Leur échange lui trottait encore par la tête, cependant, puisqu'il est revenu à Norman et qu'il a soupiré : « La réponse, je ne l'ai pas. »

Enfin, avec deux semaines de retard et toute la frénésie de plus d'une ambiance africaine comme de plus d'une tribu inconnue, la saison des pluies est arrivée à un accord entre les eaux du cosmos et les suppliques du Congo. Les cieux se sont ouverts et les étoiles du paradis d'Afrique sont descendues. En cette aube plus longue que nature et d'un vert lunaire, un déluge de pluie s'est mis à tomber en draps argentés, en couvertures d'argent, cascades, rivières, lacs entiers qui dégringolaient d'en haut comme des pierres et produisaient en touchant la terre un claquement plus sonore encore qu'un feu de brousse qui éclate soudain. Une averse tropicale venue droit du cœur céleste, torrentielle. Norman n'avait pas vu pire depuis trente ans, depuis l'époque où il avait attendu sous une tente de bivouac aux Philippines.

Il devait apprendre par la suite les effets que la tempête avait eus sur le stade. Dévalant les gradins et les travées, la pluie s'était ruée en sauvages cataractes dans les escaliers, par les étroits corridors d'entrée, elle avait inondé le terrain de football et s'était écoulée sous le ring, portant en guise de message la nourriture et les déchets laissés par soixante mille âmes auparavant installées sur les sièges. Le vestiaire de Foreman était devenu un sombre étang sur lequel des serviettes usagées flottaient dans trente centimètres d'eau. Vers la fin de la tornade, les gamins s'étaient aventurés à l'intérieur de l'enceinte, en maraude. Sous le tapis, peaux d'orange et tickets d'entrée s'amassaient peu à peu. Les batteries étaient inondées, les générateurs s'étaient tus. La moitié des télex allaient tomber en panne au cours de la tornade, le satellite avait cessé d'émettre la moindre photographie, le moindre mot. On n'ose imaginer la débâcle si la tornade s'était produite en plein milieu du combat.

Le lendemain, Ali, très amusé, allait suggérer que le mérite lui revenait d'avoir contenu la pluie jusqu'à la fin de la rencontre.

17

Une nouvelle arène

Et le lendemain, donc — qui est en réalité le même jour, après avoir dormi de neuf heures du matin à midi —, son déjeuner terminé, Norman décide de se rendre à Nselé une dernière fois afin de prendre congé d'Ali. En route, il pense à la conversation qu'il aimerait avoir avec le champion, il se demande s'il ne serait pas facile, une fois tous les commentaires épuisés, de lui remontrer que ce combat, outre qu'il constitue une révolution dans l'art de la boxe — ce qu'Ali reconnaîtra volontiers, sans doute —, a son équivalent dans la pratique contemporaine des échecs.

Comme il est généralement trop disposé à faire office de marieur entre deux grandes idées, et trop enclin à avancer de considérables métaphores sans avoir prévu les fondations adéquates, il se veut plus prudent, ces derniers temps. Un écrivain a tout intérêt à surveiller ses travers. Mais tout de même, il aime jouer avec cette nouvelle idée. Aux échecs, jadis, aucun principe n'avait été plus fermement édicté que le contrôle du centre, et ce pour des raisons très similaires à la logique de la boxe : parce qu'il confère la mobilité nécessaire à des attaques sur la droite et sur la gauche. Puis une révolution s'était produite, les maîtres modernes du jeu soutenant qu'une occupation prématurée du centre était une force mais aussi une faiblesse, qu'il valait mieux l'envahir une fois son adversaire acculé. Suivre cette stratégie contraint évidemment à apprendre à évoluer dans un espace confiné, à déployer le plus grand brio tactique à chaque mouvement. N'était-ce pas, point par point, ce qu'Ali avait accompli ? Et ce même s'il était peu probable qu'aucune partie d'échecs n'ait jamais été menée avec un pareil sens de l'apogée, du moment crucial, celui où Ali avait décidé de se placer au centre du ring.

Subjugué par les écrits de Karl Marx et d'Oswald Spengler comme il l'avait été dans sa jeunesse, Norman avait été longtemps fasciné par les énoncés germaniques. Des années plus tôt, il aurait sans doute écrit : « Il existe une intime corrélation historique entre l'abandon du centre pratiqué par Nimzovitch et Réti — puis leur influence ultérieure sur les tendances "hypermoderne" et "dynamique" du jeu d'échecs — et la technique de boxe du poids lourd américain Muhammad Ali, lequel a introduit dans la pratique pugilistique la transposition modale actif / passif exigée par la tendance techno-révolutionnaire des dernières décennies du XXe siècle si fondamentale dans le processus de libération de la femme, un basculement de polarité dans les structures du pouvoir établi qui s'affirme dès à présent comme le trait dominant, technologique et/ou mystique, de cette fin de millénaire... » Bon, son style s'est quelque peu amélioré mais à en juger par sa passion pour la philosophie africaine il reste visiblement persuadé que l'histoire est un organisme vivant, avec un style défini, une divine tournure de plume pour chaque époque distincte. Ce qui n'est même pas compliqué à décrire mais qui reste difficile à avouer sans être guillotiné par les critiques, cette corporation de greffiers qui semble ne pas avoir évolué au-delà d'un attachement compulsif au culte de la raison — et à la soif de sang — de la Révolution française.

Mais assez! Allons voir ce que fait Ali. Norman ne va pas soutenir une conversation sur les échecs avec lui, bien sûr : on ne les laisse pas seuls un instant, et même si cela avait été le cas Ali n'aurait guère été intéressé. Son esprit poursuit ses propres réflexions.

Le voici donc, le nouveau champion, en conférence de presse devant une centaine de journalistes et reporters africains qui l'entourent avec la même déférence et la même solennité que s'il s'était agi de Gandhi en personne. Il est trois heures de l'après-midi, moins de dix heures se sont écoulées depuis sa victoire pendant lesquelles il n'a pas dû dormir la moitié du temps, et cependant sa langue ne fourche pas et il est capable d'aborder cinquante sujets différents. Pendant le court moment où Norman reste là, il déclare ainsi aux médias du tiers-monde que « les robes longues de vos femmes m'impressionnent plus que vos avions à réaction et votre monument à Lumumba », puis il les félicite d'africaniser leurs noms. « À son investiture », écrit le père Tempels, le chef « reçoit un nouveau nom. [...] On évite de prononcer encore l'ancien, car cela pourrait porter atteinte à sa nouvelle énergie vitale. » Muhammad Ali, né Cassius Clay, sait de quoi il parle...

Il évoque ensuite l'émergence des peuples, la discipline nécessaire à la victoire et le besoin d'objectifs qui dépassent la vanité égotiste. « Toutes choses que George Foreman n'a pas reconnues, annonce-t-il en élevant la voix. Mais moi je sais que battre George Foreman et conquérir le monde avec mes poings ne suffit pas à donner la liberté à mon peuple. Je suis très conscient que je dois aller au-delà de tout ça et me préparer à plus encore. Je sais, annonce Muhammad Ali, que j'entre maintenant dans une nouvelle arène. »

Grand Dieu ! Jusqu'au bout, il veut aller jusqu'au bout ! Et pourquoi pas, d'ailleurs, étant donné le taux d'expansion qu'il avait su appliquer à tout ce qui lui avait été donné. Norman repense à la première fois où il l'a rencontré, devant la table de dés à l'hôtel The Dunes, Cassius Clay à Las Vegas, été 1963, un jeune boxeur maigre et nerveux avec un palmarès sans une défaite et une peur mortelle de Sonny Liston, qu'il allait bientôt affronter. Boudeur en reconnaissant à moitié le nom qu'il venait d'entendre : « Norm Mailer... Ça me dit quelque chose, oui. Vous êtes dans le cinéma ou un truc comme ça » — ce garçon n'aimait pas être dans l'incertitude —, puis jetant les dés avec une telle ignorance de ce jeu qu'il savait à peine quand il avait lancé un coup gagnant et cependant chanceux sous sa bonne étoile, Cassius qui s'était récrié lorsqu'on lui avait remis le pot après une partie victorieuse :

« C'est quoi, ces machins?

— Mais... des jetons.

— Me refilez pas c'te saleté! avait-il braillé. Donnez-moi encore de ces bons dollars en argent! »

Rien de plus qu'un petit péquenot hargneux de Louisville, Kentucky. Et maintenant il entrait dans « une nouvelle arène »...

« Celui qui n'est pas assez courageux pour prendre des risques n'accomplira rien dans sa vie, a-t-il déclaré aux représentants de la presse africaine. Voilà pourquoi j'aime l'Afrique. Parce que c'est le continent du risque et de... » Il a cherché le mot. « ... De l'opiniâtreté. Ici les gens ont le respect des traditions mais ils sont courageux devant la nouveauté. Ils sont la force de l'avenir. » Avec quelle immense anxiété Ali devait assumer sa stature de leader mondial et en même temps la reconnaissance secrète de son ignorance!

Plus tard, Budd Schulberg et Norman l'ont eu pour eux quelques minutes et ils se sont engagés tous trois dans un bon échange à propos de la ren contre. Ali était plus enclin à disserter. Il s'abandonnait au pur plaisir d'analyser son combat. « George, voyez-vous, a-t-il remarqué, il a un problème avec sa respiration. » Mais ils ont été interrompus par John Daly, arrivé à la villa avec un groupe d'amis. Au comble de la joie, Ali a aussitôt entrepris de charmer les dames présentes. « Oh..., a-t-il lancé en réponse à une question, ma mère, elle ne s'inquiète jamais, jamais. Je pourrais me faire tuer sur le ring que ça ne la tracasserait pas. “Mon'ti chéri va bien”, elle continuerait à dire ! » Et il a décoché un clin d'œil à Tom Daly, le père de John, l'homme aux trois cents combats dont il venait de faire la connaissance. Le téléphone a sonné. C'était un journaliste qui appelait de New York. Ali lui a parlé tout en adressant des mimiques à ses hôtes : « Oui, je vais me reposer quelques mois et vous laisser me considérer comme le Champion, et lui le mauvais numéro. » Éclats de rire autour de lui. « Comment ? Non, je n'ai pas de plans précis. Ils parlent de me donner dix millions de dollars » — ici, son regard a pesé sur John Daly — « mais c'est pas pour tout de suite. Non, je n'ai l'intention d'aller à la Maison-Blanche. Je vais aller à la Maison-Noire, ici même, et puis je vais rencontrer à nouveau le président du Zaïre, et puis je vais recevoir mon gorille domestique et comme ça je vais me ramener mon petit Joe Frazier à la maison ! » Il a attendu une autre vague d'hilarité, et la question suivante. « Vous me demandez si je suis heureux d'avoir repris mon titre en Afrique, dans la patrie de mes ancêtres ? Oui, je suis content, ça fait du bien au cœur mais ça n'est pas si important. J'aurais pu aussi bien le faire au Madison Square Garden parce que c'est là qu'il y a les vrais infidèles, le véritable public de la boxe. »

Lorsque ses invités ont pris congé et alors que la nuit tombait sur le fleuve Congo, Ali est sorti se dégourdir un peu les jambes mais il a bientôt été suivi par tant de Noirs massés devant la villa pour l'apercevoir qu'il a vite renoncé. La contusion rougeâtre sur sa pommette s'était résorbée, il avait les traits lisses. Le seul signe de l'épreuve qu'il venait de traverser était la subtile attention qu'il portait à ses mouvements, juste à peine plus que d'habitude, comme le rescapé d'un naufrage qui ne sait pas encore dans quelles parties de son corps la douleur va s'éveiller. Il avait été sérieusement matraqué aux flancs et sur les reins : dans l'intimité de sa salle de bains, nul doute qu'il allait avoir un rictus de souffrance en pissant le sang. C'est le prix à payer après nombre de combats.

Mais son honneur était de n'en rien montrer, bien entendu. Il se sentait bien et c'était sa joie de veiller à dispenser le bonheur autour de lui. Et donc il a marqué une pause sur son perron, visiblement désireux de récompenser plus justement les Africains pour le temps qu'ils avaient passé à l'attendre, et il a rugi : « Je peux sonner n'importe qui que vous avez chez vous ! Envoyez-moi le meilleur ! Je vais combattre votre meilleur boxeur ! »

Les Noirs fluets ont gloussé de plaisir, d'abord ceux qui comprenaient un peu l'anglais puis les autres, par vagues de rire successives au fur et à mesure qu'on traduisait ses paroles.

« Mais ne m'envoyez que le meilleur, hé ! »

Un garçon d'une douzaine d'années a surgi et s'est mis à boxer dans le vide à moins de deux mètres en face d'Ali. « Ah, tu crois que tu as une chance, toi ? lui a lancé celui-ci. T'es mal, mon vieux. T'es vraiment mal. » Et il s'est mis à échanger des coups inoffensifs avec le gamin, lequel était vif et connaissait quelques rudiments. Soudain, Ali s'est laissé tomber sur les genoux, lentement, et il a crié à la cantonade : « Oh, c'est moi qui suis mal, là ! Trop fort pour moi, il est ! »

Dans l'hilarité générale, il s'est relevé. « Aujourd'hui tu m'as sonné, a-t-il déclaré au garçon, mais attention. Je vais rentrer chez moi et je vais m'entraîner, et puis je reviendrai et je te ferai ta fête. » Tout en saluant la foule, il est rentré dans la villa.

Une fois encore, le moment était venu de dire au revoir, de se retirer et de se préparer à quitter l'Afrique. Norman a pris congé d'Ali et de Belinda. Une dernière vision de Muhammad étendu sur le canapé en peluche verte, ses pieds nus posés sur la table basse, pendant que Belinda, assise de l'autre côté et dont c'était maintenant le tour de glousser, chatouillait la plante de ces pieds célèbres, de ces pieds ailés, avec un petit grattoir en ivoire. Adieu, Ali...

Au cours de son dernier trajet de retour en ville, Norman n'a cessé de dépasser des jeunes en train de courir sur le bas-côté. Était-ce une nouvelle mode au Zaïre, le jogging? En tout cas, des escouades d'adolescents étaient lancées le long des routes sombres et il a même failli en percuter quelques-uns soudain apparus dans ses phares. La nuit où il avait couru avec Ali — combien de jours s'étaient-ils écoulés depuis? cinq? —, Muhammad avait déclaré ensuite : « Ce sera une belle expérience pour vous, quand vous vous rappellerez que vous avez couru avec le Champion juste avant le combat. » Sur le moment, il avait trouvé la remarque particulièrement lourde mais il avait maintenant l'intuition qu'une fois encore Ali avait vu juste. Oui, il était déjà en train de lui devenir cher, ce moment.

18

Bagarre à Dakar

Le voyage du retour a été mouvementé. Cela s'est produit à Dakar, quand la foule massée à l'aéroport dans la certitude que Muhammad Ali était à bord de cet avion a envahi les pistes et encerclé l'appareil. Au départ de Kinshasa, pourtant, il n'y avait eu aucun signe avant-coureur. Plutôt un grand soulagement : comme la rumeur avait circulé qu'Ali et sa suite allaient réquisitionner ce vol, il avait été plaisant de découvrir au comptoir de la compagnie aérienne que sa réservation en première classe avait été maintenue. Ce n'était pas qu'une petite gâterie : se retrouver coincé au milieu de trois sièges en économie pendant dix-neuf heures de Kinshasa à New York, avec escales à Lagos, Accra, Monrovia et Dakar, devait constituer l'un des avant-goûts les plus puissants que l'existence peut offrir des souffrances de l'enfer. L'une des plus longues routes aériennes encore assurées de par le monde, et parfois l'une des pires. Norman l'aimait bien, toutefois. À chaque étape, une tranche de vie africaine, légale et illégale, envahissait l'avion ou le quittait :

chasseurs et trafiquants, ingénieurs et chefs de tribu, bébés noirs et ce mystérieux Blanc en costume sombre, chemise blanche et cravate noire qui voyageait en première avec une sacoche en cuir noir posée sur le siège vacant près de lui. Comme c'était la seule place encore libre de la cabine et qu'elle avait été spécialement achetée pour la sacoche, tous les regards des passagers des premières étaient évidemment braqués sur elle. On allait ensuite apprendre que son propriétaire était un Émissaire du Roi, et lorsqu'un diplomate britannique était monté à bord pour l'escorter à terre l'homme à la sacoche s'était exclamé d'une agréable voix d'Anglais en service commandé : « Dieu merci, vous êtes là à l'heure ! » Que pouvait-elle contenir ? Des matériaux fissibles ? Des secrets d'État ? Ou bien étaient-ils deux contrebandiers en costume qui transportaient des diamants ? À la connaissance de Norman, c'était là le seul vol qui, par une nuit banale, pouvait avoir la même force visuelle qu'un film d'Alfred Hitchcock.

De plus, il vous donnait le temps de penser. Des heures à réfléchir, des heures à lire. La monotonie d'un long voyage en avion favorise l'introspection et conduit souvent à des révélations. Il allait en avoir quelques-unes au cours de ce retour à New York. Les péripéties de la dernière semaine dilatant l'espace qu'il leur avait réservé dans son cerveau, il en est venu à constater qu'il serait préférable de se confronter enfin à un thème qu'il avait voulu éviter depuis le début, en l'occurrence Ali et l'Islam. Implicitement, il n'avait cessé d'attendre quelque preuve établissant que Muhammad n'était pas un Black Muslim, pas un vrai, en tout cas. Ce qui était absurde. Le moment était arrivé d'admettre au contraire que sa condition de Noir musulman était sans doute au cœur de son existence et au centre de son énergie. Que pouvait-on y faire ? Et donc il s'est plongé dans la transcription d'un discours prononcé le dernier Jour de la famille noire, un 27 mai — c'est-à-dire au printemps de cette même année —, par Louis Farrakhan, porte-parole national de l'Honorable Elijah Muhammad, devant un public de plus de cent mille Noirs. Il en avait écouté l'enregistrement un soir tard mais comme cela avait duré une bonne heure et qu'il s'était endormi aussitôt après il n'en avait plus eu un souvenir très clair le lendemain matin, le ton insistant de la déclamation l'ayant plus impressionné que son contenu lui-même. En conséquence, il avait pris soin de demander une transcription de la bande. C'était ce qu'il avait maintenant sous les yeux, et c'était très clair. À la fin de sa lecture, il s'est dit qu'il en avait peut-être appris un peu plus au sujet d'Ali.

> [...] Tous les dirigeants noirs qui ont émergé au cours des dix dernières années ont disparu, mais il y a un seul grand leader et un seul grand mouvement qui apparaît maintenant dans l'histoire de la communauté noire, au vu et au su de toute l'Amérique noire, et ce leader... c'est l'Honorable Elijah Muhammad.

Louis Farrakhan évoquait le peuple noir comme une famille qui doit s'entraider et se prendre en charge. Il fallait être vigilants face aux tentatives du Blanc de dresser les Noirs les uns contre les autres, disait-il. Puis il invoquait quelques martyrs noirs, d'abord Marcus Garvey, ensuite Adam Clayton Powell. Mais autant citer intégralement une partie de son discours. Ce n'est pas difficile à lire :

> Adam Clayton Powell ne vous a pas dit qu'il était Jésus : il vous a dit qu'il était un ami à vous, qui voulait faire le bien du peuple noir. Mais une fois qu'ils nous ont isolés d'Adam Clayton Powell... eh bien ils l'ont émasculé pendant que nous, nous restions là passifs, nous nous contentions de regarder. Et ce n'est qu'après sa mort que vous et moi nous avons dit, hé, vous savez quoi, c'était vraiment un grand homme, cet Adam Clayton Powell ! Comment se fait-il que nous n'arrivions pas à reconnaître la grandeur de quelqu'un de son vivant ? Comment se fait-il que nous devions attendre qu'il nous ait quittés avant de nous rendre compte du genre d'homme qu'il était ?
>
> Oh, mes chers frères et sœurs noirs, cet après-midi je vous appelle à la raison ! Considérez Huey Newton et Eldridge Cleaver. Nombre d'entre vous ont été séduits par la philosophie des Black Panthers. Vous avez aimé voir un jeune frère noir se dresser pour défier le système. C'était de beaux jeunes frères, des hommes splendides qui voulaient la libération du peuple noir. Et puis encore une fois le 'Tit Blanc a infiltré ce mouvement et pendant que tant de frères et de sœurs s'écriaient : « Vas-y, mon grand, bien vu ! Bien vu ! », pendant ce temps, dans cette masse il y avait un agent du gouverne-

ment des États-Unis qui travaillait à la destruction des Black Panthers ! Et vous avez pu voir comment ils ont dressé Huey et Cleaver l'un contre l'autre, comment ils ont affaibli le mouvement et comment ils l'ont cassé, finalement. Et maintenant oui, ils peuvent parler du Panther Party, puisqu'ils l'ont anéanti. Ils peuvent parler du CORE et de la SNCC[1], puisqu'ils les ont démolis. Et maintenant ils peuvent parler de Rap Brown puisque mon splendide frère noir est en prison ! Et maintenant ils peuvent parler de Stokely Carmichael puisqu'il n'est plus dans la course. Mais ah, il y a un Noir en Amérique qui est dans la course depuis quarante ans, il y a un Noir en Amérique que le temps n'a pas détruit. Il y a un Noir en Amérique qui était déjà là dans les années trente, et les années quarante, et les années cinquante, et les années soixante et maintenant les années soixante-dix ! Elijah Muhammad est toujours sur scène et il gagne chaque jour en force ! *(Vifs applaudissements.)*

Qu'est-ce qui lui a permis de survivre, Elijah Muhammad ? Qu'est-ce qui l'a aidé à passer entre les montagnes de la haine et de la propagande, Elijah Muhammad ? Est-ce que vous vous rappelez le temps où ils disaient que nous prêchions la haine, nous ? Est-ce que vous vous rappelez le temps où ils disaient que nous étions violents, nous ? Est-ce que vous vous rappelez le temps où ils disaient que nous étions anti-Blancs, nous, anti-chrétiens ? Et est-ce que vous vous rappelez le temps où vous ne vouliez pas entendre parler des Black Muslims ? Vous vous en souvenez ? Est-ce que vous vous rappelez le temps

1. Congrès pour l'Égalité raciale et Coordination des étudiants non violents, deux groupements antiracistes américains. *(N.d.T.)*

où vous ne vouliez pas accepter quoi que ce soit d'un musulman ? Vous vous rappelez ? Oh, ne faites pas semblant d'avoir oublié ! Parce que c'était il n'y a pas si longtemps ! Il y a seulement quelques années, en fait. Mais aujourd'hui, je vois assis devant moi des ambassadeurs à l'ONU, je vois assis devant moi des universitaires, et des chercheurs, des gens éduqués qui ne se seraient jamais approchés d'Elijah Muhammad, avant ! Et je vous demande : qu'est-ce qui a provoqué ce changement en vous ? Qu'est-ce qui vous a poussé à venir ici, cet après-midi ? C'est parce que Elijah Muhammad a su guider ses partisans à travers le labyrinthe des mensonges et de la propagande. Dans sa grande sagesse, Elijah Muhammad a dit non aux armes. « Ne prenez même pas un couteau de poche sur vous », il a dit à ses disciples ! « Faites ce que je vous recommande et vous aurez le succès », il leur a dit ! Elijah Muhammad a retiré la seringue de dope de nos bras, Elijah Muhammad a enlevé la bouteille de vin de nos mains, Elijah Muhammad nous a empêchés de continuer à gaspiller notre argent à l'hippodrome et aux tables de jeu. Et il nous a dit : « Mets cet argent dans le pot, mon frère ! Mets cet argent dans le pot, ma sœur ! Et comme ça on va être constructifs ! » Et donc, maintenant que tous les groupes noirs, toutes les autres organisations noires ont été anéantis par le pouvoir blanc, par les intrigues blanches, par les pièges blancs inventés à Washington, maintenant il reste encore un leader, maintenant il reste encore un groupe. Et ce qu'ils représentent, ce leader et ce groupe, c'est l'espoir de l'homme noir en Amérique !

Louis Farrakhan n'avait pas cité Malcolm X ni Martin Luther King, évidemment. Les Black Muslims étaient loin d'avoir assaini leurs relations avec les autres tendances. Quel pouvoir était cependant en train d'apparaître au sein de l'Amérique noire ! Depuis longtemps la seule force crédible dans les prisons, il était logique qu'ils deviennent la force la plus déterminante dans les relations de la communauté noire à l'Amérique... Adieu, la NAACP[1] ! La pensée d'Ali n'était peut-être pas tant fondée sur des caprices et des contradictions, comme Norman l'avait si longtemps soupçonné, que sur les solides principes d'un projet collectif...

Allait-il finir par s'imposer, ce projet, et dans ce cas apporterait-il plus de bienfaits que de ravages ? Qui pouvait se risquer à le prédire ? Les facteurs s'entassaient en surenchère comme les cartes dans une partie de poker. Norman demeurait assez marxiste pour estimer que le mouvement des Black Muslims était avant tout une offensive historique destinée à doter la communauté noire américaine de ses propres classes moyennes. « Un Noir qui sait seulement faire un bébé mais ignore comment protéger cet enfant, disait Farrakhan, un Noir qui ne veut pas nourrir et protéger ce petit, eh bien c'est un ennemi du progrès noir. [...] Tant que vous et moi n'aurons pas appris à aimer notre progéniture jusqu'à être prêts à donner notre sang pour leur survie, nous ne pourrons pas être respectés et considérés comme un peuple. [..] Tant que le Noir

1. « Association nationale pour ıa promotion des gens de couleur », organisation noire modérée, jadis la plus influente. *(N.d.T.)*

n'aura pas appris à prendre son manger ailleurs que dans la cuisine du Blanc, nous ne serons jamais libres. [...] Nous devons nous alimenter nous-mêmes, nous habiller nous-mêmes, nous abriter nous-mêmes ! » Un siècle et demi plus tôt, l'une de ses formules aurait pu servir de credo à la bourgeoisie naissante : « Prospérité plus sagesse égale pouvoir. »

S'ils étaient encouragés dans cette voie par l'establishment américain, les Black Muslims allaient apporter aux Noirs leur quota de compensations petites-bourgeoises jusqu'alors réservées aux Blancs, y compris le respect de l'ordre social. La contradiction résidait dans le fait que les Black Muslims, malgré cette mission historique et qu'ils le veuillent ou non, pouvaient encore se retrouver dans le rôle d'avant-garde révolutionnaire, notamment s'ils étaient reniés. Par ailleurs, leur mouvement était à la merci de plus d'une alliance complexe passée avec le monde arabe. Un mélange détonant, un chaudron dans lequel tous les scénarios, même les plus surréalistes, pouvaient être en train de mijoter. Imaginons un peu Ali en émissaire de la paix au Proche-Orient : « Mes chers coreligionnaires arabes, mes vieux amis juifs ! » l'entendons-nous déjà lancer. Le Kissinger noir.

Mais non. Norman avait la désagréable intuition que tôt ou tard l'admiration qu'il portait à Muhammad risquait de se transformer en ce respect que l'on ressent envers un ennemi aussi puissant que résolu. Aucun revirement n'est assez sinueux quand l'histoire veut vous jouer un tour, et aucune stature n'était forcément trop limitée pour le développement à venir de Muhammad Ali. Ne l'avaient-ils pas chargé d'un nom lourd de résonances, après tout? Le premier Ali était le fils adoptif du Prophète et maintenant un Muhammad Ali moderne pouvait prendre la tête de son peuple... Il était heureux pour lui qu'il croie en la prédestination et en l'obéissance à la volonté divine.

Enfin, les raisonnements de Norman étaient bien trop généraux, et trop influencés par le champagne, la fatigue, les savoureuses réminiscences et le manque de sommeil. Il s'est endormi. Ses rêves, il ne s'en souvenait pas à son réveil, occasionné par l'accent sudiste et la tonalité très « mon zinc c'est mon affaire, pigé? » de la voix du pilote dans les haut-parleurs. Celui-ci désirait assurer à ses chers passagers de la Pan-Am qu'il n'y allait avoir aucun problème à Dakar mais que juste au cas où... « Vu que bon, les amis, pas idée d'où ils sont allés chercher ça, il y a bien eu une vague rumeur à Kinshasa mais enfin ces braves gens, à Dakar, ils sont convaincus que le champion du monde des lourds est avec nous sur ce vol et ils veulent tous voir Muhammad Ali en chair et en os, et résultat il y en a déjà quelques milliers à l'aéroport. O.K., il est une heure du matin à Dakar, maintenant, mais n'empêche qu'ils sont certains qu'il est avec nous, et ils sont sur la piste. Alors nous allons nous présenter sur une piste secondaire et peut-être qu'on va pouvoir débarquer nos passagers qui descendent et prendre ceux qui montent en utilisant le bus du terminal. En tout cas, mes excuses pour ce retard. »

Mais lorsqu'ils se sont posés sur cette piste prétendue secrète, tout au bout de l'aéroport, la mèche avait été vendue. Encore au roulage, on apercevait déjà par les hublots des centaines de silhouettes en train d'arriver en courant. Le pilote a éteint ses phares, remis les gaz. L'appareil s'est enfui en grondant vers une autre rampe de roulement, où une autre foule s'est précipitée à leur rencontre. Le pilote a coupé les moteurs : « Les amis, a-t-il annoncé, on nous a demandé de rester tranquilles un moment. Si on continue à rouler, quelqu'un risque d'être blessé, en bas. Alors on va se caler ici un petit bout de temps. Et tout va très bien se passer. »

En un clin d'œil, l'avion a été encerclé. C'était une situation des plus bizarres. Des voitures de police à gyrophares rouges ou bleus passaient lentement dans la foule, envoyant des éclairs rouges et bleus qui formaient des S et des spirales le long des ailes. Des camions de pompiers ont surgi et ont entrepris d'arroser les gens à la lance à incendie. L'avion s'est fait mouiller, lui aussi. L'eau ruisselait sur les hublots. L'atmosphère devenait vite étouffante dans la cabine immobilisée au sol avec toutes les portes fermées. Les voitures de police ont laissé tomber leurs patrouilles inutiles. Tout au bout de la rampe, l'avion restait prisonnier d'un bon millier de personnes, sur lesquelles tous les projecteurs de l'aéroport étaient maintenant braqués. Il aurait été impossible de relancer les réacteurs sans carboniser une partie de la population de Dakar.

Fusant à travers les hectares d'asphalte, des vagues humaines continuaient à déferler du terminal. Des véhicules munis de haut-parleurs se sont rapprochés pour haranguer la cohue, puis se sont éloignés. Un autobus s'est garé le long de l'appareil, en attente. Dehors, les bruits les plus fous circulaient. À chaque fois qu'une voiture de police redémarrait, une petite agitation se produisait. De temps à autre, tel un éléphant sursautant dans son sommeil, la foule bougeait de quelques mètres d'un côté ou de l'autre, comme si une nouvelle rumeur s'était propagée à travers toutes ces jambes.

À nouveau la voix du pilote à l'interphone des annonces : « Bon, je crois qu'on est parvenus à un compromis. Puisque ces gens ne nous croient pas quand on leur assure que Muhammad Ali n'est pas à bord, nous avons accepté de laisser monter une délégation qui va inspecter la cabine. Ils ne vont importuner personne et ça pourrait nous permettre de continuer notre voyage. À propos, nous débarquerons les passagers qui descendent à Dakar et nous embarquerons les nouveaux dès que la visite de la délégation sera terminée. »

Des hourras dans la cabine. Les hôtesses ont passé des boissons en un hâtif service.

Le groupe d'inspection est arrivé, un échantillon assez représentatif de la foule réunie en bas : policiers en uniforme, responsables de l'aéroport, employés, une femme, un type patibulaire, une douzaine de Noirs peut-être. Ils ont commencé par la classe économique, regardant sous les sièges, ouvrant les toilettes. Quand ils sont arrivés a l'avant, ils étaient en train de se convaincre non sans dépit que non, le champion du monde des lourds n'avait pas l'air d'être dans l'avion. En première, Bob Goodman, un des membres de l'équipe de relations publiques de la rencontre, avait entassé des oreillers sur son ventre et recouvert le tout d'une couverture rouge. « Muhammad Ali se cache là », a-t-il chuchoté au passage des délégués. La vue de sa bouille rose a mis en joie les deux premiers observateurs noirs à se présenter dans l'allée. Se prêtant au jeu, ils ont entrepris de lorgner délicatement sous la couverture avant d'éclater de rire.

Après le départ de la délégation, les passagers à destination sont descendus comme promis et les nouveaux venus sont montés, deux flux se croisant dans un corridor de policiers au pied de la passerelle mobile installée devant la porte. Les conclusions négatives de la vérification étaient périodiquement rappelées dans les haut-parleurs, si bien qu'une partie de la foule a commencé à se disperser. Mais la grosse majorité ne bougeait pas. Ils avaient trop souvent été abusés au cours des vingt dernières années, et au cours des deux derniers millénaires, pour accorder leur confiance à une délégation. Ils savaient, eux, que Muhammad Ali se trouvait dans cet avion.

Une hôtesse de l'air est sortie sur la plate-forme en haut de la passerelle pour s'adresser aux manifestants, en français. « Nous aurions été fiers de l'avoir parmi nous, a-t-elle déclaré dans un mégaphone électrique. Nous aurions adoré l'avoir à bord. Mais il n'y est pas. *Je vous jure. Muhammad Ali n'est pas sur l'avion*[1]. »

La foule l'a contemplée sans faire mine de s'éloigner. C'était une grande fille mince avec un visage intrinsèquement américain, honnête, harmonieux, énergique, un brin pincé, qui ne révélerait jamais trop vite son sens de l'humour à des étrangers. On l'écoutait avec un scepticisme évident. Elle n'était qu'une porte-parole investie des pouvoirs de la tromperie blanche. Des cris de dérision ont été lancés, sans excès. Les oreilles noires avaient décelé sa qualité d'Américaine dans les voyelles et les consonnes de son français. De plus, elle était seule à occuper la scène.

Norman était sorti également pour respirer un peu. Comme il faisait encore plus chaud dehors que dans la cabine et que les odeurs d'huile brûlée et de kérosène étaient agressives, il n'est resté que le temps d'écouter l'hôtesse. Celle-ci lui a jeté un coup d'œil en haussant les épaules. « Ça n'a pas l'air de marcher », a-t-elle constaté en baissant de nouveau les yeux sur les faces expectatives dressées vers elle.

« Je peux suggérer quelque chose ?

— Je ne souhaite que ça !

— Dites-leur qu'ils peuvent croire ce qu'ils veulent mais qu'ils devraient savoir que le champion du monde, Muhammad Ali, n'irait jamais se

1. Toutes les phrases en italique sont en français dans le texte. *(N.d.T.)*

cacher dans les toilettes pour échapper à son peuple.

— Hé, c'est bien, ça! Ça pourrait faire de l'effet. Euh, comment on dit "bathroom", déjà?

— Essayez "lavabo".

— Lavabo, lavabo. » Elle a soulevé le mégaphone et a retransmis l'argument de Norman en réunissant vaillamment ses ressources en français. Il l'a écoutée un instant : « *Muhammad Ali ne veut pas cacher dans la lavabo,* a affirmé la fille. *Il est trop grande pour cela. Un homme trop large pour avoir peur. La champion du monde qui avait le courage de battre avec George Foreman ne cache pas dans un lavabo quand il y a opportunité pour dire bonjour à son peuple. Il vous aime. Vous êtes son peuple.* »

Non, cela n'a pas été suffisant. Une atmosphère de morne déception se dégageait de la foule. La soirée avait été si prometteuse, et maintenant ils étaient trempés de sueur et de l'eau projetée par les pompiers. Norman est retourné dans l'avion.

Quelques minutes après, toutefois, il a constaté que l'attroupement commençait réellement à se disperser. Un quart d'heure plus tard, l'hôtesse a regagné la carlingue, la passerelle a été retirée, la porte a été verrouillée, les réacteurs ont vrombi. Dans son micro, le pilote a crié joyeusement à son équipage : « Assis, les filles! On va rouler! »

Bientôt, ils avaient décollé. Ils volaient déjà depuis un moment quand l'hôtesse qui était intervenue au mégaphone est venue lui dire que son idée avait servi, d'après elle. Cela lui a fait tellement plaisir qu'il lui a demandé son nom en lui expliquant qu'il était écrivain et qu'il voudrait peut-être relater l'incident dans son texte. « Je crois que je dois demander la permission au captain », a-t-elle répondu. Elle est revenue très vite : « Bon, il dit qu'il n'y a pas de problème. Je m'appelle Gail Toes. Mrs. Richard Toes, de Schenectady, basée à New York. Toes comme pour les doigts de pied », a-t-elle ajouté avec un infime serrement de gorge qui indiquait que son mari ne se douterait peut-être jamais de l'amour qu'une fille avait dû lui porter pour reprendre un nom pareil. Une de ses consœurs qui passait par là s'est arrêtée. « J'ai été fière de toi, Gail, lui a-t-elle affirmé. Tu commences à vraiment bien te débrouiller, en français.

— Oh, faut bien s'occuper à quelque chose », a répliqué modestement Gail Toes. Disposant de beaucoup de temps en escale dans des coins d'Afrique qu'elle connaissait mal, elle étudiait le français.

Encore un peu plus tard, alors qu'ils étaient très haut sur l'Atlantique avec les lumières éteintes et la plupart des passagers endormis, Norman a rejoint les hôtesses dans le galley avant pour jouer à un jeu. C'était une variante à cinq dés et moult combinaisons gagnantes. Il n'était pas bon du tout à ce truc, en fait, et à leur grand amusement il a perdu par plusieurs milliers de points. Finalement, il est retourné à sa place, il a eu quelques heures de sommeil avant l'atterrissage à New York et il avait complètement oublié la partie jusqu'au jour où il y a repensé, plusieurs semaines après, et alors il a envoyé à chacune des filles un exemplaire dédicacé de l'édition de poche de *Marilyn*, en exprimant l'espoir qu'elles en concluraient que sa maîtrise de l'écriture était un brin plus consistante que sa perspicacité aux dés.

19

Heureux celui qui perd trois fois

Vous aimeriez une fin qui donne un peu plus à penser? Alors voici un conte africain.

Il y avait un chef de tribu qui avait prêté une chèvre à un ami du père Tempels. Un matin, on retrouva la chèvre morte. Un chien était là également, qui appartenait à cet ami, en train de la dévorer. Aucune preuve n'établissait formellement la culpabilité du chien dans sa mort, sans doute survenue pendant qu'elle dormait, mais il se trouve que l'ami de Tempels, un nommé Kapundwé, était lui aussi un chef de tribu et qu'il devait réparation à son égal. La bête avait été placée sous sa responsabilité, tout de même. Alors il rendit à l'autre chef trois chèvres, rien moins que trois, et ajouta encore cent francs. L'importance de ce don visait à compenser non pas la simple perte d'une tête de cheptel mais les émotions négatives que son propriétaire avait ressenties. La brusque disparition d'une bête qui lui appartenait avait dérangé son énergie vitale, en fait. Sa « pacifique joie de vivre » avait été « atteinte ». Le remboursement était donc une reconnaissance de son droit inaliénable à une « restauration de l'être ». Et les deux chefs avaient parfaitement compris la portée de cette transaction.

Nous sommes là en pleine économie de la sensibilité, peut-être la seule applicable au jeu de forces qui s'échangent entre les vivants et les morts. Mais cela, nous ne pourrons guère le savoir avec certitude tant qu'un Africain ne sera pas devenu empereur de la Lune.

LES MORTS MEURENT DE SOIF

N'GOLO

DU MÊME AUTEUR

Aux Éditions Denoël

LE COMBAT DU SIÈCLE, 2000 (Folio n° 3714)

Aux Éditions Plon

AMÉRIQUE, NOUVELLES DU FRONT, 1999

L AMÉRIQUE, 1999

L'ÉVANGILE SELON LE FILS, 1998

OSWALD, 1995

Aux Éditions Robert Laffont

HARLOT ET SON FANTÔME, 1992

MORCEAUX DE BRAVOURE, 1984 (Folio n° 2401)

LES VRAIS DURS NE DANSENT PAS, 1984

NUIT DES TEMPS, 1983

LE CHANT DU BOURREAU, 1980

Chez d'autres éditeurs

MÉMOIRES IMAGINAIRES DE MARILYN, 10/18, 1991

PUBLICITÉS POUR MOI-MÊME, Arléa, 1989

UN RÊVE AMÉRICAIN, Grasset, 1985

VIE ET DÉBAUCHE, Buchet-Chastel, 1983

LES ARMÉES DE LA NUIT, Grasset, 1970

POURQUOI SOMMES-NOUS AU VIET-NAM ?, Grasset, 1970

RIVAGE DE BARBARIE, Table Ronde, 1967 (Folio n° 947)

LES NUS ET LES MORTS, Albin Michel, 1966

COLLECTION FOLIO

Dernières parutions

3894. André Dhôtel	*Idylles.*
3895. André Dhôtel	*L'azur.*
3896. Ponfilly	*Scoops.*
3897. Tchinguiz Aïtmatov	*Djamilia.*
3898. Julian Barnes	*Dix ans après.*
3900. Catherine Cusset	*À vous.*
3901. Benoît Duteurtre	*Le voyage en France.*
3902. Annie Ernaux	*L'occupation.*
3903. Romain Gary	*Pour Sgnanarelle.*
3904. Jack Kerouac	*Vraie blonde, et autres.*
3905. Richard Millet	*La voix d'alto.*
3906. Jean-Christophe Rufin	*Rouge Brésil.*
3907. Lian Hearn	*Le silence du rossignol.*
3908. Alice Kaplan	*Intelligence avec l'ennemi.*
3909. Ahmed Abodehman	*La ceinture.*
3910. Jules Barbey d'Aurevilly	*Les diaboliques.*
3911. George Sand	*Lélia.*
3912. Amélie de Bourbon Parme	*Le sacre de Louis XVII.*
3913. Erri de Luca	*Montedidio.*
3914. Chloé Delaume	*Le cri du sablier.*
3915. Chloé Delaume	*Les mouflettes d'Atropos.*
3916. Michel Déon	*Taisez-vous... J'entends venir un ange.*
3917. Pierre Guyotat	*Vivre.*
3918. Paula Jacques	*Gilda Stambouli souffre et se plaint.*
3919. Jacques Rivière	*Une amitié d'autrefois.*
3920. Patrick McGrath	*Martha Peake.*
3921. Ludmila Oulitskaïa	*Un si bel amour.*
3922. J.-B. Pontalis	*En marge des jours.*
3923. Denis Tillinac	*En désespoir de causes.*
3924. Jerome Charyn	*Rue du Petit-Ange.*
3925. Stendhal	*La Chartreuse de Parme.*

3926. Raymond Chandler — *Un mordu.*
3927. Collectif — *Des mots à la bouche.*
3928. Carlos Fuentes — *Apollon et les putains.*
3929. Henry Miller — *Plongée dans la vie nocturne.*
3930. Vladimir Nabokov — *La Vénitienne* précédé d'*Un coup d'aile.*
3931. Ryûnosuke Akutagawa — *Rashômon* et autres contes.
3932. Jean-Paul Sartre — *L'enfance d'un chef.*
3933. Sénèque — *De la constance du sage.*
3934. Robert Louis Stevenson — *Le club du suicide.*
3935. Edith Wharton — *Les lettres.*
3936. Joe Haldeman — *Les deux morts de John Speidel.*
3937. Roger Martin du Gard — *Les Thibault I.*
3938. Roger Martin du Gard — *Les Thibault II.*
3939. François Armanet — *La bande du drugstore.*
3940. Roger Martin du Gard — *Les Thibault III.*
3941. Pierre Assouline — *Le fleuve Combelle.*
3942. Patrick Chamoiseau — *Biblique des derniers gestes.*
3943. Tracy Chevalier — *Le récital des anges.*
3944. Jeanne Cressanges — *Les ailes d'Isis.*
3945. Alain Finkielkraut — *L'imparfait du présent.*
3946. Alona Kimhi — *Suzanne la pleureuse.*
3947. Dominique Rolin — *Le futur immédiat.*
3948. Philip Roth — *J'ai épousé un communiste.*
3949. Juan Rulfo — *Le Llano en flammes.*
3950. Martin Winckler — *Légendes.*
3951. Fédor Dostoïevski — *Humiliés et offensés.*
3952. Alexandre Dumas — *Le Capitaine Pamphile.*
3953. André Dhôtel — *La tribu Bécaille.*
3954. André Dhôtel — *L'honorable Monsieur Jacques.*
3955. Diane de Margerie — *Dans la spirale.*
3956. Serge Doubrovski — *Le livre brisé.*
3957. La Bible — *Genèse.*
3958. La Bible — *Exode.*
3959. La Bible — *Lévitique-Nombres.*
3960. La Bible — *Samuel.*
3961. Anonyme — *Le poisson de jade.*
3962. Mikhaïl Boulgakov — *Endiablade.*
3963. Alejo Carpentier — *Les Élus et autres nouvelles.*
3964. Collectif — *Un ange passe.*

4003.	William Faulkner	*Le domaine.*
4004.	Sylvie Germain	*La Chanson des mal-aimants.*
4005.	Joanne Harris	*Les cinq quartiers de l'orange.*
4006.	Leslie kaplan	*Les Amants de Marie.*
4007.	Thierry Metz	*Le journal d'un manœuvre.*
4008.	Dominique Rolin	*Plaisirs.*
4009.	Jean-Marie Rouart	*Nous ne savons pas aimer.*
4010.	Samuel Butler	*Ainsi va toute chair.*
4011.	George Sand	*La petite Fadette.*
4012.	Jorge Amado	*Le Pays du Carnaval.*
4013.	Alessandro Baricco	*L'âme d'Hegel et les vaches du Wisconsin.*
4014.	La Bible	*Livre d'Isaïe.*
4015.	La Bible	*Paroles de Jérémie-Lamentations.*
4016.	La Bible	*Livre de Job.*
4017.	La Bible	*Livre d'Ezéchiel.*
4018.	Frank Conroy	*Corps et âme.*
4019.	Marc Dugain	*Heureux comme Dieu en France.*
4020.	Marie Ferranti	*La Princesse de Mantoue.*
4021.	Mario Vargas Llosa	*La fête au Bouc.*
4022.	Mario Vargas Llosa	*Histoire de Mayta.*
4023.	Daniel Evan Weiss	*Les cafards n'ont pas de roi.*
4024.	Elsa Morante	*La Storia.*
4025.	Emmanuèle Bernheim	*Stallone.*
4026.	Françoise Chandernagor	*La chambre.*
4027.	Philippe Djian	*Ça, c'est un baiser.*
4028.	Jérôme Garcin	*Théâtre intime.*
4029.	Valentine Goby	*La note sensible.*
4030.	Pierre Magnan	*L'enfant qui tuait le temps.*
4031.	Amos Oz	*Les deux morts de ma grand-mère.*
4032.	Amos Oz	*Une panthère dans la cave.*
4033.	Gisèle Pineau	*Chair Piment.*
4034.	Zeruya Shalev	*Mari et femme.*
4035.	Jules Verne	*La Chassc au météore.*
4036.	Jules Verne	*Le Phare du bout du Monde.*
4037.	Gérard de Cortanze	*Jorge Semprun.*
4038.	Léon Tolstoï	*Hadji Mourat.*
4039.	Isaac Asimov	*Mortelle est la nuit.*

4040. Collectif *Au bonheur de lire.*
4041. Roald Dahl *Gelée royale.*
4042. Denis Diderot *Lettre sur les Aveugles.*
4043. Yukio Mishima *Martyre.*
4044. Elsa Morante *Donna Amalia.*
4045. Ludmila Oulitskaïa *La maison de Lialia.*
4046. Rabindranath Tagore *La petite mariée.*
4047. Ivan Tourguéniev *Clara Militch.*
4048. H.G. Wells *Un rêve d'Armageddon.*
4049. Michka Assayas *Exhibition.*
4050. Richard Bausch *La saison des ténèbres.*
4051. Saul Bellow *Ravelstein.*
4052. Jerome Charyn *L'homme qui rajeunissait.*
4053. Catherine Cusset *Confession d'une radine.*
4055. Thierry Jonquet *La Vigie* (à paraître).
4056. Erika Krouse *Passe me voir un de ces jours.*
4057. Philippe Le Guillou *Les marées du Faou.*
4058. Frances Mayes *Swan.*
4059. Joyce Carol Oates *Nulle et Grande Gueule.*
4060. Edgar Allan Poe *Histoires extraordinaires.*
4061. George Sand *Lettres d'une vie.*
4062. Frédéric Beigbeder *99 francs.*
4063. Balzac *Les Chouans.*
4064. Bernardin de Saint Pierre *Paul et Virginie.*
4065. Raphaël Confiant *Nuée ardente.*
4066. Florence Delay *Dit Nerval.*
4067. Jean Rolin *La clôture.*
4068. Philippe Claudel *Les petites mécaniques.*
4069. Eduardo Barrios *L'enfant qui devint fou d'amour.*
4070. Neil Bissoondath *Un baume pour le cœur.*
4071. Jonahan Coe *Bienvenue au club.*
4072. Toni Davidson *Cicatrices.*
4073. Philippe Delerm *Le buveur de temps.*
4074. Masuji Ibuse *Pluie noire.*
4075. Camille Laurens *L'Amour, roman.*
4076. François Nourissier *Prince des berlingots.*
4077. Jean d'Ormesson *C'était bien.*
4078. Pascal Quignard *Les Ombres errantes.*
4079. Isaac B. Singer *De nouveau au tribunal de mon père.*

4080. Pierre Loti	*Matelot.*
4081. Edgar Allan Poe	*Histoires extraordinaires.*
4082. Lian Hearn	*Le clan des Otori, II : les Neiges de l'exil.*
4083. La Bible	*Psaumes.*
4084. La Bible	*Proverbes.*
4085. La Bible	*Évangiles.*
4086. La Bible	*Lettres de Paul.*
4087. Pierre Bergé	*Les jours s'en vont je demeure.*
4088. Benjamin Berton	*Sauvageons.*
4089. Clémence Boulouque	*Mort d'un silence.*
4090. Paule Constant	*Sucre et secret.*
4091. Nicolas Fargues	*One Man Show.*
4092. James Flint	*Habitus.*
4093. Gisèle Fournier	*Non-dits.*
4094. Iegor Gran	*O.N.G.!*
4095. J.M.G. Le Clézio	*Révolutions.*
4096. Andréï Makine	*La terre et le ciel de Jacques Dorme.*
4097. Collectif	*«Parce que c'était lui, parce-que c'était moi».*
4098. Anonyme	*Saga de Gísli Súrsson.*
4099. Truman Capote	*Monsieur Maléfique et autres nouvelles.*
4100. E.M. Cioran	*Ébauches de vertige.*
4101. Salvador Dali	*Les moustaches radar.*
4102. Chester Himes	*Le fantôme de Rufus Jones* et autres nouvelles.
4103. Pablo Neruda	*La solitude lumineuse.*
4104. Antoine de St-Exupéry	*Lettre à un otage.*
4105. Anton Tchekhov	*Une banale histoire.*
4106. Honoré de Balzac	*L'Auberge rouge.*
4107. George Sand	*Consuelo I.*
4108. George Sand	*Consuelo II.*
4109. André Malraux	*Lazare.*
4110 Cyrano de Bergerac	*L'autre monde.*
4111 Alessandro Baricco	*Sans sang.*
4112 Didier Daeninckx	*Raconteur d'histoires.*
4113 André Gide	*Le Ramier.*
4114. Richard Millet	*Le renard dans le nom.*
4115. Susan Minot	*Extase.*

4116. Nathalie Rheims — *Les fleurs du silence.*
4117. Manuel Rivas — *La langue des papillons.*
4118. Daniel Rondeau — *Istanbul.*
4119. Dominique Sigaud — *De chape et de plomb.*
4120. Philippe Sollers — *L'Étoile des amants.*
4121. Jacques Tournier — *À l'intérieur du chien.*
4122. Gabriel Sénac de Meilhan — *L'Émigré.*
4123. Honoré de Balzac — *Le Lys dans la vallée.*
4124. Lawrence Durrell — *Le Carnet noir.*
4125. Félicien Marceau — *La grande fille.*
4126. Chantal Pelletier — *La visite.*
4127. Boris Schreiber — *La douceur du sang.*
4128. Angelo Rinaldi — *Tout ce que je sais de Marie.*
4129. Pierre Assouline — *Etat limite.*
4130. Elisabeth Barillé — *Exaucez-nous.*
4131. Frédéric Beigbeder — *Windows on the World.*
4132. Philippe Delerm — *Un été pour mémoire.*
4133. Colette Fellous — *Avenue de France.*
4134. Christian Garcin — *Du bruit dans les arbres.*
4135. Fleur Jaeggy — *Les années bienheureuses du châtiment.*
4136. Chateaubriand — *Itinéraire de Paris à Jerusalem.*
4137. Pascal Quignard — *Sur le jadis. Dernier royaume, II.*
4138. Pascal Quignard — *Abîmes. Dernier Royaume, III.*
4139. Michel Schneider — *Morts imaginaires.*
4140. Zeruya Shalev — *Vie amoureuse.*
4141. Frederic Vitoux — *La vie de Céline.*
4142. Fédor Dostoievski — *Les Pauvres Gens.*
4143. Ray Bradbury — *Meurtres en douceur.*
4144. Carlos Castaneda — *Stopper-le-monde.*
4145. Confucius — *Entretiens.*
4146. Didier Daeninckx — *Ceinture rouge.*
4147. William Faulkner — *Le caïd.*
4148. Gandhi — *En guise d'autobiographie.*
4149. Guy de Maupassant — *Le verrou et autre contes grivois.*
4150. D.A.F. de Sade — *La philosophie dans le boudoir.*
4151. Italo Svevo — *L'assassinat de la via Belpoggio.*
4152. Laurence Cossé — *Le 31 du mois d'août.*
4153. Benoît Duteurtre — *Service clientèle.*
4154. Christine Jordis — *Bali, Java, en rêvant.*
4155. Milan Kundera — *L'ignorance.*

Composition CMB Graphic.
Impression Société Nouvelle Firmin-Didot
à Mesnil-sur-l'Estrée, le 2 avril 2005.
Dépôt légal : avril 2005.
Premier dépôt légal dans la collection : juin 2002.
Numéro d'imprimeur : 73222.

ISBN 2-07-042384-0/Imprimé en France.

V188

136282